KB015239

대봉댁네 아이들

초　판 1쇄 발행일　2017년 9월 5일
개정판 1쇄 발행일　2019년 5월 17일

지은이　이　연 · 이상우 · 이상규 · 이상철
펴낸곳　도서출판 유심
펴낸이　구정남·이헌건
마케팅　최진태

주소　서울 은평구 통일로 684 서울혁신파크 미래청 1동 303B(녹번동 5-29)
전화　02.832.9395
팩스　02.6007.1725
URL　www.bookusim.co.kr
등록　제2017-000077호(2014.7.8)

ISBN　979-11-87132-39-4 03810
값　15,000원

(CIP제어번호 : CIP2019018098)

형님 먼저 아우 먼저, 엄니 먼저 느그들 먼저

대봉댁네 아이들

大夢, 큰 꿈을 꾸면서 자란 아이들 개정판

이 연 · 이상우 · 이상규 · 이상철

도서출판 유심

대몽댁네
아이들

大夢, 큰 꿈을 꾸면서 자란 아이들

평범한 일상을 비범하게 산 사람의 이야기

이연 국장과 형제들의 이야기를 담은 《대몽댁네 아이들》을 참 재미있게 읽었습니다. 모두들 꼭 읽어보시라고 권합니다. 한 번 손에 잡으면 놓기가 싫어 단숨에 읽게 될 겁니다.

자식들이 '큰 꿈을 품고 살며 이루라'는 뜻으로 택호를 대몽(大夢)댁으로 바꾼 어머니의 사랑과 헌신, 그리고 그 어머니에 대한 마음이 절절히 녹아있는 이야기가 제 눈시울을 적십니다. 지나친 약주 탓으로 집안에 내내 어려움만 주신 아버지께도 아들 된 도리를 한 치 어긋남 없이 다하는 모습에서 이 국장의 인품이 읽힙니다.

이런 성경말씀이 있습니다.

> "아버지와 어머니를 공경하여라. 그러면 너는 주 너의 하느님이 너에게 주는 땅에서 오래 살 것이다."
>
> - 탈출기 20장 12절

이 말씀을 그대로 따른 지극한 효성을 지닌 이를 볼 수 있어 행복합니다. 우애 좋은 형제들이 서로 공경하고 나누며 사는 집안에는 항상 올곧은 큰형님이 있습니다. 사람들의 부러움을 한 몸에 사는 큰아들입니다.

이 책에 그 사람의 삶이 담겨 있습니다. 이 책에는 또 동사무소에 근무하며 동민들을 하늘처럼 섬긴, 그리고 맡겨진 소임에 따라 해야 할 일에 최선을 다하고 그보다 조금 더 해냄으로써 책임과 직위가 점점 높아진 성실한 공무원이 소개됩니다.

가화만사성이라 했습니다. 사랑 넘치는 화목한 가정을 일군 내용도 등장합니다. 성공의 원동력이 가정에 있었음을 알 수 있습니다. 이런 내용을 접하다 보니 내내 이 말씀이 머리를 떠나지 않습니다.

> "내 마음에 드는 것이 세 가지 있으니 그것들은 주님과 사람 앞에서 아름답다. 형제들끼리 일치하고 이웃과 우정을 나누며 남편과 아내가 서로 화목하게 사는 것이다."
>
> - 집회서 25장 1절

제 고향은 서울입니다. 그런데 인연이 닿아 광주 북구 일곡동에서 20년 가까이 살고 있습니다. 광주와 광주 사람이 참 좋습니다. 광주 사람 다 됐단 소리도 종종 듣는데, 그럴 때마다 기분이 좋습니다.

이 책은 광주 북구에서 나고 자라고 공부한 이가 썼습니다. 이 책에 나온 몇 꼭지를 읽으며 저도 광주 사람으로서 알았어야 할 지식 몇 가지를 더했습니다. 평범한 한 시민의 일상들이 엮어낸 이야기가 감동과 지식을 다 품고 있습니다. 이럴 수 있었던 까닭은 지은이가 자신에게 주어진 평범한 일상을 성실하게, 그리고 비범하게 살아냈기 때문이 아닌가 생각합니다.

장 동 현 미카엘 신부_ 살레시오고등학교 교장

그의 어머니는 강인한 만큼 아름다웠다

'길게 만나야 상대를 깊이 안다'는 공식은 언제나 옳은 것은 아니다. 대충 그렇기는 하지만, 모든 관계에서 그 공식이 통하는 것은 아닐 듯싶다. 물론 수십 년 켜켜이 묵은 세월 속에서 속내를 더 잘 아는 것은 맞지만, 모든 사람이 만나온 세월에 비례해 관계의 심오함이 결정되는 것은 아니다.

광주시 이연 국장과 나 사이가 그렇지 않을까 싶다. 이름과 얼굴을 알게 된 지는 적지 않은 세월이 흘렀지만 서로 각별한 인연의 꼬리를 달 만한 역사는 기껏해야 2년 이쪽저쪽의 일이다. 광주가 대한민국을 대표해 동아시아문화도시로 선정된 2014년, 동아시아문화도시 위원장의 자격으로 광주시 문화관광정책실장으로 일하던 이연 국장을 만났다. 본격적인 내밀한(?) 만남은 그때부터였다.

좀 달랐다. 아니 상당히 달랐다. 여느 공무원과는 다른 뜨거운 열정이 있었다. 그 열정이 가슴속에만 머물러 있지 않은 것도 그의 강점이자 다른 점이었다. 그는 그 열정을 가슴에만 품지 않고 힘차게 현실화시켜나가는,

대단한 추진력을 적절한 시기에 발휘하곤 했다.

자칫 조직사회에서 위아래 양쪽 모두로부터 불편한 존재로 치부될 수 있겠다는 우려가 살짝 들었다. 하지만 동시에 그 정도는 개의치 않을 인물이라는 것도 단박에 알 수 있었다.

이연 국장은 주어진 일만이 아니라 무엇인가를 만들고 엮어가는, 진짜 일을 하는 공무원이다. 덕분에 '동아시아문화도시'와 '아시아문화중심도시 지원포럼' 관련 일들을 다이내믹하게 추진할 수 있었으니, 그와의 만남이 내겐 참으로 행운이었다.

조금씩 가까워지면서 그의 과거 행보를 직접 또는 제3자를 통해 전해 들었다. 특히 공원묘지와 화장장, 쓰레기매립장 등 진퇴양난의 뜨거운 감자를 풀어내며 예산까지 절감해낸 그의 업적은 후배 공무원들이 두고두고 본보기로 삼아야 할 부분이다.

'예산절감'이라는 경제적 효과만이 아니라 해당 지역의 주민들에게 행정의 강요가 아닌 희망의 씨앗을 심어주는 신선한 발상에서 나는 저절로 큰 박수를 치고 말았다. 그야말로 발로 뛰며 가슴으로 아우르는 따뜻한 행정의 표본이 아닌가.

나는 언제나 그의 샘솟는 아이디어에 찬탄한다. 특히 기아챔피언스필드 구장을 새로 만들 때의 기지는 정말 센스 만점의 아이디어였다. 성화대만 남기고 새로 건립하면서 리모델링으로 입혀낸 것은 고민의 두께가 어느 정도였는지 잘 보여주는 사례라 할 것이다.

하지만 이연 국장이 돋보이는 것은 행정업무에서 발군의 실력을 보여준 때문만이 결코 아니다. 그와 더불어 부모, 특히 어머니에 대한 효도와 변치 않는 형제애, 그리고 소외되고 어려운 이들에 대한 따뜻한 배려는 언제나 그를 다시 보게 한다. 특히 어머니에 대한 효도는 그 동생의 말마따나 그야말로 '끝판왕'이다. 뿐이랴. 4형제의 장남으로서 그가 겪어낸 삶의 무게는 오죽했겠는가. 하지만 그는 물에 젖은 솜이불 같은 삶의 무게를 묵묵히 견디며 위로는 부모에게 효도하고 아래로는 동생들을 따뜻하게 살폈으니, 가히 인간 승리에 다름 아니다.

《대몽댁네 아이들》을 통해 그려지는 이연 국장과 형제들, 그리고 어머니와 아버지의 모습은 한국의 현대사를 이끌어온 50~60대의 삶의 궤적과 맞물린다. 덕분에 우리를 곧바로 그 시절의 추억 속으로 소환하는 힘을 갖고 있다. 특히 자식을 위해서라면 무슨 일이든 거뜬히 해치웠던 어머니의 이야기는 한 개인의 스토리가 아닌 대한민국 어머니의 역사로 승화되기에 충분하다.

이연 국장의 가족을 둘러싸고 풀어헤쳐지는 이야기보따리는 때론 눈물을, 때론 감동을 전하며 오늘을 어떻게 살아야 할지 시사해준다.

이연 국장과 형제들, 어머니의 따뜻한 사랑과 인간적 면모에 다시 한 번 박수를 보낸다.

정 동 채_ 전 문화관광부 장관

이 책의 진짜 주인공은 어머니다

어머니 택호는 '대몽댁'이다. 본래는 담양에서 시집을 오셨다 하여 '담양댁'이라 불렸는데, 내가 중학교 갈 무렵 '대몽댁'(大夢宅)이 됐다. 자식들이 큰 꿈을 펼치도록 택호(宅號)를 바꾸신 것이다.

어머니를 생각하면 눈물이 난다. 왠지 짠하다. 가족을 위해 허리 한 번 제대로 펴지 못하고 뼈 빠지게 고생만 하셨다. 어머니가 계시지 않았다면, 오늘의 나는 결코 없을 것이다. 단순히 나를 낳아주고 길러주셨다는 것만으로는 설명이 부족하다. 그 어려운 환경 속에서도 꿋꿋이 버티고 서서 우리 형제들을 세상으로 나아가게 해주었고, 삶의 굽이굽이에서 든든한 버팀목이 되어주었다.

"어머니!" 하고 가만히 불러본다. 어머니가 걸어오신 가시밭길이 눈앞에 그려지면서 어느새 눈물이 맺히고 두 뺨이 촉촉이 젖어든다.

"너무 그래쌌지 마라. 내가 뭔 특별한 일을 했냐, 어디? 낳아서 기르는 것은 어느 부모든 해야 할 일이제. 암것도 아니여, 당연한 것이랑께. 뭐, 이 세상에 안 그런 에미가 어디 있다냐?"

툭, 던지는 말씀에 또 한 번 가슴이 찡해져 온다. 그 한 마디 말씀 속에

쉽게 묻어버릴 수 없는 수많은 이야기와 사연이 숨어 있다.

태어나서 가장 먼저 배운 말이 엄마다. 아무리 불러도 싫증이 나지 않는 말이다.

어머니는 내 마음 깊숙이 흔들리지 않는 둑이 되고 방패막이가 되어준 위대한 존재다. 우리 형제들에게 어머니는 삶의 기원이자 끝인 '절대적 존재'다. 새벽 일찍 밥을 지어 가족들을 먹이고, 노점상으로 물건을 파느라 잠시 잠깐도 쉴 틈이 없었다. 경제적 능력이 없었던 아버지를 대신해 가족을 돌보느라 이리 뛰고 저리 뛰었다. 경제적인 궁핍 속에서 자식을 키우고 가르치는 일이 어찌 만만했겠는가.

아들들을 학교로, 군대로 떠나보내며 얼마나 가슴을 치고 꺼이꺼이, 목울음을 삼키셨을까. 어머니의 희생을 울타리 삼아 우리는 세상이라는 바다를 안전하게 건너와 지금 여기에 서 있다. 그처럼 끝없는 희생 덕분에 남부끄럽지 않게 잘 자란 우리 형제들은 당당한 사회인으로 활동하고 있다. 그럼에도 어머니는 오히려 우리 형제들이 못난 부모 만나 맘껏 공부도 못하고 고생했다며 자책을 하신다.

나는 공무원으로 근무하는 40여 년 동안 남들이 하지 못한 많은 일을 했다. 창의적인 아이디어로 화장장·공원묘지·쓰레기매립장·야구장·광주FC·장애인국민체육센터 등을 손쉽게 만들었고, 예산도 2,000억 원 이상 벌어들이거나 절감했다. 지금도 '묘지공원 꽃단지 조성방안'과 '장애인치유예술센터 신축' 등의 사업이 이뤄지고 있거나 계획되고 있다. 광주시 역사에 길이 남을 큰일들을 열정 하나로 해냈다.

9급 공무원 출신이 고시 출신보다 더 빨리 2급 이사관(실장)을 달았다며 '성공했다'고 하는 분들도 종종 있다. 하지만 나는 그 말이 부담스럽다. 만약 내가 이룬 것을 '성공'이라고 한다면 존경받고 칭찬받아야 할 사람은 어머니다. 어머니가 없었다면 그 같은 영광은 내게 어림없는 일이다.

이 세상의 어미 되는 사람들은 누구나, 예나 지금이나 늘 당신이 가진 모든 것을 자식들에게 아낌없이 내어주며 살아왔다. 이 땅의 또 다른 어머니들은 지금도 어딘가에서 당신의 자식들을 위해 웃으며 희생을 마다하지 않고 계실 것이다.

이 책은 1970~80년대를 힘들게 살아온 우리 형제들의 이야기이자 나의 공직 경험담이다. 광주와 서울, 멀리 멕시코까지 흩어져 사는 형제들이 저마다 꺼내놓은 추억들이 담겨있다. '고향 사랑' 하나로 앞만 보고 달려온 나의 공직생활의 열정이 함께 녹아있다. 하지만 이 책의 진짜 주인공은 어머니다.

오늘의 나를 만들어준 대몽댁 김진순 여사, 그리고 이 시대의 모든 어머니와 그 어머니를 사랑하는 자녀들에게 이 책을 바친다.

2017년 9월 **이 연**

목차

2. 보금자리 서당골 꽃집에서

3. 내 고향 광주에서의 날개짓

4. 둥지를 떠나 멀리 날다

제2부

창조는 일에 대한 열정에서 나온다

1. 화장장과 공원묘지, 쓰레기매립장을 손쉽게 만들다

2. 기발한 아이디어로 탄생한 '기아챔피언스필드'

3. '장애인 인권'을 '관광자원'으로 만들다

4. 광주FC의 탄생과 도시 마케팅

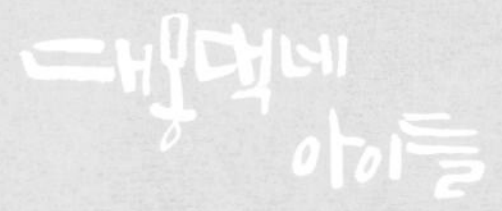

大夢, 큰 꿈을 꾸면서 자란 아이들

대몽댁네
아이들

제1부

꿈을 먹고 자라다

01

나의 어머니,
대몽댁

울엄니

이 연

어머니는 담양 백동리의 부잣집 맏딸로 태어났다. 남부러울 것 없이, 고생 한번 하지 않고 곱게 자란 어머니는 가난한 집의 6남 2녀 중 장남에게 시집을 와 고단한 삶을 살아야 했다. 결핵에 걸린 시아버지와 치매에 걸린 시어머니를 봉양했고, 시동생들을 모두 출가시켰다. 뿐이랴. 남편은 집안일이나 경제적 활동과는 무관하게 살았고, 급기야 알코올 중독에 이르렀다. 그야말로 파란만장한 삶의 연속이었지만 어머니는 이에 굴하지 않았다. 귀하게 자란 티를 모두 벗어던지고, 소매 걷어붙인채 꿋꿋이 가정을 지키며 자식들을 키워냈다. 그야말로 철인 같았다.

내가 어릴 적 어머니는 날마다 닭이 울기 전, 신새벽에 일어나 돌절구에 보리쌀을 곱게 갈아 그 많은 식구들의 밥을 지었다. '드르륵 드르륵' 보리쌀 가는 소리가 아련히 들려올 때면 나는 잠에서 깨어나곤 했다. 그랬던 게 습관이 되어 지금도 새벽잠이 없다.

보리밥은 단 한 번에 지을 수 없다. 돌절구로 보리를 곱게 갈아서 삶은 후 쌀과 함께 넣고 다시 불을 때야 부드러운 보리밥이 된다. 지금 밥하는 것과는 사뭇 다른, 다소 복잡한 과정을 거쳐야 했다. 어머니의 보리쌀 가는 소리는 다시 듣고 싶은 추억의 소리이자 선율 고운 음악이었다.

초등학교 학부형 시절의 어머니.

초등학교에 입학하기 전, 겨울이면 어머니는 밤늦게까지 베를 짜셨다. 나는 베틀 아래 누운 채 철거덕철거덕 베틀소리에 맞추어 어머니에게 구구단을 배웠다. 내가 잠이 들려고 하면 어머니는 애절한 음조로 자장가를 불러주시거나 어머니가 초등학교 때 배웠던 동요를 들려주셨다. 그때는 이가 많았던 시절, 게다가 나는 온통 종기투성이였다. 여기저기 긁느라 잠을 못 이루고 있을 때면 "어미 손은 약손, 어미 침은 명약" 하시면서 침을 발라주거나 배를 쓰다듬어주시곤 했다. 정말 그때는 어머니의 손은 약손, 어머니의 침은 명약과도 같았다.

초등학교 3학년 무렵부터는 직접 어머니 일을 도와드렸다. 여름이면 마당 여러 곳에 모깃불을 피우고 담뱃잎을 밤늦도록 엮어서 비닐하우스 안에 매달았다. 담뱃잎은 한여름 뙤약볕 아래 따야 했기 때문에 학교에서 돌아오면 곧바로 담배밭으로 갔다. 덕분에 여름이 지날 때쯤이면 마치 흑인처럼 피부가 새까맣게 그을렸고, 껍질이 몇 번 벗겨진 다음에야 여름이 지나가곤 했다.

뙤약볕 아래에서 일하는 것보다 더 힘든 것은 비닐하우스 안에서 담뱃잎을 말리는 일이었다. 비닐하우스 안으로 들어가면 더운 기운이 마치 바늘로 콕콕 찌르는 것처럼 살갗을 찌르고, 땀이 목을 타고 흘러내려 단 몇 분을 버티기 힘들 정도로 고통스러웠다. 족히 섭씨 50~60도는 되었을 것이다. 졸려서 꾸벅꾸벅 고개를 주억거리면 어머니는 먼저 방에 들어가 자도록 허락해주었다. 언제나 잠이 모자란 어머니를 위해 늦게까지 버텨야 한다는 것을 알면서도 나는 늘 어머니보다 일찍 잠이 들었다. 담배농사를 짓는 집 아이들은 어릴 적 담배 냄새에 중독이 되어 성인이 되면 다들 담배를 피운다고 하는데, 나와 내 동생들은 다행히 담배를 피우지 않는다.

봄가을이면 누에를 쳤다. 지금은 대나무밭으로 변한 뽕밭에서 뽕잎을 땄다. 안방에 층층이 선반을 만들어 누에를 키우는데, 좁은 방에 잠을 잘 수 있는 공간이라고는 맨 밑바닥뿐이라 누운 상태에서 선반 아래로 들어가 자야 했다. 누에를 치는 방은 따뜻해야 한다. 이 때문에 봄가을에는 더워서 잠을 설칠 때가 많다. 서너 시간마다 누에에게 뽕잎을 줘야 했던 어머니는 늘 새벽잠을 설쳤다. 푹 잘 수 있는 호강을 누릴 수가 없었다.

예나 지금이나 어머니는 나를 늘 믿어주었다. 나 역시 어머니의 고단한 삶을 누구보다 잘 알고 있기 때문에 어머니를 떠올리면 저절로 힘이 났고, 어떤 것이라도 도움이 되고 싶었다. 믿음으로 연결된 모자관계였다. 그런 어머니가 내게 크게 화를 낸 적이 있다. 초등학교 6학년 때 일이다. 학교 운동장에서 친구들과 축구를 하다가 뽕 따는 시간을 그만 놓쳐버렸다. 이유는 두 가지였다. 첫째는 공차기가 너무 재미있어서였고, 두 번째는 가끔 우리 북초등학교와 지산초등학교 아이들이 경기를 할 때가 있는데, 왼발잡이인 내가 레프트 윙(left wing)을 맡아서 빠질 수가 없었던 것이다. 어머니는 회초리를 들고 1킬로미터 이상 떨어진 학교까지 오셨지만, 나를 때리지는 않았다.

어린 시절 학교에서 돌아와 “엄마” 하고 불렀을 때도 그랬지만, 지금도 시골집에 가서 “어머니” 하고 불렀을 때 대답이 없으면 얼마나 허전한지 모른다.

새끼돼지 울음소리

이 연

8남매가 분가를 하는 동안 우리 집 논밭은 그야말로 쥐꼬리만큼 작아졌다. 아버지는 착한 성품을 지녔지만, 집안을 돌보는 일과는 아예 거리가 멀었다. 하는 일이 잘 풀리지 않는다며 술에 의지했고 결국 알코올 중독자가 되어 온 가족을 힘들게 했다.

어머니는 누구보다도 책임감이 강했다. 그 상황에서 신세타령은커녕 오히려 불굴의 의지를 불태웠다. 어떻게든 우리 4형제를 먹이고 가르치기 위해 이리 뛰고 저리 뛰며 동분서주했다. 그렇게 혼자 억척스레 집안을 꾸렸다.

농사일만으로는 자식들을 가르칠 수 없다고 생각한 어머니는 농사일을 하는 틈틈이 돼지를 키웠다. 당시 시골에서는 집집마다 돼지 한두 마리쯤 키우는 게 보통이었다.

장날 돼지새끼를 사다가 음식물 찌꺼기에 쌀뜨물을 섞어 먹였다. 그렇게 대여섯 달이 지나면 새끼돼지는 엄청 자라 어른 돼지가 되었다. 암돼지면 새끼를 쳐서 장에 내다 팔았고, 수돼지도 높은 가격에 팔곤 했다. 이렇게 돼지를 키워 목돈을 만드는 재미가 쏠쏠해지자 여러 마리를 한꺼번에 키우기 시작했다. 그러자 돼지 밥을 대기가 만만치 않아졌다.

50년이 지난 지금도 남아있는 돼지 우리.

한두 마리면 집에서 나오는 음식찌꺼기로 해결이 되지만 여러 마리라면 사정이 달라진다. 요즘처럼 사료를 사다가 먹일 수도 없었다. 그러자면 돼지를 키워 목돈을 만드는 의미가 없어지니까. 또 당시에는 돼지 농장이 아닌 일반 가정에서 사료를 먹여서 돼지를 키우는 광경은 좀체 찾아볼 수 없는 일이었다.

조금이라도 어머니에게 도움이 되기 위해서는 어떻게든 돼지 밥을 구해야 했다. 생각 끝에 꾀를 한 가지 내었다. 학교에서 돌아오자마자 동생들과 개구리를 잡으러 다닌 것이다. 시간이 좀 흐른 뒤, 개구리 잡기는 중요한 일과가 되었다.

어떤 때는 10리나 떨어진 영산강까지도 나갔다. 대나무 막대기 끝에 굵은 철사로 고리를 만들어 달고 그 위에 방충망을 씌워 개구리를 잡는 도구를 직접 만들었다. 커다란 매미채처럼 생긴 그 도구를 이용해서 조그만 양동이에 한가득 개구리를 잡아 직접 삶았다. 돼지들은 개구리 익는 냄새를 맡고 꿀꿀댔다. 지금은 개구리를 보기만 해도 징그럽지만, 그때는 눈 딱 감고 아무렇지도 않게 쓱쓱 모든 걸 해치웠다. 우리 가족에게 도움이 될 수 있다면 어떤 것이든 기꺼이 할 수 있었다.

돼지 키우기는 당시 우리 가족의 삶의 일부였다. 나의 정성스런 봉양(?) 덕에 돼지들은 토실토실 잘 자라주었다. 돼지가 새끼를 낳으면, 어머니와 나는 장에 내다 팔았다. 어머니는 동생을 업고, 나는 돼지새끼를 꼴망태에 메고 지금의 영락공원 고개를 넘어 담양 창평장으로 향했다. 그 무렵의 어느 날인가 고개에서 쉬다가 돼지새끼 한 마리를 놓쳐버리는 바람에 어머니께 된통 혼났던 게 아직도 기억에 생생하다.

할미꽃 피어있던 효령동 산길
엄니는 동생 업고 나는 꼴망태 메고
새끼돼지 팔러 넘어가던 길
왕머루 달린 고개 마루턱에
산토끼 새끼 꿩 반겨했었지

상여소리 울려오는 시립공원묘지
동생은 젖을 먹고 나는 산딸기 따며
엄니 따라 쉬어갔던 바로 그 자리
새끼돼지 어미 찾는 울음소리에
산노루 뻐꾹새도 슬퍼했었지

울 엄니 꽃상여 떠나시는 날
동생은 고무신 들고 나는 대막대기 짚고
그 옛날 울부짖던 새끼돼지 생각하며
엄니 따라 울며 넘을 내 고향 산길

엄니는 자두 장수

이상우

2016년 10월 9일. 멕시코에서 투나를 파는 인디오 아줌마를 보고
고향의 어머니를 그리며 페이스북에 올린 글.

멕시코 중앙고원을 여행 중이다. 근처에 인가도 없는데 어느 인디오 아주머니가 도로변에 초라한 좌판을 벌려놓고 선인장 열매인 '투나'라는 과일을 팔고 있다. 옆에 앉은, 아들로 보이는 아이의 통통한 볼따구니에 번득번득 땟국이 말라붙었다. 내가 탄 버스는 이미 출발해서 한참을 왔건만, 그 모자가 파는 투나가 계속 떠오른다. 그러다 갑자기 목이 꺽 막히고 눈물이 주르륵……. 울 엄니가 생각났던 것이다.

중학교 여름방학 때였던 것 같다. 엄니는 그날도 집에 있는 자두, 애호박, 고구마줄기 등을 시장에 내다 팔기 위해 혼자서는 감당하기 힘들 만큼 큰 보따리를 바리바리 쌌다. 그러곤, 나를 불렀다.

"상우야, 신작로 버스 타는 데까지 엄마 보따리 실어다 주라잉."

'Oh mam! No~u! Not again!'

너무너무 싫은, 정말 하고 싶지 않은 어머니의 부탁이었다. 그 일만 아니라면, 다른 어떤 일이든 다 할 수 있었다. 벼의 날카로운 이파리에 목이 긁혀 온통 벌겋게 달아오르도록 하루 종일 논에 풀을 매거나 뙤약볕 아래에서 담배 이파리에서 묻어나는 기분 나쁜 진액을 온몸에 바르면서 담뱃

잎을 따는 것도 할 수 있었다. 하지만 엄니의 보따리를 신작로까지 실어다 주고, 그것을 다시 버스에 올려주는 일만큼은 하기 싫었다.

사실 그다지 어려운 일은 아니었다. 30분이면 끝날 일이었다. 그런데도 나는 정말 싫었다. 당시 사춘기였던 나는 혹시 같은 버스를 타는 친구들 특히 다른 반 여자아이들이 볼까 봐 겁이 났던 것이다. 시장에 물건을 내다 파는 촌스런 아줌마의 아들이라는 게 밝혀지는 것이 두려웠다. 그래서 어쩔 수 없이 엄니의 부탁을 들어주는 날도 마치 동네 아주머니를 도와주듯이 버스에 후딱 보따리만 올려주고는 얼른 고개를 숙이고 내려오기 바빴다. 하지만 그런 날일수록 유독 버스는 곧바로 떠나지 않았고, 간간이 엄니는 그토록 내가 피하고 싶은 당부를 꼭 하곤 하셨다. 그것도 버스가 떠나가도록 큰 소리로 확인사살을 난사했다. 엄니에게는 무엇보다 중요한 일이었으므로.

중학생 아들의 눈에 비친 어머니.

"상우야, 돼지 밥 잊지 말고 꼭 줘라잉."

그런 내가 하루 해가 저물고 엄니가 돌아올 때쯤이면 염치없게도 신작로에 나가 푸성귀를 모두 팔아버리고 가뿐해진 보따리를 들고 올 어머니를 기다린다. '오늘은 나를 위해 뭘 사오셨을까' 잔뜩 기대하면서, 목을 쭉 길게 빼고.

"아이고, 상우야 인자 니 자전거 살 돈 다 모탔다(모았다)."

어머니는 흐뭇한 얼굴로 가벼워진 보따리를 내게 건네주곤 했다.

그런데 어느 날이었던가, 엄니 보따리가 여느 때와 달리 가볍지가 않았다. 순간, 우리 형제들에게 줄 어떤 색다른 것이라도 사왔나 하는 기대감으로 물었다.

"엄마, 보따리에 뭐가 들었어요?"

"응 자두다."

"자두? 오늘은 자두가 다 안 팔렸어요?"

"아니다. 자두를 팔다 봉께 너무 맛나게 보여서 우리 새끼들 줄라고 좋은 것만 골라서 가져와부렀다. 글제, 그래야제, 좋은 것은 우리 새끼들부텀 믹여야제."

'아이고, 엄니.'

순간, 눈에서 눈물이 왈칵 쏟아졌다. 나는 눈물을 들키지 않으려고 엄니를 뒤로 하고 막 달렸다. 그날 이후로 나는 엄니의 보따리 부탁이 전혀 부끄럽지 않았다.

천상의 맛, 밤색 막대기

이상우

2016년 6월 6일, Los Humeros로 가는 버스 안에서
고향의 어머니를 생각하며.

그 시절엔 모두가 가난했다. 그중에서도 소년의 집은 더욱 가난했다.

소년에겐 평소 약간의 도벽이 있었다. 엄마 돈을 슬쩍슬쩍 훔치곤 했다. 소년의 감각과 추리능력은 유난히 탁월했다. 아무리 엄마가 교묘하게 돈을 숨겨도 결국은 소년의 손바닥 안이었다. 그날도 형제들과 마당에서 놀다가 살며시 빠져나왔다. 엄마 돈을 훔치러 가는 길이었다. 가볍게 벽장을 기어올랐다. 거기에 생전 보지 못했던 깡통이 있었다. 그 이상한 물건을 발견하고 소년은 회심의 미소를 지었다.

'엄마, 이런 데다 숨겨놓으면 어떡해요. 참, 셋째도 쉽게 찾겠네요, 히히히.'

가볍게 뚜껑을 열고 안을 들여다본 소년은 이내 실망한다. 깡통 안에는 있어야 할 돈 대신 이상한 막대기 같은 것 대여섯 개가 은박지에 돌돌 싸여 나란히 꽂혀 있었다.

'도대체 이게 뭐지?'

호기심이 발동한 소년은 살짝 은박지를 벗겨본다. 진한 밤색의 딱딱한 물건이 속살을 드러냈다. 그리곤 손에 닿자마자 금방 녹아서 묻어난다. 냄새를 맡아보니 생전 경험하지 못한 단내가 코를 사정없이 유혹한다. 소년

의 가슴은 금세 쿵쾅거린다.

'쥐약을 이렇게 숨겨놓으셨나?'

당시에는 국가시책으로 쥐잡기가 한창이었다. 치명적인 쥐약은 곳곳에 널려있었다. 학교에서 선생님에게 쥐잡기 실적(?)을 보고할 때면 반에서 적어도 한 명 정도는 자기 집 멍멍이가 죽었다며 짜증을 냈다. 쥐약을 먹고 죽은 개는 보신탕에도 쓰지 못했으므로 개가 죽으면 이집 저집 아버지들은 누구라 할 것 없이 하늘에 버럭버럭 소리를 지르며 정부 시책에 항의를 하곤 했다.

어쨌든 소년은 잠시 고민에 휩싸였지만 곧 굳은 결심을 하고 손에 묻은 밤색 물질을 살짝 핥아 보고 눈을 찔끔 감는다. 생전 맛보지 못한 단맛이 혀에 감돌았다. '엄마아, 쥐약 아니죠? 제발, 아니라고 해주세요. 이렇게 달고 맛있는 것은 절대로 쥐약이 될 수 없어요.'

"혀엉~ 뭐해? 놀다가 말고."

셋째가 방으로 뛰어 들어온다. 소년은 이미 두 번을 더 핥고 바닥에 태연하게 앉아서 생고구마를 우걱우걱 씹는다.

"응 배가 고파서. 에이, 고구마가 맛탱가리가 하나도 없네, 퉤!"

두 시간째 소년은 이미 달마도사가 되어 몸과 마음이 분리되어 있었다. 영혼은 열심히 그 단내 나는 물질을 핥고 있고, 몸은 마지못해 동생과 구슬치기를 하고 있다.

"혀엉, 오늘 왜 그래? 내가 다 따버렸잖아. 일부러 져주기 하면 형하고 구슬치기 안 할 거야."

소년은 마음속으로 엄마를 찾았다. '엄마 고맙습니다. 두 시간이 훨씬 더 지났는데도 배가 안 아프고 토하지도 않았어요. 구정물도 필요 없어요.'

그날 소년은 다섯 번이나 벽장을 오르내리며 천상의 맛이 나는 밤색 막대기를 다 먹어치웠다. 그날 소년에겐 형도 동생도 없었다. 그러고는 국방색 깡통과 은박지를 쥐도 새도 모르게 탱자나무 울타리 뒤 갈대밭에 던져버렸다.

세월이 한참 흐른 뒤 '국민 애인' 원미경이 '롯데 가나 초콜릿'으로 전국의 남심을 흔들던 때, 기술고등학교를 졸업하고 현대중공업에 입사한 소년은 그토록 기다렸던 첫 월급 13만 원을 받아들고 눈물을 흘렸다. 그리고 당시의 누구나 그랬듯 어머니 속옷을 사려고 현대백화점으로 향했다. 두리번거리며 백화점 여기저기를 돌아보던 소년의 눈에 가나 초콜릿이 들어왔다. 소년은 엄마 옷보다 먼저 초콜릿 하나를 샀다. 그리고 엄마 옷을 포함해 이것저것을 사가지고 나올 때 월급봉투는 이미 얇아져 있었다.

소년이 숙소인 기숙사에 돌아와 가나 초콜릿을 뜯었을 때는 이미 한참 어두워진 뒤였다. 한입 베어 먹기도 전에 손에 묻은 가나초콜릿을 보던 소년은 '어흐흐' 흐느끼더니 마치 미친 듯 어쩔 줄을 모른다. 그러고는 체인이 터질 듯 자전거 페달을 밟는다. 연신 소매로 눈물을 훔치는데, 둑 터진 저수지처럼 눈물이 하염없이 흘러 귓바퀴에서 흩어진다. 한달음에 다시 백화점에 도착한 소년은 월급봉투에 남아있던 모든 돈을 털어서 초콜릿을 몽땅 사들고 기숙사에 돌아와 닭똥 같은 눈물을 뚝뚝 흘리며 편지를 쓴다.

어머니 전상서

어머니 저예요. 저, 나쁜 놈이에요. 형, 동생들이랑 나눠 먹이려고 숨겨놓으셨던 초콜릿을 먹고 깡통까지 버렸던 나쁜 놈은 둘째였어요.

용서해주세요.어머니, 여기 도둑놈처럼 먹고 버린 그 초콜릿과 똑같은 맛의 초콜릿을 동봉하오니 동생들에게 먹이세요. 다시는 그런 일이 없도록 할 테니 부디 용서해주세요.

- 울산에서 둘째 올림

그해 추석날 소년은 엄마 무릎을 맞대고 앉아 아이처럼 물었다.

"엄마, 진짜로 모르셨어요? 누가 그 초콜릿을 훔쳐 먹었는지?"

"야, 둘째야. 내가 낳은 아들이 넷이다. 니들 네 놈 중에 엄마 돈에 손을 댈 수 있는 놈은 둘째 니뿐이란 거, 내가 왜 모르고 있었겄냐. 돈이 없어 사줄 거 못 사주고 먹일 거 못 먹인 내가 나쁜 년이지, 니는 내가 사랑하는 둘째다. 내 배 아파서 낳은 놈 가운데 뼛속까지 나쁜 놈은 절대로 없다."

"어~ 메 울 엄마……."

소년은 어머니 무릎에 얼굴을 파묻고 한참을 흐느낀다. 문제의 그 초콜릿은 월남 파병갔던 오촌 아재가 귀국하면서 가져온 미군 보급품을 친척들에게 선물로 나눠준 거란다. 어머니는 당신의 둘째아들, 이제는 더 이상 소년이 아닌 훌쩍 커버린 둘째아들, 장차 엄마 품에서 멀리멀리 떨어져 살게 될 사랑하는 둘째아들의 어깨를 쓱쓱 쓰다듬다가 눈물이 아들 머리에 떨어질까 얼른 천장을 바라본다.

밤에 이빨 가는 아들을 위해

이상우

2016년 7월 첫날, Los Humeros 현장에서
고향의 어머니를 그리워하며.

나의 치아는 상태가 별로 좋지 않다. '나쁜 치아'는 우리 집 내력이다. 가족 전체는 아니고 우리 엄니에게서 당신의 둘째아들인 나, 그리고 그의 딸로 이어진다.

우리 엄니는 치아가 건강하지 못했다. 나를 낳다가 이를 너무 앙당(꽉) 물어서 나빠졌단다. 나는 잠을 잘 때 이빨이 부서지도록 뿌득뿌득 가는 버릇이 있다. 어떤 때는 자다가 일어나면 입에서 화약 냄새가 날 정도다.

어느 날 자다 일어나서 물을 마시려는데 우리 딸 방에서 '찌직찌직' 소리가 나서 들어가보니 딸이 자면서 이를 갈고 있었다.

"아이쿠 이러~언. 못된 것은 죄다 닮더니 이젠 이빨 가는 것까지 닮았어."

집사람의 핀잔이다. 사실이니 웃을 수밖에 없다.

내가 초등학교 다닐 때니까 아주 오래전 이야기다. 하루는 엄니를 따라 산에 나무를 하러 갔다. 때는 겨울이었다. 바람이 꽤 심하게 불었다. 한참 나무를 하고 있는데 어디선가 '삐이익삐이익' 괴기스러운 소리가 났다. 나는 무서워서 잔뜩 쫄아 있었다. 엄니는 나무를 하다 말고 두리번거리더니 소리가 나는 곳을 찾아 나섰다. 그리고 언제 챙기셨는지, 갑자기 고쟁이 춤에서 눈썹 그리는 몽당연필과 종이를 꺼내시더니 '이상우'라고 크게 썼다.

"엥? 어…… 엄마!"

엄니는 지체 없이 서로 얽힌 나뭇가지가 바람에 흔들리면서 괴기스러운 마찰 소리를 내는 나무로 올라가셨다. 위태롭기 짝이 없었다. 밑에서 쳐다보는 나는 무서웠다.

"엄마아~ 내려와아."

보통사람이라면 두 팔과 두 발로 붙들고 가만히 있어도 무서울 텐데, 엄니는 바람에 흔들리는 아슬아슬한 나무 위로 올라갔다. 두 발만으로 나무를 감싸듯이 나무를 꽉 움켜잡고 두 팔로 소리를 내는 나뭇가지를 힘겹게 벌리고는 손수 만드신 '이상우' 부적(?)을 끼워넣었다. 그리고 뭐라 중얼거리며 한참 동안 주문 같은 것을 읊더니 내려왔다. 그거 참, 희한하다. 엄니 주문에 거짓말처럼 괴기스런 소리가 멈춘다. 엄니는 흐뭇한 표정으로 내 턱을 만졌다.

"둘째야, 인자부터 니 잠잘 때 이빨 안 갈 것잉게 두고봐라."

"아아! 울 엄니. 이제 더 늙지 말고 더 아프지 말고 오래오래 사세요."

바람에 흔들려 삐걱삐걱 소리가 나는 나뭇가지를 산에서 만나기는 하늘의 별 따기다. 우선 나뭇가지가 서로 세게 엉켜 있어야 하고, 바람이 충분히 오랫동안 불면서 나무를 흔들어 마찰 때문에 껍질이 다 닳아 없어져야 한다. 그리고 그 순간 거기에 내가 있어야 그 소리를 들을 수가 있다. 엄니는 이틀에 한 번꼴로 나무를 하러 다녔다. 그러면서 나무를 할 때마다 은연중에 그 소리를 찾았나 보다. 잠을 잘 때 이빨을 갈곤 하는 둘째아들을 위해 미리 눈썹 그리는 연필과 종이를 준비하고서 말이다. 매번 혹시나 하고 온 산을 헤맸을 울 엄니, 정말 감사하다.

언젠가 영화 '툼 레이더스'에서 안젤리나 졸리가 외줄을 타고 내려오면서 적을 물리치는 장면을 본 적이 있다. 그녀가 정말 멋있었다. 그러나 울 엄니보다는 못하다는, 엄니가 안젤리나 졸리보다 더 잘할 거라는 엉뚱한 생각을 했다. 그날 일이 얼마나 가슴에 남았으면 40년도 더 지난 뒤 외국 영화를 보면서 울 엄니를 떠올렸을까.

실제 엄니의 그네타기 실력은 근방에서는 타의 추종을 불허할 정도로 탁월했다. 국민학교 가을운동회 때 엄니의 그네타기와 널뛰기는 단연코 독보적이었다. 나는 엄니가 그네를 세차게 구를 때마다 하얀 버선코로 시리게 푸른 가을 하늘빛을 콕 묻혀 내려온다고 생각했다. 어쨌건 나는 지금도 이빨을 심하게 갈고 있지만, 엄니는 당신의 부적이 지금도 효력이 있는 줄 알고 계실 것이다.

나는 지금 몇 주째 깊은 산 속에 발이 묶여 있다. 무려 해발 2,800미터가 넘는 산 속이다. 주위에 인가도 별로 없는데다 소나무가 엄청 많다. 땔감이 지천에 널려 있다. 특히 어머니가 좋아하는 짝다리가 너무너무 많다. 짝다리는 소나무 가지 중 아랫부분 가지가 말라죽은 소나무를 일컫는다. 짝다리는 불도 잘 붙고 불꽃이 아주 오래 간다. 그래서 나무꾼들이 좋아한다. 울 엄니가 이걸 보면 얼마나 기뻐하실까? 어쩌면 습관적으로 눈썹 그리는 몽당연필을 또 찾으실지도 모를 일이다.

여기도 어딘가에 우리 딸 '이열림' 부적을 기다리며 '삐이익삐이익' 소리를 내는 나무가 있지 않을까? 가만가만 주변을 살펴본다.

노점상 어머니

이상규

목이 빠져라 기다리던 버스가 마침내 도착하고 문이 스윽 열린다. 먼저 버스에 오른 어머니는 아버지가 아래에서 받쳐주는 보따리를 힘겹게 질질 잡아끈다. 다른 승객이 최대한 불편하지 않도록 좌석 쪽을 애써 피해 한쪽에 보따리를 쌓아둔다. 보따리는 마치 새댁이 시댁에 보내는 혼수 보따리 마냥 엄청나게 크다. 부피도 부피지만 무게 역시 만만치 않다.

그래도 오늘은 운수가 좋은 날이다. 인심 고약한 운전기사라도 만날라 치면 보따리를 버스에 실을 틈도 주지 않고 휑하니 떠나버리기 일쑤다. 그럴 때면 1시간 30분 뒤에나 오는 다음 버스를 기다릴 수밖에 없다. 기다리는 것은 문제가 아니지만 보따리 안의 채소가 걱정이다. 시간이 조금만 지나도 상품가치가 뚝뚝 떨어지기 때문이다. 특히 날이 더울 때면 잎과 줄기가 금방 축 처져 생기를 잃고 만다. 어머니의 마음도 함께 바짝바짝 타들어간다.

그날 보따리 안엔 고구마 줄기가 들어 있었다. 시장 좌판에 고구마 줄기를 내다 팔기까지는 적잖은 공정이 필요하다. 해가 살짝 기우는 오후, 어머니는 고구마 줄기를 따서 군데군데 적당량씩 쌓아놓는다. 아버지는 그 줄기를 집 토방이나 대문 앞 은행나무 또는 모과나무 그늘로 옮기고 가지런히 줄을 세운다. 다음은 선별작업이다. 길이와 굵기를 기준으로 특·상·하로 등급을 나누고 일정량마다 짚으로 잎사귀와 줄기 부분 두 곳을 곱게 묶어 보따리에 담아둔다. 그리곤 하룻밤을 기다린다.

고구마 줄기의 쓰임새는 다양하다. 살짝 올라온 가장 연한 부분은 작은 줄기와 함께 살짝 데쳐 된장과 풋고추 양파를 잘게 썬 뒤 함께 무친다. 없던 입맛도 돌아올 정도로 밥 한 그릇을 뚝딱 할 수 있다. 다 자란 줄기는 잎을 떼어내고 줄기를 벗긴 다음 데쳐서 배추김치나 총각김치 담는 것처럼 김치로 담가 밥상에 올린다. 배추김치에서 맛볼 수 없는, 색다른 맛이 일품이다. 또 줄기를 말려서 보관했다가 생선을 조리거나 육개장을 끓일 때 넣어 먹으면 그 게미(맛)는 이루 말할 수 없다. 혀가 돌돌 뒤로 말려 들어갈 정도로 맛있다.

사람들이 버스를 타고 내릴 때마다 어머니는 눈치를 본다. 운전기사 또한 보이지 않게 무언의 압박을 준다. 씁쓸한 미소를 애써 지으며 방어하는 것도 잠깐, 어머니는 이내 하품과 함께 꾸벅꾸벅 졸음에 빠져든다. 늘 피곤에 절은 까닭이다. 얼마나 지났을까.

"아주머니, 대인시장 입구예요. 어서 내리세요."

운전기사는 앓던 이를 빼듯이 시원하다는 표정으로 졸고 있는 어머니를 깨운다. 버스는 어머니의 뒷발이 바닥에 채 닿기도 전에 시커먼 매연을 뿜어내며 내빼듯 도망친다.

버스에서 내린 어머니는 기지개를 한 번 켜고 호흡을 가다듬는다. 무사히 버스로 실어왔다고 해서 전쟁이 끝난 것은 아니다. 그도 그럴 것이, 어머니의 최종 목적지인 시장 좌판은 정류장에서 걸어서 100미터 거리에 있다. 어머니는 당신의 덩치보다 더 큰 보퉁이를 머리에 인 채 신호등을 하나 건너고, 시장 입구로 들어서서도 한참을 더 걸어야 한다. 버스정류장과 좌

아버지가 심은 수선화 옆에서 웃고 있는 어머니.

판 사이를 왔다갔다 두세 번 정도 해야 버스로 간신히 실어온 채소를 모두 좌판으로 옮길 수 있다.

어머니의 좌판은 약국과 미장원 사이의 좁은 공간이다. 이곳은 어머니의 전용공간이나 마찬가지다. 붙임성이 좋은 어머니는 약사와 미장원 주인을 자신의 든든한 지지자로 만들었다. 두 사람에게 집에서 직접 가꾼 농작물을 아낌없이 선물하곤 했다. 어머니의 생존전략이었다. 자두며 감이며 밤 등 온갖 과일과 여러 가지 푸성귀를 그들에게 주는 대신 그들에게는 별로 쓸모없는, 그러나 어머니에게는 요긴한 빈 공간을 잠시 빌려 쓸 수 있었다. 세상에 공짜가 어디 있으랴. 노력 없이 이루어지는 일은 어디에도 결코 없다. 이 자리를 차지하기까지 어머니는 메뚜기 신세를 오랫동안 면치 못했다. 자리다툼이 치열했고, 그러는 동안 어머니는 약사와 미장원 주인의 눈에 들었으며 고정 자리에 대한 허락을 받아냈다.

얼떨결에 어머니에게 자리를 내준 그들은 얼마 지나지 않아 어머니의 적극적인 후원자가 되었다. 그들은 우리 네 형제에 대해서도 속속들이 알고 있었다. 비록 시장에서 고구마 줄기나 자두를 파는 볼품없는 당신이지만, 든든한 아들이 넷이나 있다고 은근히 자랑하곤 했던 것이다. 큰아들은 시청 공무원이고, 둘째아들은 대기업 직원으로 외국에 나가 있으며, 셋째아들은 서울에서 공부하고, 막내아들은 일본에 유학을 가 있다는 말을 기회

나는 대로 들려주었던 모양이다.

시장에서 좌판을 여는 동안 어머니는 거의 점심을 굶다시피 했다. 집에서 싸간 찐고구마나 옥수수로 겨우 허기를 달래곤 했다. 시장 안에 먹을거리가 넘쳐나도 어머니에겐 그 모두가 그림의 떡일 뿐이었다. 무더운 여름날, 목이 말라 아이스크림을 먹고 싶을 때도 아이스크림을 들었다 놨다를 반복할 뿐, 한 번도 들고 나온 적이 없었다. 그 돈이면 자식들에게 책 한 권, 옷가지 하나라도 더 사줄 수 있다고 생각해서였다.

어머니는 그때를 회상하며 간혹 눈물을 글썽인다. 너무 바보처럼 살았다고. 어머니는 그렇게 번 돈을 아낌없이 내게 보내주었다. 그렇게 벌어 아낀 돈이 서울에서 공부하는 나의 하숙비와 책값, 등록금 등으로 쓰였다. 며칠 전 광주시청에서 공무원으로 근무하는 큰형님이 형제들의 '단체 이야기방'에 어머니 사진을 몇 장 올렸다. 돌아가신 아버님이 생전에 집안 구석구석 심어놓은 노란 수선화 옆에서 환하게 웃고 있는, 팔순의 어머니 모습이다.

얼마 전까지 치아가 아파 음식을 제대로 씹을 수 없었던 어머니는 우리 형제들이 조금씩 갹출한 돈으로 임플란트 시술을 받았다. 그 덕분에 음식 씹기가 가능해진 어머니는 며칠 사이에 정말 좋아 보인다. 볼에도 살이 차올랐다. 큰아들인 형은 이런 어머니를 동생들에게 자랑하고 싶었던 모양이다.

어머니는 온몸으로 세월을 버텨내 쭈글쭈글한 얼굴에다 허리까지 굽었다. 또 다리에 힘이 없어 지팡이를 벗 삼지 않으면 마실도 다니지 못할 정도가 되어버렸다. 그럼에도 내 눈엔 어머니가 수선화보다 더 예쁘다.

남의 것은 똥이다

이상규

일요일 이른 아침, 평소와 다름없이 산행을 위해 집을 나섰다. 놀이터를 지나 공원 쪽으로 향한 길에 있는 편의점을 지나는데, 바닥에 지폐 한 장이 떨어져 있다. 구겨진 만 원짜리 지폐다. 주위를 살펴보니 지나가는 사람은 아무도 없다. 허리를 구부려 얼른 집어들었다. 그리고 아무 일 없었다는 듯 급히 몇 걸음을 떼었다. 순간 어머니의 얼굴이 앞을 가로막더니 어머니의 호통이 귓전을 때렸다. 나는 다시 그 자리로 돌아와 허리를 구부리고 주운 돈을 제자리에 놓았다.

어머니는 가난했지만 자식들의 정신만큼은 부자이길 바랐다. 올바르게 키우고 싶어 하셨다. 그래서 남의 물건을 훔치거나 가져오는 것을 용납하지 않았다. 성적이 나쁘거나 일손을 돕지 않고 친구들과 어울려 다녀도 야단만 칠 뿐 회초리를 들지 않았지만, 남의 물건에 손을 대면 회초리 대신 부지깽이를 들고 종아리에 피멍이 들 때까지 때렸다. 그런 날 밤이면 어머니는 자고 있는 자식의 피멍 든 종아리에 연고를 발라주곤 했다.

초등학교 5학년 때로 기억한다. 학교에서 집으로 가는 길에 점방(상점) 앞에서 길에 떨어져 있는 지폐를 발견하고는 얼른 주워들고 집으로 달렸다.

“엄마, 돈 주웠어요. 여기 보세요.”

나는 자랑하며 어머니께 건넸다.

“갖다 버려라.”

이게 무슨 말인가? 나의 기대와는 달리 어머니는 전혀 좋아하지 않았고, 오히려 역정을 내면서 그 돈을 집 앞 멀리 흐르는 개울에 버리고 오라고 했다. 나는 아까웠지만 무서운 어머니의 명령을 거스를 수는 없었다. 주운 돈을 버리러 가는 길에 별의별 생각을 다했다. ‘괜히 자랑했나?’ ‘알리지 말고 그냥 알사탕이나 사먹을 걸.’ ‘버리는 척하며 몰래 숨겨놨다가 다시 찾아내서 껌이라도 사먹을까?’ 하지만 그럴 수는 없었다. 어머니가 나의 행동을 지켜보고 있었기 때문이다.

나는 아까운 돈을 개울물에 던져버리고 집으로 돌아왔다. 돌아온 나를 앉혀놓고 어머니는 말했다.

“셋째야, 남의 것은 똥이다. 앞으로는 절대 남의 물건에 손도 대지 마라.”

산행을 마치고 돌아오는 길에 편의점 앞에 떨어져 있던 만 원짜리 지폐의 행방이 궁금했다. 지폐는 아직 그 자리에 있었다. 다행이다. 잃어버린 주인이 다시 찾아가기를 기원하며 집으로 향했다. 산행으로 묵직해진 발걸음이 순간 가벼워졌다. 하루 종일 뭔가 큰일이라도 한 것처럼 내 자신이 대견하고 뿌듯했다.

울 엄니 거친 손

이 연

중학교 2학년 때다. 생전 처음 집을 떠나 살았다. 내가 다녔던 본촌동(지금의 건국동사무소 근처)의 지산중학교는 우리 집에서 4~5킬로미터 정도 떨어져 있었다. 비록 시골 중학교였지만 경쟁이 제법 치열했다. 건국동과 양산동에 있는 지산·양산·북초등학교 졸업생들 사이에서 학교 간 경쟁이 벌어졌다.

나와 함께 졸업한 북초등학교 출신들은 학교까지 거리가 멀어 남학생들은 자전거를 타고 다녔고, 여학생들은 버스를 한두 번 갈아타야 했다. 집에 자전거 살 돈이 있을 리 만무했던 나는 3년 동안 내내 학교까지 걸어 다녔다. 하지만 더 큰 문제는 알코올 중독이 된 아버지의 술주정 때문에 공부할 분위기가 아니었던 것이다. 그럼에도 열심히 공부했다. 그동안 늘 2~3등에 머물던 내가 2학년이 되면서 전체 1등을 했다.

학교를 마치고 집에 오면서 줄곧 어머니가 얼마나 기뻐하실까만 생각했다. 의기양양하게 집에 들어섰다. 마당에서 연기가 피어나고 있었다. 어머니가 산에서 어렵게 해온 나무다발에 아버지가 불을 지피고 있었다. 어머니는 아버지가 하는 양을 말리지 않고 바라만 보고 있었다. 나는 어머니를 위로하기 위해 큰 소리로 1등을 했다고 말했다. 어머니는 나를 꼭 끌어

안아 주었다.

"네 애비는 좋은 분인데, 그놈의 술이 웬수다."

어머니는 늘 그렇게 말했다.

나는 1등을 놓치고 싶지 않았다. 그래서 한 가지 묘안을 내어 학교와 우리 집 중간의 용전마을에 사는 친구인 차복기의 집에서 공부하기로 했다. 어머니에게 허락을 받아 집을 나왔다. 복기네 집도 그렇게 넉넉한 편은 아니었지만 부모가 모두 독실한 기독교 신자로 오순도순 재미있게 살고 있었다. 하지만 친구 집에서의 생활은 한 달을 넘기지 못했다. 어머니가 너무 보고 싶어서였다. 공부고 뭐고 다 내던져버리고 집으로 돌아왔다. 아직 어머니 품을 떠날 때가 아니었던 모양이다. 보름달이 막 앞산 위에 떠오를 때 집에 도착한 나는 어머니를 큰 소리로 불렀다.

20년 전 안방에서 어머니와 함께.

"엄마! 엄마!"

문밖에서 부르는 나의 목소리를 듣고 어머니는 맨발로 마당까지 뛰어나왔다.

"아이고 아이고 내 새끼"를 연발하며 나를 품어 안고 얼굴을 어루만져주었다. 나는 지금도 그때의 거친 어머니 손의 촉감을 기억하고 있다. 마치, 바로 엊그제 일처럼.

어머니와 누에고치

이상규

나는 번데기를 좋아하지 않는다. 어렸을 적 온 가족이 번데기를 먹고 두드러기로 고생했던 트라우마 때문만은 아니다. 번데기를 보면 어머니 생각이 나서다. 번데기는 고생하며 살았던 어머니의 표상이다. 누에를 치며 고생했던 어머니에 대한 기억은 번데기 주름처럼 내 뇌리 속에 깊은 골로 자리하고 있다.

예전엔 번데기가 흔했다. 요즘엔 애써 찾아야 간신히 만나는 귀한 존재지만 그땐 웬만한 시골에서 쉽게 볼 수 있었다. 그 귀한 번데기가 요즘은 술집 메뉴판의 한 자리를 차지하곤 한다. 얼마 전 모임에서 한 친구가 입가심 안주로 번데기를 시켰다. 고춧가루와 잘게 썬 파까지 곁들여진 번데기가 작은 뚝배기에 소복하게 담겨서 나왔다. 친구는 콜라겐이 풍부하고 간에도 좋다면서 나에게 번데기를 건넸다. 하지만 나는 먹지 않고 멍하니 쳐다만 봤다. 번데기에 어머니 이마의 굵은 주름이 겹쳐 보였다. 말없이 눈물을 삼키며 술잔만 들이켰다.

가난했던 아버지는 돈이 될 성싶으면 일단 일을 저지르고 보았다. 꼼꼼하게 계획을 세우고 면밀하게 일을 추진하는 것이 아니라 일부터 벌렸다. 그러다 보니 실패율이 높았다. 사실, 아버지는 그냥 시작만 했고 뒷감당은 늘 어머니 몫이었다. 그 고단함은 이루 말할 수 없었다. 어머니는 고생을 운명으로 받아들여야만 했다. 그래야 자식들을 굶기지 않고 학교에 보낼 수 있었고, 아버지의 외상 술값도 갚을 수 있었다.

당시 누에치기는 우리 집의 중요한 돈벌이 수단이었다. 누에는 일 년에 두 번, 6월과 9월에 친다. 누에치기가 시작되면 어머니는 거의 한 달 이상을 온통 누에와 함께 살았다.

우리 집엔 누에를 키우는 별도의 공간이나 창고가 없었다. 하여, 누에가 자라나면서 우리 형제들은 누에들에게 방을 빼앗기곤 했다. 당시 우리 집은 안방과 작은방 달랑 두 개의 방이 있었다. 누에가 어릴 때는 안방 한쪽에 선반을 만들어 채반을 올린다. 그러다 누에가 점점 자라면 영역을 넓혀가다가 나중에는 아랫목과 윗목을 모두 차지한다. 거기서 더 자라면 작은방까지 몽땅 점유한다. 그렇게 공간을 빼앗긴 우리는 채반 밑 좁은 공간에서 새우잠을 청하곤 했다. 하지만 어머니는 그마저도 누릴 수 없었다. 무서운 식성을 자랑하는 누에의 먹을거리를 대느라 어머니는 쪽잠마저도 잘 수 없었던 것이다.

그렇게 어머니의 고단한 삶까지 먹어치운 누에는 빨리 자랐다. 누에를 치는 시즌에 어머니가 누워서 잠자는 모습을 단 한 번도 보질 못했다.

누에가 알에서 깨어나 고치를 짓기까지 대략 25일이 걸린다. 그동안 누에는 네 번 허물을 벗는데, 그때마다 '1령'씩 더해진다. 알에서 갓 깨어난 누에를 '1령 누에'라 한다. 이 누에가 뽕잎을 먹고 한 번 허물을 벗으면 '2령 누에'가 된다. 이때까지는 누에가 어린 탓에 어머니는 도마 위에 뽕잎을 놓고 깨끗이 씻은 칼로 잘게 잘라서 골고루 뿌려준다. 누에는 뽕잎을 자주 먹는다. 하루에 뽕잎을 몇 차례 먹는지 셀 수도 없을 정도로 자주 먹어치운다.

누에는 엄청난 속도로 몸집을 키워나간다. 그렇게 먹성이 좋은 누에도 허물을 벗기 위해서는 하루 이틀 정도 뽕을 먹지 않고 잠만 잔다. 어머니는 이를 '한잠 잡힌다'라고 했다. 누에가 잠을 잘 때라야 어머니도 부족한 잠을 채웠다. 한 잠씩 자고 나면 누에의 성장에는 가속도가 붙었다. 쑥쑥 커가는 모습이 눈에 보일 정도였다.

뽕잎 따기는 우리 형제들의 몫이었다. 방과 후 집에 오자마자 어머니가 입혀주는 치마를 하나씩 입었다. 치마끈을 가슴까지 올려서 묶고, 아래 양쪽 끝단을 허리 뒤쪽으로 묶으면 캥거루 새끼주머니처럼 커다란 보자기가 만들어진다. 우스꽝스런 복장을 갖춰 입은 우리는 집 인근의 뽕밭으로 가서 각자 한 줄씩 차지하고 뽕잎을 하나하나 정성껏 따서 보자기에 담는다.

뽕잎을 나무줄기에서 떼어낼라치면 우유같이 하얀 수액이 나온다. 수액은 매우 끈적거린다. 찐득한 액이 묻어난 손으로 계속 뽕잎을 딴다. 그렇게 뽕잎을 따고 나면 손은 온통 검은 녹색으로 물들고 만다. 그렇게 물든 손톱 밑은 한참이 지나도 잘 지워지지 않는다.

뽕잎을 따다가 가끔씩 맛보는 오디 맛은 일품이다. 하지만 농약을 칠 수 없는 뽕나무는 잎에 여기저기 진딧물과 '뽕나무이파리병'이라는 하얀 가루가 붙어 있다. 어쩌다 잘못해서 살에 달라붙거나 나무가 흔들리면서 하얀 가루가 날려 얼굴에라도 붙으면 얼굴이 따갑다. 특히 눈에 들어가면 그 고통은 이루 말할 수 없다.

손놀림이 익숙한 우리의 보자기엔 어느새 뽕잎이 가득 채워진다. 뽕잎을 다 따고 나면 좁다란 논길을 따라 뒤뚱뒤뚱 집으로 돌아온다. 그리고 선선한 그늘에 뽕잎을 쏟아내기를 몇 번이나 반복한 뒤에야 간신히 하루 일과를 마무리 짓는다.

누에치기는 모기와의 전쟁이기도 하다. 누에는 민감해서 당시 살충제의 대명사인 인피레스를 뿌릴 수가 없다. 살충제에 노출된 누에는 쓸모가 없다. 다 자라서 섶에 올려도 실을 뽑지 못하고 시커멓게 변해서 죽고 말기 때문이다. 그럴 때면 어머니의 속마음도 함께 타들어 갈 것이 뻔하다. 그래서 누에를 잘 치기 위해선 모기가 극성을 부려도 인피레스를 뿌리지 못하고 모기에 물리는 것을 참아야 한다.

정말 많은 모기에 물렸었다. 그때 내성이 생겨서인지 요즘도 모기에 물려 부풀어 오른 자리를 손톱으로 열십자 표시만 해놓으면 가려움이 금세 사라지고 부기가 빠진다.

누에는 4령이 지나고 5령쯤에 이르면 무섭게 뽕잎을 먹어치운다. 어머니의 표현대로라면 뽕잎을 갉아먹으면서 내는 '삭삭삭' 소리가 마치 비 내리는 소리 같다. 한쪽을 주고 나면 한쪽은 이미 다 먹어치워 없어질 정도로 주고 돌아서기 무섭게 금세 없어진다. 초저녁, 한밤중, 새벽 이렇게 세 번 뽕잎을 주고 난 뒤에도 어머니는 누에의 건강상태를 지켜봐야 하기에 늘 새벽녘에 밝아오는 해를 뜬눈으로 맞이한다.

그렇게 무지막지하게 먹어치우는 누에는 똥도 많이 눈다. 누에가 쉴 새 없이 배설하는 검정깨처럼 생긴 똥은 온 방안 천지에 깔린다. 옷에 달라붙은 누에똥은 학교에도 함께 갔다. 어떤 때는 누에가 옷에 붙어 함께 나설 때도 있다.

누에를 많이 칠 때는 뽕잎이 부족했다. 그럴 때면 어머니는 뽕잎 동냥을 나갔다. 가는 곳은 주로 당신 친정이 있는 담양군 백동리. 외갓집 밭에는 잎이 크고 주위 논에서 멀리 떨어져 있어 농약에 오염되지 않은 좋은 뽕나무가 몇 그루 있었다. 부족한 뽕잎을 구할 수만 있다면 어머니는 자존심도 버리고, 지옥에라도 갈 수 있었다. 그렇게 어머니는 자신의 처지를 애써 감춘 채 친정집 뽕잎까지 손에 넣었다.

외가는 우리 집에서 20리 밖에 있었다. 누에를 굶길 수 없었던 어머니는 그 먼 길을 마다하지 않고 다녔다. 갈 때는 빈 보자기만 가지고 가면 됐지만 올 때는 커다란 보따리를 머리에 이고 그 먼 길을 혼자서 걸어와야 했다. 무더운 여름날 머리 위의 뽕잎이 뙤약볕을 받아 열을 품으면, 머리에 직접 맞닿는 부분의 뽕잎은 익기 십상이다. 그렇게 되면 그 뽕잎은 버려야 한다. 당연히 어머니의 걸음은 빨라진다. 뽕잎 보자기를 떠받치는 목은 끊어질 듯 아프고 다리는 주저앉을 정도로 힘들지만 오직 누에만 생각하면서 걸음을 재촉할 수밖에 없었다.

뽕잎을 가져오기 위해 부잣집인 친정으로 가야 했던 어머니의 심정은 어땠을까? 외할머니를 붙잡고 한참을 울고 싶었을지도 모른다. 당신을 어쩌다 그렇게 가난한 집에 시집보내서 친정에 뽕잎 구걸까지 시키게 했느냐고, 당신의 어머니 품에 뛰어들고 싶었을 것이다. 때론 어머니의 가슴팍을 쥐어뜯고 싶었을 것이다. 정말 살기 어려우니 제발 도와달라고 애원이라도 하고 싶었을 수도 있다. 하지만 어머니는 전혀 내색을 하지 않았다. 울지도 않았다. 경제적인 도움 역시 받지 않았다. 도리어 당당했다. 아들들을 떠올리면 힘이 절로 솟아났다. 팍팍한 삶에 굴복하지 않고 자식을 위해 올곧게 살아온 어머니, 그 어머니가 걸어온 길은 눈물과 아픔으로 도배된 길이었다.

그때마다 외할머니는 말없이 딸의 뽕잎 따는 일을 도왔다. 외할머니는 이고 가기 힘들다며 한사코 그만 따라고 했고, 어머니는 괜찮다며 한 잎이라도 더 따서 넣었다. 겨우 들 수 있을 정도의 뽕잎 보따리를 머리에 이고 외갓집을 떠났다. 할머니가 챙겨주는 쌈짓돈을 마다하고 광주~담양간 신작로를 따라 우리 집으로 향했다. 할머니는 어머니가 보이지 않을 때까지 밭 언덕에 서서 빨리 가라는 손짓만 했다. 어머니는 뒤돌아보지 않았다. 모녀는 그렇게 가슴으로 울었다.

누에는 섶에 올라가기 전에 마지막으로 뽕잎을 폭풍 흡입한다. 사나흘을 먹기만 하면서 몸을 불리고 며칠의 휴식기를 거친 다음 실을 뽑기 위해 드디어 섶에 올라간다. 섶은 보통 새끼줄에 적당한 길이로 자른 짚을 끼워서 누에가 들어가 고치를 만들 수 있도록 펼쳐둔다. 섶 위에 누에를 조심스럽게 적당한 간격으로 뿌려놓으면 누에는 연신 실을 뽑아내어 서서히 자신을 감추면서 고치 속으로 자리를 잡는다.

고치를 만드는 과정은 실로 신비롭다. 누에가 고치를 만들기 위해서 몸에서 뽑아내는 실의 길이는 무려 1,200~1,500미터라고 한다. 정말 대견하고 존경스럽기까지 하다.

누에는 어머니의 땀과 눈물을 먹고 쑥쑥 자라났다. 그렇게 자란 누에가 둥그스름한 고치를 만들면 대나무 선반 위에 칸칸이 올려진 채반이 하얗게 뒤덮인다. 섶에 빽빽이 들어선 누에고치는 하나같이 아름다운 꽃으로 피어난다. 그 꽃을 보고 있는 어머니의 얼굴에도 하얀 미소가 피어난다. 어머니의 한 달여 간의 고생이 보람으로 바뀌는 순간이다. 그 광경은 실로 엄숙하고 장엄하기까지 하다.

단단해진 누에고치를 섶에서 하나하나 손으로 떼어내고 달라붙어 있는 지푸라기와 똥을 털어내 깨끗하게 손질한다. 그렇게 갈무리된 누에고치를 농협 공판장에 내다 팔면 누에고치 농사는 끝이 난다. 어머니는 이렇게 번 돈으로 자식들을 가르치고 빠듯한 생활을 이어갔다.

다 만들어진 고치를 살짝 흔들어보면 '달가닥 달가닥' 소리가 난다. 그 속에 번데기가 들어있다. 누에가 몸에서 실을 모두 뽑아내 고치를 만들고 그 안에서 나방이 되기를 기다리는 상태가 번데기다. 나처럼 이렇게 번데기가 만들어지는 과정, 즉 누에의 성장과정을 아는 사람은 번데기를 먹기가 그리 쉽지 않다. 누에의 일생을 누구보다 생생하게 알고 있는 내가 번데기를 먹지 못하는 것은 당연하다.

어머니의 누에고치는 명주실이 되고 아름다운 실크가 되었다. 그리고 누군가를 위한 옷이 되고 어떤 멋쟁이의 스카프가 되었다.

이번 어버이날에는 어머니께 멋진 실크 블라우스를 선물해야겠다.

군대 가던 날

이 연

백운동사무소에서 근무한 지 2년쯤 되었을 때, 입대 영장이 나왔다. 입영하던 날, 동료들이 준 전별금을 동생들에게 모두 나눠주고 나는 무일푼으로 집결지인 무등경기장으로 갔다. 거기서 인원 점검을 받은 뒤 광주역으로 가서 논산훈련소를 향해 '출발대기'를 하고 있을 때, 뜻밖에도 어머니가 오셨다. 어머니는 기차 차창으로 찰밥을 건네주면서 집안 걱정은 말라고 안심을 시켰다. 동기들과 그 가족들은 여기저기서 훌쩍였지만 어머니는 섭섭한 표정만 지었다. 나도 애써 웃으면서 작별인사를 했다.

하지만 막상 기차가 움직이자 계속 열차를 따라오며 손을 흔든 사람은 어머니뿐이었다. 그리고 열차가 멀리 사라지자 철로변에 주저앉았다. 그 모습을 눈으로 좇던 나는 바로 그 순간 "고개 숙여" 하는 기합소리에 어머니의 모습을 놓치고 말았다.

사실 군대가 더 편했다. 끼니 때마다 식사가 나왔고 다른 특별한 걱정거리도 없었다. 무엇보다 더욱 나에게 위안이 되었던 것은 연약한 모습을 보이지 않으려고 애썼던 어머니였다. 어머니는 의연한 모습으로 나를 떠나보냈고, 대신 마음속으로 눈물을 흘렸다.

훈련소에 도착해서 신체검사를 받는 사이에 내무반 침상 밑에 감추어

두었던 찰밥이 없어졌다. 어머니가 아들을 생각하며 공들여 지은 찰밥을, 맛도 보지 못한 채 누군가에게 빼앗겨버린 게 참으로 아쉬웠다. 찰밥은 어머니에 대한 나의 그리움으로 남아 있다. 찰밥을 먹지 못해 아쉬운 게 아니라 어머니에 대한 그리움이 사무쳐 아쉬웠던 것이다.

이후 마음이 울적할 때나 고된 일이라도 있을라치면 눈을 감고 군대 가던 날, 다들 돌아간 철로가에 홀로 앉아 울고 있었을 어머니 모습을 마음에 되새겼다. 그리고 어린 시절 고향 마을의 자치기하던 댕배기 빈터, 가재 잡던 황새봉 산골짜기, 여름이면 산들바람이 가랑이 사이를 어루만져 주고 겨울이면 신나게 눈썰매 탔던 메똥(무덤)이 있는 왕소나무 뒷재 이곳저곳을 상상 속에서 마음껏 돌아다니는 버릇이 생겼다.

사람이 죽을 때 누구를 찾을까?

이 연

오래전의 일이다. 인사불성이 되도록 술을 마시고 집에 들어온 내가 밤새 어머니를 찾았다고 한다. 아내는 자신 대신 어머니를 불렀다 하여 두고두고 서운해 했다. 나는 고등학교 영어교과서에 실렸던 영국 탐험가 스코트 대령의 남극 탐험기 내용을 아내에게 들려주었다.

영국 군인들로 구성된 남극 탐험대는 힘겹게 극점 정복에 성공했다. 하지만 이미 노르웨이의 탐험가 아문센이 다녀간 뒤였다. 침울한 마음을 억누르고 귀환하던 탐험대는 설상가상 혹독한 눈보라를 만나 대원들이 하나둘 죽어가는 상황에 처하게 되었다. 처음에는 영국 군인답게 죽음을 맞이하자고 다짐했으나 최후에는 울면서 어머니를 찾았다는 이야기다.

나는 아내에게 극한상황에 처하면 누구나 어머니를 찾게 된다고 말해 주었다. 그러면서 어머니가 나를 어떻게 키웠는가 생각해보라고 했더니 아내는 서른다섯에 홀로 되어 남매를 키워낸 자신의 어머니, 즉 장모를 떠올리며 눈시울을 붉혔다.

어머니는 한때 당신의 피와 살이었던 자식을 한시도 잊지 못하여 늘 불안해한다. 자식들로부터 무엇을 바라기보다는 어떻게 도움이 될까를 늘 생각하곤 한다. 자신의 존재를 자식의 안녕과 성장에서 찾는다. 어머니란 사람은 사랑에서 시작해서 사랑으로 끝을 맺는다. 그러니 어려울 때나 아플 때나 혹은 죽음이 닥쳤을 때 어머니를 찾는 것은 당연하다. 일생에서 나를 가장 편안하게 안아준 어머니를 그리워하며 찾는 것이 뭐 이상한 일이겠는가. 어머니의 목소리와 어머니가 해주신 음식을 잊지 못하는 것은 물론, 어머니 손을 잡고 거닐었던 고향산천까지 못 잊는 것은 인위적인 것이 절대 아니다. 거의 운명적이다.

수구초심(首丘初心)이란 말이 있다. 여우가 죽을 때는 머리를 자신이 살던 굴이 있는 쪽으로 둔다는 뜻이다. 인간인 우리는 어머니를 위해 무엇을 해야 할까? 어머니를 위해 큰 이름을 남기지는 못할지언정 남에게 손가락질 받지 않고, 어머니에게서 물려받은 뼈와 살을 온전히 보존하여 당신의 손자 손녀들이 번창할 수 있도록 하는 것이 자식의 의무이지 않을까?

젊어서는 눈물 한 방울도 쉽게 보이지 않던 어머니가 달라졌다. 자주 눈물바람을 한다. 무심한 세월 탓이리라. 멕시코에 나가 있는 둘째아들의 전화를 받을 때도, 명절에 음식을 너무 많이 장만한다고 며느리들로부터 원성을 들을 때도 눈물을 훔친다. 또, 사나운 꿈을 꾸고 나서는 걱정을 놓지 못하는 연약한 할머니가 되어버렸다. 무쇠처럼 강했던 어머니가 어느 세월에 이렇게 약한 여자가 되었나를 생각하면 가슴이 편치 않다. 아내와 딸이 내 어머니만큼 자식을 사랑하는 '어머니'가 되기를 간절히 바란다.

그런 생각에 깊이 잠겨 있을 때 전화벨이 울리더니, 곧이어 정다운 목소리가 흘러나온다.

"아빠! 곧 터미널에 도착해요. 빨리 마중 나와 주세요."

서울에서 학교에 다니는 딸이다. 그렇잖아도 보고 싶었던 차다. 그리움을 안고 한달음에 터미널로 달려간다, 딸을 태우러.

아버지의 죽음

이 연

부부의 정은 부부만이 안다고 했던가. 정말로 그런 것 같다. 나는 어머니가 아버지를 극도로 미워한다고 생각했다. 당연한 일이었다. 어머니의 삶을 바로 곁에서 지켜본 나로선 어머니가 아버지를 증오한다 해도 '그러지 마시라'고 할 수 없었다. 경제적 무능과 가족에 대한 무관심으로 일관한 아버지를 대신해 어머니가 짊어져야 했던 삶의 무게를 떠올리면, 심한 것이 아니었다. 그러나 그건 잘못된 생각이었다. 그걸 알고 나는 깜짝 놀랐다.

어머니가 당한 어려움은 결코 경제적 고통만이 아니었다. 아버지는 날이면 날마다 술을 마셨고, 술을 많이 마신 날엔 기어코 어머니에게 주먹을 날리기까지 했다. 우리 집 문짝은 큰방, 작은방 할 것 없이 온전한 게 없었다. 술을 마신 아버지가 취기에 모두 부숴버렸기 때문이다. 그런 아버지와 함께 살았던 우리는 늘 두렵고 불안했다.

"몇 번이나 도망쳐 불까 생각했는지 몰라. 그 생각을 않고 지낸 날이 없었당께. 그러나 니들을 떠올리면 당최 그리 할 수가 없었제."

내가 장성한 이후 어머니가 들려준 말이다. 어머니의 마음은 언제나 갈등의 연속이었다. '아버지로부터의 도망'과 '자식들의 보호' 사이에서 끊임없이 번민했다. 결론적으로, 어머니는 우리를 선택했다. 아버지로부터 어

외가 꽃밭에서 찍은 가족사진.

떤 수모와 고난을 당하더라도 우리를 외면할 수 없었던 것이다. 만약 어머니가 까딱, 잘못된 선택을 했다면 나는 어떻게 되었을까. 그리고 동생들은……. 생각만 해도 앞이 캄캄하다.

아버지로부터 그렇게 고통을 받았던 어머니는 아버지가 돌아가시기 직전 돌변했다. 그리고 지금도 온통 아버지에 대한 좋은 추억만을 떠올린다.

아버지의 체력이 급속히 떨어지자 어머니는 행여 아버지가 어떻게 될까 봐 노심초사하며 온 정성을 다해 병수발을 들었다. 나는 크게 감동했다. 아버지의 몸 상태는 날마다 들쑥날쑥했다. 병원에 수도 없이 실려갔다. 알코올 전문병원에도 1개월 이상 입원했다. 하루는 아버지 병문안을 다녀온 어머니가 아버지를 빨리 퇴원시키자고 했다. 알코올 전문병원에서 빼달라는 아버지의 요청을 받은 것이다. 나는 어머니에게 통사정을 했다. 지금 퇴원시키면 안 된다고. 이제 막 호전되어가고 있는 상태에서 병원 치료를 중단하는 것은 결코 지혜롭지 않은 일이었다.

그렇게 사정한 끝에 겨우 1개월 반 동안 알코올 집중치료를 받을 수 있었다. 다행히 아버지는 일 년 이상 술을 끊었다. 잠시나마 평안한 시절이었다.

아버지가 돌아가시던 날 저녁 무렵, 어머니가 내게 전화를 했다. 그날 아침에도 아버지는 술을 마셨다.

"아무래도 니 아버지가 영 다르당마다. 싸게 와봐라."

지체하지 않고 단숨에 달려갔다. 아버지는 아무 말 없이 계속 토하기만 했다. 내 부축을 받은 채 병원에 실려 가면서도 아무런 말도 하지 않았다. 침상에 눕자마자 곧 눈을 감고 잠을 청했다.

의사는 아버지의 차트를 보더니 대수롭지 않은 듯한 모습을 보였다. 자주 오는 환자인데다 특별한 이상이 없다고 판단했던 것 같다. 영양제 주사를 놓아주고는 깨어나면 집으로 모셔가라고 했다. 때마침 응급실이 만원이어서 매우 복잡했다. 우리도 처음엔 가볍게 생각하고 깨어나기만을 기다렸다. 그러나 그게 아니었다. 갑자기 아버지의 숨이 거칠어지며 고르지 않았다. 의사와 간호사가 산소호흡기를 끼우고, 인공호흡을 하는 등 부산하게 움직였다. 얼마 지나지 않아 중환자실로 들어가야 했다. 의사는 깨어나기 쉽지 않을 것이라며 당분간 산소호흡기를 달고 있어야 한다고 말했다.

순간, 앞이 캄캄해졌다. 그동안 아버지가 얼마나 미웠는지 모른다. 어머니를 고생시키고 우리를 힘들게 했던 아버지였다. 그러나 그런 생각은 어디론가 싹 달아나버렸다. 오로지 아버지를 살려야 한다는 생각밖에 없었다. 어떻게든 생명을 연장하여 아버지를 살려내고 싶었다.

멀리 떨어져 사는 동생들이 빨리 와서 아버지를 한 번이라도 더 보게 해주어야 했다. 동생들이 오는 동안만이라도 아버지를 보낼 순 없었다. 너무 간절했다. 그때 어머니가 의사에게 단호하게 말했다.

"돌아가시게 그대로 두세요. 한이 많으신 분입니다. 돌아가실 때라도 편히 가게 해주세요."

나는 젖은 수건으로 돌아가신 아버지의 몸을 닦아드리면서 많이 울었다. 끝내 알코올 중독에서 벗어나지 못하고 늘 힘들어 했던 아버지였다. 더 이해하고 잘해드렸어야 했다는 회한이 가슴을 쓸어내렸다. 하지만 뒤늦게 후회해봤자 아무 소용이 없었다. 어머니는 나와는 전혀 다른 모습을 보였다. 어머니는 눈물 한 방울도 흘리지 않고 오히려 얼마나 다행이냐며 나를 토닥토닥 위로했다.

"자식들 힘들이지 않고 편히 가셨응께 잘 보내드리자 잉?"

화장으로 장례를 치렀다. 화장로에 들어갈 때도 어머니는 울지 않고 의연하게 버텼다.

외가 식구들은 아버지의 실상을 잘 모른다. 어머니를 사랑으로 품어주고 살뜰하게 잘 보살펴준 장한 남편과 사위로 알고 있었다. 어머니가 단 한 번도 친정에서 아버지를 비난하거나 흉을 보지 않은 까닭이다. 어머니는 철저하게 이씨 집안의 여자로 살았다. 그것이 자식을 지키는 전략이자 자신의 자존심을 지키는 일인 것처럼 야무지게 했다.

지금은 아버지 이야기만 나오면 눈물을 훔치곤 한다. 마치 남이 보면 부부지간에 금슬이 굉장히 좋았던 것처럼. 부부지간에는 남이 모르는 그 무엇이 있나 보다. 힘들고 고단한 삶, 끊임없이 역경을 뚫고 산 어머니가 아버지를 조금도 원망하지 않는다는 것은 일반적인 시선으로는 얼른 이해가 가질 않는다. 어머니가 걸머져야 했던 그 힘든 짐을 아버지는 하나도 나눠 지지 않았는데도 말이다. 어머니는 원망은커녕 '훌륭한 분'이었다는 말을 입에 달고 산다. 처음엔 의아했다. 나로선 도대체 알 수 없었다, 어머니의 그 깊은 속을.

어머니는 아버지가 생전에 썼던 일기장을 지금도 고이 보관하고 있다.

아버지의 유카

이상우

2016년 6월 7일, Los Humeros 산에서.

아버지가 돌아가셨다는 소식을 들었을 때 나는 멕시코의 공사현장에 있었다. 북받치는 울음을 참기 힘들었다. 현장 사무실 뒤쪽으로 가서 '꺼익 꺼익' 소리 내어 울었다. 한바탕 울고 난 후 안정을 되찾았다. 왜 그렇게 슬피 울었는지 내 스스로 놀랐다.

당장은 고향에 가지 못하고 있다가 한참 뒤에 잠시 귀국하여 처음으로 아버지 산소에 인사를 하러 갔다. 어머니와 형님, 동생이 동행했다. 공원묘지 주차장에서 산소까지 가는 길에 엄청난 고민에 휩싸였다. 너무 담담해서 울음이 나오지 않을 거라는 걱정 때문이었다. 그 걱정이 너무 커서 형제들이 어머니와 나누는 대화마저 도통 귀에 들어오지 않았다.

나는 산소에 도착하기도 전에 울음을 참지 못하고 흐느끼다가 쓰러지듯 비석을 부둥켜안고 펑펑 울어야 했다. 그리고 홀로 된 엄니를 부둥켜안고 한참을 더 울어야 했다. 그래야 정상적인 자식의 모습일 터였다. 하지만 나는 그렇게 넋 놓고 울기는커녕 어깨에 미동조차 없을 정도로 담담하기 이를 데 없었다.

누구도 예상하지 못했던 나의 덤덤한 모습에 모두들 어찌할 줄 몰랐다.

동생은 뻘쭘해했고, 어머니는 뭔가 상실한 듯했다. 어리둥절해 하는 그들의 시선을 애써 피하며 술을 따랐다. 그리고 재배를 올렸다.

성묘를 하고 내려오는 동안에도 나는 몇 번이나 노력을 했다. 뒤늦게나마 울음을 터뜨려 어머니와 형제들의 기대에 부응해보려고 무진 애를 썼다. 눈물을 쏟을 수 있으려나 하고 살아생전 아버지의 좋았던 기억을 떠올려 보았다. 그러나 아무리 애를 써서 기억을 해내려고 해도 도무지 떠오르는 것이 없었다. 그날 이후 일상에서 만나는 현상과 사물에서 아버지와 관련된 기억을 억지로 뽑아내려고 하는 습관이 생겼다.

하지만 아버지의 그 어떤 것도 지금까지 눈물샘을 자극하지 못했다. 오늘도 좋았건 싫었건 아버지를 떠올리는 기억들을 더듬는다.

기억 저 너머에서 아버지의 유카가 손짓한다. 유카는 멕시코에 지천으로 깔려있다.

어릴 적 아버지는 마당에서 집으로 올라가는 경사면 양쪽 화단에 일반적인 화단에 있어서는 안 될 것 같은 이상한(?) 나무를 심고는 그것을 가리켜 꽃이라고 했다. 꽃 이름은 유카. 일종의 선인장 비슷한 유카는 솔직히 꽃이라기 하기에는 너무 볼품이 없었다. 왜 이렇게 무시무시한 가시가 있는 걸 심느냐고 물으니, 아버지는 "이래 보여도 한국에서는 구할 수 없는 귀한 것"이라고 대답했다. 그러면서 꽃이 피면 정말 멋지다고 자랑했다.

하지만 나는 마당에서 집으로 올라갈 때마다 가시에 찔릴까 봐 신경이 쓰이고 무서웠다. 다음해 봄, 유카에 꽃이 피지 않아 아버지께 물었다.

"아빠! 봄인데도 왜 꽃이 피지 않아요?"

"응, 필 때가 되면 피어나겠지."

아버지도 꽃이 피어나는 것을 기대했는지 모르겠다. 나는 불편하고 무서웠지만 꽃봉오리가 맺히고 화사하게 꽃이 필 때까지 기다리기로 했다. 그리고 시간이 지나면서 유카의 존재조차 희미해지고 가시에 대한 무서움이 무뎌질 때쯤, 거짓말처럼 굵직한 꽃대가 올라오더니 하얀 꽃이 무려 100송이가 넘게 다닥다닥 붙어서 피어났다. 유카를 심은 지 무려 4년 만이었다. 매년 봄이 되면 피어야 하는 게 꽃이라고 믿었던 나에게는 충격이자 더할나위없는 자랑거리였다.

둘째 동생 뒤에 유카가 있다.

여느 꽃과는 달라도 너무 달랐다. 우리 엄니 속옷 빨래처럼 하얗고 눈부셨다. 나는 늘 학교 친구들에게 큰소리를 치곤 했었다. 꽃이 피면 집에 초대하겠다고. 그러나 유카 꽃이 피어나기 전에 모두들 나를 떠나갔다. 친구를 오래 사귀지 못한 나의 성격 탓이었다. 그래서 아버지가 심고 가꾼 유카 꽃을 언제나 나 혼자 감상해야만 했다. 아버지는 유카를 마당에서 집 쪽으로 난 길 양쪽에 심었다. 그 까닭에 불규칙하지만 대략 2년에 한 번씩은 꽃이 피고 졌다.

멕시코에 살면서도 나는 유카를 '꽃'이라고 부른다. 여기 사람들은 그냥 선인장의 통칭으로 '깍투스'라고 부른다. 멕시코에서는 유카가 사방에서 피고 진다. 족히 천 년이 넘어 보이는 유카는 높이가 4~5미터가 넘고 둘레가 무려 10미터가 넘는다. 멕시코 산루이스 포토시 근처에는 몇 억 그루가 넘을 만큼 대규모 유카 군락이 고속도로 양쪽 편으로 끝도 없이 펼쳐져 있다. 어떤 이에게는 그냥 쓸모없는 불모지나 마찬가지인 깍투스 밭일 뿐이겠지만, 나는 그곳을 지날 때마다 아버지의 유카를 심호흡까지 하며 마음껏 감상한다.

한창 유카 꽃이 필 때다. 아버지가 몇 억 송이가 족히 넘을 만한 대규모 군락지의 유카 꽃들을 본다면 어떤 생각을 할지 궁금하다.

수선화

이상규

아버지를 그리워하며 지은 시.

고향집 봄은
수선화로 핀다.

아버지의 삶의 무게
온갖 꽃으로 피고
수선화는
유난히 당신을 따랐지.

굽이진 삶의 궤적
곧게 펴고파
한 줄로 길게 열을 지어 심었네.

그 많던 수선화
당신 따라 떠나가고
이제 남은 몇 그루
외로움만 남았다.

영산홍 그늘 아래
몇 뿌리 뽑아내어
서너 뼘 무덤가에
옮겨 심고 돌아오면

봄이면 아버지는
수선화로 웃겠지?

영락공원 무덤가에 피어 있는 수선화.

어머니의 목소리

이상규

2017년 2월 28일, 형제 이야기방에 올린 글.

시골 마당에서 셋째아들과 어머니.

어머니의 목소리는

천만 번을 들어도 좋다.

그 소리에는 어릴 적

아련한 추억이 소복이 내려 있고,

그 울림에는 그 시절 불렀던 동요가

추억으로 애잔하다.

'낮에 나온 반달은 하얀 반달은……'

'미루나무 꼭대기에 조각구름 걸려있네……'

'푸른 하늘 은하수 하얀 쪽배에……'

'초록빛 바닷물에 두 손을 담그면……'

'올해도 과꽃이 피었습니다……'

어머니는 언제까지 노래를 내게 들려주실까?

영원할 수 없는 그 울림을 마음속 깊은 곳에 쌓아놓기 위해

나는 오늘도 단축번호를 길게 누른다.

"식사는 하셨어요? 어디 아픈 데는 없죠?"

"아직은 괜찮다. 건강하지? 애들도 건강하고?"

어머니를 슬프게 한 일

이 연

지금이야 광주에서 우리 집이 지척이지만 예전엔 완전 깡촌이었다. 집에서 광주 시내까지 나오는 길은 덜컹덜컹 꼬불꼬불한 비포장도로였다. 배차 간격은 1시간 30분에 한 대씩이었다. 덕분에 출퇴근 시간대면 콩나물시루처럼 차곡차곡 포개질 정도로 버스 안이 빽빽이 들어차곤 했다. 거기다 잦은 고장과 지연이 허구한 날 반복돼 통학이 매우 힘들었다. 더구나 내가 다녔던 살레시오고등학교는 집에 가는 버스정류장과 꽤 멀리 떨어져 있어 더욱 어려웠다. 그래서 1학년 때는 이모 댁에서 밥만 먹고 잠은 독서실에서 자곤 했다. 때로는 자취하는 친구 박정만, 김태삼 집에서 얹혀 자기도 했다.

독서실에 가끔 오는 살레시오여고에 다니던 선배가 있었다. 내가 1학년일 때 그 누나는 3학년이었다. 마음씨가 아주 고왔다. 나를 친동생처럼 보살펴 주었는데, 가끔 집으로 데려가 밥을 차려주거나 빵을 사주었다. 하마터면 그 누나의 은혜를 못 갚을 뻔했는데, 최인기 광주시장 비서로 근무하던 시절, 기회가 왔다. 당시 누나는 북구청에 근무하고 있었다.

"누나를 시청으로 옮겨주세요."

최인기 시장은 내 부탁을 거절하지 않고 누나를 시청으로 발령내주었다. 누나의 은혜를 조금이라도 갚을 수 있어 정말 다행이었다.

내가 공부하던 독서실은 풍향동에 있었다. 주인은 겨울 찬바람을 막기 위해 비닐로 창문을 온통 막아놓았는데, 덕분에 위쪽 공기는 어느 정도 따뜻했지만 바닥은 여전히 차가웠다. 나는 추운 바닥에서 쪼그리고 자야 했다. 그때 발에 동상이 들어 지금까지 고생을 한다. 한여름에도 양말 두 켤레를 포개 신어야 한다. 그렇지 않으면 발이 시려서 고통스럽기 때문이다. 오래된 양말의 발가락 부분을 잘라서 새 양말과 포개 신으면 발바닥 부분은 한 켤레, 발뒤꿈치부터 발목까지는 두 겹이 되어 발을 두껍게 보호할 수 있다.

2학년 때 일이다. 모두 수학여행을 갔지만 나를 포함해 돈을 내지 못한 세 명의 학생은 4일 동안 학교 강당에서 탁구를 치며 시간을 보냈다. 학교에 가지 않고 집에서 쉬면 결석으로 처리되기 때문이었다. 그 사실을 전혀 몰랐던 어머니는 "왜 우리 아들 학교는 수학여행을 가지 않는지 모르겠다"라고만 했다.

어머니는 그 사실을 내가 결혼한 뒤 아내를 통해서 알게 되었다. 그때 이후 어머니는 술을 드시면 큰아들 수학여행 못 보내준 일, 다리에 얼음이 들어서 여름에도 양말을 두 켤레씩 신게 된 일을 되뇌며 슬퍼하신다.

너는 너, 나는 나

이상철

아버지가 돌아가셨을 때 나는 두바이에 나가 있었다. 임종을 지켜드리지 못해 늘 죄송한 마음이다. 막내아들이라 그랬는지 아버지는 내게만은 늘 관대했다. 형들은 아버지에 대해 불만이 있었지만 나는 그렇지 않았다. 어쩌면 내가 아버지의 존재를 알 때쯤 이미 여러 가지로 힘이 약해져 있었기 때문인지도 모른다.

건강도 문제가 있었지만, '술' 때문에 경제력이 없었던 터라 작은아버지들한테도 장남으로서 힘을 발휘하지 못했다. 그런 아버지를 어머니와 나는 늘 측은하게 느꼈다.

나는 네 형제 중에서 아버지를 가장 많이 닮았다. 얼굴은 어머니를 닮았지만, 생각이나 마음 씀씀이는 아버지와 비슷하다. 아버지는 의지력이 강하지 못한 반면 마음씨가 착하고 여린 분이다. 남에게 절대 싫은 소리를 들으려 하지 않았고, 그들이 어려움에 처해 있으면 가족보다 먼저 도와주려고 노력했다. 그러다 보증을 잘못 서서 돈을 잃는 등 늘 힘들어 했다.

우리 고향 근처에서 풍수에 밝은 이는 아버지가 유일했다. 묏자리와 집터를 봐 주고 용돈을 얻어 쓰곤 했다. 우리 집도 아버지가 터를 잡아 지으셨는데, 이번에 형이 그 자리에 집을 새로 지었다. 아버지의 뜻에 따라 원

과 찌개를 함께 먹는다. 어머니가 드시는 국과 찌개인데 어떻게 더러울 수 있겠는가. 맛있기만 하다.

"어머니, 오래오래 사셔야 합니다."

그것이 내 소망이고 행복이다.

큰아들이 돌아왔다

이상규

오랜만에 어머니를 뵙고 형제 이야기방에 올린 글.

큰아들이 돌아왔다. 어머니의 기력도 함께 돌아왔다.
어머니의 뼈 마디마디에 살포시 살이 앉았다.
조물조물 안마하는 아들의 손끝에도 행복이 앉았다.
어머니 허리에도 어느덧 살이 올랐다.
시원시원 마사지하는 아들의 얼굴에도 웃음이 올랐다.
어머니 종아리에 토실토실 살집이 잡힌다.
토닥토닥 두들기는 아들의 두 손에도 고마움이 잡힌다.
어머니 손에서 지팡이가 떠나갔다. 내 마음속 안쓰러움도 함께 떠나갔다.
어머니 볼에 푹 파인 웅덩이가 지워졌다.
내 가슴속 안쓰러움도 더불어 지워졌다.
어머니의 어깨가 반 뼘은 넓어졌다.
내 삶의 희망도 한 뼘 이상 넓어졌다.
"조심히 올라가라." 어머니의 목소리에 울림이 커졌다.
"건강히 계세요 어머니." 서울로 향하는 내 보폭도 그만큼 커졌다.
어머니의 회복된 건강은 큰아들의 효심,
그 큰아들에게 항상 고마움을 느끼는 동생들의 마음.

이별여행

이 연

셋째 동생에게서 전화가 왔다. 어머니가 온종일 전화를 안 받는다는 것이다. 오후 2시에 친구 오식이가 농협 창구에서 어머니를 만나 내게 통화를 연결해주었는데, 연락이 안 될 리가 없었다.

동생은 청천벽력 같은 이야기를 했다. 어머니가 치매에 걸렸다고. 치매가 온 지 꽤 되었는데, 내가 걱정할 것 같아 이야기하지 않고 매일 아침저녁으로 안부 전화를 했다는 것이다.

실은 몇 달 전부터 어머니에게 수상한 징조가 보였다. 전에 없이 음식을 자주 태워서 며칠 전에는 가스레인지에 타이머를 달아 드렸다. 한번은 밭에 부엌칼을 놓아두고는 누가 집에 들어와 칼을 가져갔다고 아쉬워했다. 지난주에는 여름옷을 꺼내려다가 장롱 속에서 마늘 꾸러미를 발견했다. 어머니가 "아랫마을 작은엄니가 너 주라고 마늘을 줬는데 누가 가져가 부렀다"고 했던 그 마늘이었다.

내가 눈치를 일찍 챘어야 했는데! 동생 이야기를 듣고서야 그동안 일어난 사건들의 실마리가 풀렸다. 주변에서 치매 이야기를 들을 때마다 무심하게 내 어머니는 절대로 치매에 걸리지 않을 거라 여겼었다. 어머니가 건망증을 걱정할 때도 나이 탓이라며 대수롭지 않게 생각했다. 나 역시 친한 사람 이름이 가끔 생각나지 않기도 하고 휴대폰을 식당에 두고 온 경우도 여러 번 있었기 때문이다.

어머니는 이미 자신이 치매에 걸렸다는 것을 알고 있었다. 동생과는 깊은 이야기를 자주 하는 것 같았다. 늘 '큰아들은 든든하다'고 하시면서도 나를 어려워하고, 정작 속이야기는 동생들과 나눈다.

'떠나가는 어머니에게 무얼 해드려야 하지?' 갑작스럽게 이별을 준비해야 한다는 생각에 코가 맹맹해지고 눈시울이 뜨거워졌다. 내가 주재하는 간부회의 직전에 일어난 일이라 참석자들에게 나의 감정을 들키지 않으려고 애를 썼다. 부하들은 나의 충혈된 눈과 잠긴 목소리를 듣고는 감기가 심하게 왔다고 소문을 냈다.

이제 할 일은 어머니가 나를 알아볼 수 있을 때 이별여행을 하는 것이다. 오늘부터 시작이다. 출퇴근할 때 전화하기, 토요일과 일요일은 마사지해드리기, 한 달에 한 번씩 둘이서 외식하기 등이다.

어머니와 영원히 헤어질 날이 하루하루 다가온다. 멀리 있을 것 같았던 그날이 코앞에 와 있는 것이다. 어머니에게 더 잘해드리려고 하는 이유는 순전히 나 때문이다. 아버지를 원망하면서 젊은 시절을 보냈는데, 죽음이 우리를 갈라놓은 후 오랫동안 아버지에 대한 회한으로 괴로웠다.

다음 날, 동생이 어머니를 치매 병원에 모시고 갔다. 의사는 어머니에게 100에서 7을 계속 빼보라고 했다. 젊은 사람보다 더 빨리 계산하는 것을 보고는 치매가 아니라고 진단했다.

알고 보니, 어머니가 논두렁에 자빠지면서 갈비뼈를 다쳤는데, 통증을 완화시켜주는 약이 치매 치료제와 유사해서 일시적으로 치매 현상이 나타난 것이다. 약을 끊으니 예전의 어머니로 돌아왔다. 다행이다. 바쁘다는 핑계로 이별여행도 미루어지고 있다.

02

보금자리 서당골 꽃집에서

불

이상우

2016년 10월 13일, Panama Cristobal Colón에서 무료함을 달래며.

어릴 적 우리 집은 끼니를 때우기 힘들 만큼 가난했다. 반면 외삼촌이 경찰서 과장을 지낸 외가는 부자였다. 어린 내가 보기에도 부러울 정도로 잘 살았다. 어머니는 식솔을 하나라도 줄일 양으로 간혹 나를 외가에 보내곤 했다.

지금이라면 외갓집에 대들며 항의를 했을 것 같다. 왜 그렇게 딸을, 동생을 고생하도록 내버려두느냐고. 그러나 마냥 어리기만 했던 나는 그저 잘 사는 외가가 부러울 뿐이었다. 사랑하는 딸과 사랑하는 동생이지만 '출가외인'의 처지를 어쩌지 못했던 것 같기도 하다. 하여간, 철이 없었던 그때는 외갓집이 그냥 좋았다. 하얀 쌀밥에 맛있는 김과 조기 반찬을 매일 먹는다는 게 그저 행복했다. 그래서 고향 광주에 있을 부모 형제를 까맣게 잊고 지냈다. 마침 외가에는 아직 시집을 가지 않은 이모도 있었다. 이모의 사랑스런 보살핌까지 받았으니, 외가에만 가면 나는 너무나 행복한 나날을 보내곤 했다. 정말, 행복했다.

그러던 어느 날 더 이상 외갓집에서 지낼 수 없는 일이 일어났다. 하얀 쌀밥에다 고기반찬을 먹을 수 없게 된 것이다. 작은 외갓집에 불이 났다. 아니, 외가 육촌 덕수와 내가 외가 작은집 즉 덕수네 집에서 감자를 구워먹다가 불을 낸 것이다. 감자를 너무 태운 탓에 감자 끄트머리에 빨간 불씨가 아직 남아있는 것을 정재(부엌) 밖으로 가지고 나와 까먹으려던 덕수가 너무 뜨거워서 그걸 휙 던져버렸다. 그런데 공교롭게도 그 감자가 땔감을 보관하기 위해 이엉을 낮게 내려놓은 초가 아래편에 콱 박혀버렸다.

어떤 일이 벌어질지 전혀 예상하지 못했던 우리는 그걸 보고 깔깔대며 웃었다. 한참 웃다가 그걸 빼내려고 손을 집어넣었지만, 감자는 손에 잡힐 듯 말 듯 잡히지 않았다. 손을 아무리 까닥까닥해 보아도 20센티미터 정도가 모자랐다.

이러지도 못하고 저러지도 못한 채 손만 까딱거리는 사이에 하얀 연기가 모락모락 피어나더니 곧 불길이 솟았다. 너무나 순간적으로 일어난 일이라 우리는 어찌할 바를 모르고 폴짝폴짝 뛰기만 했다. 정신을 차리고 필사적으로 불을 끄려고 애썼지만, 그땐 이미 역부족이었다. 한번 붙은 불은 덕수와 나를 비웃기라도 하듯이 순식간에 용마루까지 기어올랐다. 때마침 어른들은 모두 일하러 나가고 집 안에는 아무도 없었다. 불이 거대한 연기 기둥을 만들었을 때에야 비로소 여기저기서 외치는 소리가 들렸다.

"불이여 부~울, 덕수네 집에 불났다."

나는 감나무 아래에서 넋이 빠진 채 사람들이 불과 싸우는 광경을 지켜보고 있었다. 물동이를 가져온 사람, 찌렁내(지린내) 나는 오줌통을 가져다 붓는 사람, 쇠스랑으로 불이 붙은 이엉을 끌어내리는 사람들이 마치 풍뎅이에 불개미가 달려들 듯 어지럽게 왔다 갔다 했다.

"워메 어찌까이~."

"아이고 어찌야 쓰까이~."

나는 뻘겋게 그을린 얼굴로 정신이 반쯤 나간 채 아련하게 그 광경을 보다가 번뜩 정신이 들었다.

'내게 돌아올 무서운 시선을 어떻게 피할까?'

아무리 생각해도 도리가 없었다. 그곳을 살짝 빠져나와 외갓집으로 돌아온 나는 사랑방 이불 속에 숨어버렸다. 다행히 그날은 아무 일이 없었지만, 다음 날 울 엄니가 왔고, 그날 이후 다시는 맛있는 쌀밥에 고기반찬을 먹을 수가 없었다. 나는 아무 기억이 없는데, 당시 내가 울고불고 발버둥을 치며 엄마를 따라오지 않으려고 했다는 이야기를 나중에 들었다.

뱀버섯

이상우

2016년 10월 13일, 파나마 출장을 마치고
멕시코로 복귀하는 비행기 안에서.

어린 시절 시골에 흔했던 뱀버섯은 나에게 공포의 대상이었다. 생긴 것이나 색깔이 발정 난 수캐의 거시기와 흡사했다. 그물망 같은 대가리 부분만 봐도 딱 독버섯이었다. 이놈은 특히 대나무밭 한쪽 그늘이나 대나무 숲 사이로 난 음습한 오솔길에서 흔히 눈에 띈다.

외가가 있는 담양에는, 우리 광주에서는 볼 수 없는 아이들만의 이상한 풍습이 있었다. 뱀버섯을 절대로 눈으로 봐서는 안 된다는 금기였다. 만약 뱀버섯을 뽑아버리거나 밟아서 으깨버리면 그 사람은 그날 안에 죽는다는 속설도 있었고, 길을 가다 우연히 뱀버섯을 보고 그냥 지나치면 마(?)가 낀다고도 했다. 그래서 뱀버섯을 보면 아이들은 그 자리에 쭈그려 앉아서 자기 집게손가락을 열 번 발로 밟고 지나가는 의식을 치르곤 했다. 만일 그러지 않으면 벙어리가 되거나 절름발이가 된다는 속설을 아이들은 굳게 믿었다.

내가 외가에 가서 처음 뒷산에 올라가던 날, 동네 아이들은 직접 시범을 보이면서 뱀버섯에 대해 알려주었다. 너무 무서웠다. 다음 날부터 뱀버섯은 나에게 고민거리가 되었다. 우린 거의 매일 뒷산으로 놀러갔는데, 아이들은 아무렇지도 않은 듯 뱀버섯을 보지 않고 재잘거리며 잘도 올라갔다. 그러나 나는 아무리 보지 않으려고 애를 써도 잘 되질 않았다. 내 눈에 실제로 보이는지 아니면 안 보이는데도 보이는 것처럼 느끼는 것인지 혼란스러웠지만, 어쨌든 한 번도 그냥 지나치지 못하고 손가락을 열 번씩 밟다가 한참 떨어져서 헐레벌떡 쫓아가곤 했다.

어느 날이었던가. 내가 보기에는 분명히 덕수가 뱀버섯을 본 것 같은데 아무런 의식도 치르지 않고 그냥 지나가는 것을 보고 나는 더욱 혼란스러웠다.

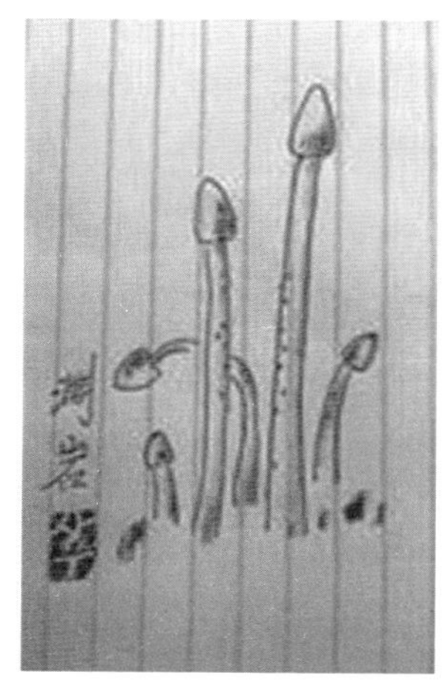

동생이 그린 기억 속의 뱀버섯.

"야 덕수야, 너 배암버섯을 봐 부렀어. 너는 인자 큰일 났다."

그러자 덕수는 아주 태연하게 말했다.

"나 배암버섯 안 봤어."

나는 확신했다. '내일, 덕수는 분명 벙어리가 되거나 절름발이가 되고 말 것이다. 그리고 다시는 나와 같이 뒷산에 놀러갈 수 없을 것이다.'

하지만 다음 날 덕수에게는 아무 일도 일어나지 않았다. 그다음 날, 또 그 다음 날도 여전히 아무 일도 일어나지 않았다. 서서히 나는 '뱀버섯 속설'에 대한 의심이 들기 시작했다. 그렇게 뱀버섯을 보고 그냥 지나쳐도 아무 일도 일어나지 않을 것이라는 생각이 들 무렵, 갑자기 앞에 올라가던 덕수가 "워메 배암버섯을 봐 버렸네" 하며 쭈그리고 앉아 제 손가락을 밟는 것이 아닌가.

나는 이러지도 못하고 저러지도 못한 채 매일같이 손가락을 밟았다. 아이들은 나를 저만치서 바라보며 아무렇지도 않게 말하곤 했다.

"상우야 왜 만날 배암버섯을 바불고(보고) 그래~."

"그냥 안 보고 후딱 와부러 임마."

그러던 어느 날 밤, 나는 외할아버지께 나의 고민을 털어놓았다.

"할아버지, 어떡해요. 도와주세요. 안 보려고 애를 썼는데 또 봐버렸어요."

누가 들을까봐 소곤소곤 거의 귓속말로 말했다. 외할아버지는 알았다며 내일부터는 뱀버섯이 안 보일 것이라고 약속했다.

다음 날 나는 두근거리는 가슴으로 여느 날과 같이 고개를 모로 틀고 뱀버섯이 있는 대나무 숲 사이 오솔길을 올라가다 'Oh my god!' 처참하게 짓밟혀진 뱀버섯을 발견했다. 누군가 뱀버섯을 밟아서 으깨버린 것이다. 나는 겁에 질려 부리나케 양손 두 손가락을 열 번씩 밟고 다시 오던 길을 뛰어 내려가면서 간절히 외쳤다.

"산신령님! 제발, 우리 외할아버지가 아니라고 해주세요."

한달음에 외갓집으로 내려와 외할아버지를 찾았다. 외할아버지는 곰방대를 물고 마루에 앉아 계셨다.

"할아버지 오늘 뒷산 밭에 다녀오셨지요?"

"응 갔다 왔다. 왜 그러느냐?"

"할아버지 큰일 났어요. 버섯을 누가 밟아버렸어요. 이제 어떻게 해요?"

"어허이, 큰일 났네. 누가 그랬을까나?"

나는 얼른 할아버지 신발을 찾았다. 신발에는 아직 마르지 않은 진흙이 잔뜩 묻어 있었고, 뱀버섯 파편으로 보이는 분홍빛 조각들도 붙어 있었다.

나는 그것들이 뱀버섯의 파편이 아니기를 간절히 빌면서 얼른 할아버지 신발을 우물가에 가져가서 빠득빠득 지푸라기로 문질러 하얗게 닦았다. 깨끗이 닦은 신발을 할아버지께 갖다드리고 아무 말 없이 하루 종일 할아버지 주위를 맴돌며 감시했다.

하지만 할아버지에게는 온종일 염려했던 그 어떠한 일도 일어나지 않았다. 그 다음 날에도 담양군 백동마을에는 아무 일이 없었다. 그 다음 날도, 또 그 다음 날도……. 무서워서 이 핑계 저 핑계를 대면서 며칠 동안 아이들하고 뒷산에 놀러가지 않고 외갓집에서 놀고 있는데, 덕수가 오더니 마치 내 속을 뻔히 아는 것처럼 이렇게 외쳤다.

"상우야 인자 배암버섯 없은께 뒷산에 놀러가자아."

"나 인자 배암버섯 하나도 안 무서워 임마."

나는 한달음에 뱀버섯이 없는 대나무 숲 오솔길을 거침없이 뛰어 올라갔다.

토끼몰이

이상규

눈이 쌓이면
형제들은 토끼몰이로
하루 해를 보냈다.

발자국 따라
온 산 뒤져 만난 토끼
한걸음에 달아나고

손 꽁꽁
발 꽁꽁
허기져 돌아오면

바짓가랑이에 붙은 눈
토끼 꼬리 되어
대롱대롱.

훈련소 조교와 담배

이상규

나는 논산훈련소, 연무대에서 군생활을 했다.

1985년 6월 3일, 광주역에서 큰형님의 배웅을 받으며 입영열차를 탔다. 논산역에서 내려 택시를 잡아타고 수용연대(입소대대)에 들어갔다. 군복으로 갈아입고, 입고 왔던 사복은 집으로 돌려보냈다. 그리고 그곳에서 이틀을 더 보냈다. 사흘째 되던 날, 모자를 푹 눌러쓴 저승사자 같은 조교들이 나타났다. 욕이 절반 이상 섞인 구령에 따라 우리는 의도(?)적으로 자갈길, 이른바 눈물고개를 낮은 포복으로 거의 땅바닥을 쓸다시피 기어 넘었다. 그렇게 팔꿈치와 무릎이 모두 까진 채 26연대 3중대로 질질 끌려갔다. 이후 내 무릎은 훈련기간 내내 딱지와 고름이 번갈아 자리를 차지했다.

4주간의 훈련을 마치고 동기들은 강경역으로 가서 열차를 타고 각자 떠나갔지만 나는 그대로 남게 되었다. '왜 나만?' 잠시 이상한 생각이 들었지만 그 생각도 잠시, 나는 바로 옆 23연대 1중대로 배치를 받았다. 그리하여 나는, 그토록 싫어했던 조교가 되었다.

조교는 훈련병에게 기초 군사훈련을 시켜서 후반기 교육이나 자대로 내보내는 일을 한다. 조교를 했다고 하면 군대생활 편하게 했겠다고 하는 사람들이 많지만 사실 조교는 보기와는 달리 꽤 힘든 보직이다. 특히

셋째동생 논산훈련소 조교 시절.

내 적성에는 맞지 않았다. 그래도 어쩔 수 없었다. 군대에선 까라면 까야 했다.

훈련 과목은 제식훈련, 총검술, 화생방, 사격술, 각개전투, 기초유격 등 다양하다. 모든 훈련은 규정에 따라 '50분 교육, 10분 휴식'으로 진행되는데, 휴식시간은 곧 담배 타임이다. 조교가 "담배 일발 장전" 하고 외치면 훈련병들은 일제히 "발사"로 화답한다. 그리고 거의 모든 병사가 동시에 담배에 불을 붙이고 폐 속까지 깊숙이 빨아댄다. 한꺼번에 피어오르는 담배연기는 연대 연병장과 '황화교장', '고내리교장' 등 가는 곳마다 교육장을 하얗게 뒤덮었다. 조교들도 훈련병 담배를 하나씩 얻어 피웠다. 하지만 나는 안 피웠다. 전 중대원 중에 내 입에서만 담배연기가 나오지 않았던 것 같다. 담배를 피우지 않는 내가 그렇게 비흡연자를 흡연자로, 흡연자를 골초로 만드는 데 일조한 셈이다.

지금은 군에서도 금연운동을 한다지만, 당시 군에서는 흡연장려운동(?)을 했다. 힘든 군 생활을 담배로 위로받을 수 있도록 담배를 배급했다. 한 달에 한 보루 반씩 배급을 받았는데, 15갑으로는 항상 부족했다. 담배는 '한산도'와 '은하수'가 섞여 나왔다. '한산도'에는 이순신 장군의 거북선과 판옥선이 그려져 있었고, '은하수'는 첨성대 그림 위로 별이 몇 개 떠 있었다. 개인 취향에 따라 선택을 하도록 했지만 '은하수'의 인기가 더 많았다.

담배를 피우지 않는, 몇 안 되는 병사들은 한 갑당 100원으로 쳐서 1,500원을 급여와 함께 받았다. 당시 내 기본급이 4,000원 정도 됐으니 꽤 큰돈이었다. 병사들은 대부분 그 돈으로 PX에서 소시지와 카스텔라 빵, '빠다코코넛' 비스킷, 초코파이 등을 사먹었다. 하지만 나는 현금으로 받지 않고 현물인 담배로 받았다. 니코틴 부족으로 힘들어하는 훈련병들에게 나눠주기 위해서였다. 군에서 담배는 큰 선물이었다. 나는 훈련을 잘 받게 하기 위한 일종의 뇌물로 썼다. 군대 용어로 '짜웅'을 한 셈이다.

나는 사실 담배를 피울 최적(?)의 조건을 갖추고 있었지만, 아예 배우지 않았다. 고등학생 때 친구들과 개폼을 잡으며 입으로 빨아 한입 담고 있다가 내뱉은 적은 몇 번 있지만, 오십이 넘은 지금까지 한 번도 나의 폐 속으로 담배연기를 통과시킨 적이 없다.

남자들은 보통 고등학교를 졸업하고 대학에 들어가면 선배들로부터 제일 먼저 배우는 게 담배였다. 그때도 나는 악마의 유혹을 꿋꿋이 이겨냈다. 나도 참 독한 놈이다. 지금까지 살면서 잘한 일을 딱 하나만 꼽으라면 담배를 배우지 않은 것이라 할 수 있다.

내가 담배를 피우지 않게 된 데는 어린 시절의 환경이 한몫했다.

어릴 적 우리 집은 담배농사를 지었다. 내 경험으로, 담배농사는 벼농사보다 100배는 힘들다. 오죽하면 '담배농사 하는 집에는 딸을 시집보내지 말라'는 옛말이 있었겠는가? 담배농사는 처음부터 끝까지 사람 손이 가지 않으면 안 된다. 기계가 할 수 있는 일은 거의 없다. 그래서 더 힘들다.

매년 3월초, 아직 겨울의 찬 기운이 남아 있을 때 아버지는 비닐하우스를 만들고 그 안에 작은 비닐하우스를 또 만들어서 곱게 채친 황토와 퇴비

죽지는 않을 것 같아서 돼지죽에 달걀을 넣고 함께 끓였다. 돼지죽이 팔팔 끓으면 주걱으로 휘휘 저으면서 잘 삶아진 달걀을 찾아 후다닥 먹어치우고, 껍질은 탱자나무 뒤 갈대밭에 휙 던져버렸다. 약간 덜 익은 노른자와 말랑말랑한 흰자위는 맛도 맛이지만 내 성장판을 여는 확실한 열쇠라고 나는 확신했다.

그렇게 해서 나는 꽤 오랫동안 돼지죽 끓이는 일을 도맡았다. 그것은 내가 자발적으로 원했던 유일한 집안일이었다. 엄니는 사정을 모른 채 셋째와 싸우지 않고 열심히, 묵묵히(?) 돼지죽을 끓이는 나를 대견해했다.

그런데 어머니는 둘째가 철이 들어간다고 착각을 하던 그때, 돼지밥에 섞여 있는 달걀껍질을 발견했다.

"둘째야, 돼지밥에 달걀껍질이 들어가 있더라. 어찌된 일이냐? 요새 암탉 한 마리가 알 났다고 울어대는데, 쌀겨 항아리에다 낳았나?"

오 마이 갓! 어젯밤 아무래도 찾지 못했던 달걀이 죽이 끓기도 전에 깨졌었나 보다.

그날 이후 나는 돼지죽 끓이는 일이 다시 싫어졌다. 할 수 없이 셋째보다 키가 더 커질 수 있는 길을 포기해야만 했다. 어처구니없지만, 지금도 둘째인 내가 셋째보다 더 커야 한다는 강박감은 여전하다.

이제 반백이 다 된 꺽다리 셋째만 보면 그때 그 달걀이 생각난다.

젖도둑

이상규

우리 집은 아들만 넷이다. 그런데 셋째인 내가 형제 중에서 키가 제일 크다. 초등학교 5학년이 되면서 둘째형을 따라잡았다. 그 시절 외갓집에서 찍은 사진이 이를 증명해준다. 하지만 형보다 더 컸기 때문에 살아가기가 편치 않았다. 심지어 죄인 취급을 받았다. 동네 어른들은 '형 것 그만 뺏어 먹으라'고 핀잔을 줬고, 형 친구들은 얄밉다고 뒤통수를 치기도 했다.

둘째형과 동생은 내 키가 상대적으로 큰 원인이 전적으로 내 잘못이라고 한다. 자기들이 먹어야 할 엄마 젖을 내가 빼앗아 먹은 탓이라는 거다. 심지어 젖을 도둑질한 절도범으로 몰기까지 했다. '젖동냥'은 들어봤어도 '젖도둑'이란 말은 들어보질 못했다.

나와 둘째형은 두 살 터울이다. 한참 젖을 먹고 자라야 할 때에 어머니가 나를 가지는 바람에 젖이 일찍 떨어져서 충분히 먹지 못했을 수도 있다. 억울할 수도 있다. 하지만 그건 내 잘못이 아니다. 부모님이 가족 계획을 잘못 세운 탓이다. 그래서 어머니 말씀도 들어볼 필요가 있다.

둘째형은 장이 좋지 않아 아기 때 젖을 먹으면 설사를 자주 했단다. 어머니는 둘째아들 기저귀 가는 일이 너무 힘들었다. 지금이야 대부분 일회용 기저귀를 쓰지만 그때는 빨아서 다시 써야 하는 천기저귀여서 기저귀

집 앞에 있는 학동저수지에서 셋째 동생.

갈기가 쉽지 않았다. 더군다나 형은 한겨울에 태어났다. 결론은, 이런저런 이유 때문에 어쩔 수 없이 이유식을 일찍 시작했다는 것이다. 그러므로 나의 출생시기와 어머니의 젖 부족은 전혀 상관이 없다. 역시 나는 무죄다.

동생은 둘째형보다 더 심하게 내 책임을 묻는다.

"아주버님 때문에 제 남편이 키가 안 컸다면서요?"

제수씨가 먼저 운을 띄운다.

"큰아빠가 우리 아빠 젖을 빼앗아 먹어서 아빠 키가 크지 못했대요. 물어내세요."

명절이나 가족모임 때면 심지어 조카들까지 나를 젖도둑으로 몰아세운다. 동생이 얼마나 자주 이야기했으면 온 가족이 나에게 책임을 돌릴까? 그때마다 아니라고 변명은 하지만, 그래도 동생에 대해서는 미안한 마음이 든다.

동생은 내가 태어나고 2년 반 후에 태어났다. 그런데 어머니 말씀에 따르면 그때까지도 나는 젖을 떼지 못했다. 동생은 농사철에 태어났다. 시집살이가 심했던 어머니는 아기 젖 주는 시간이 쉬는 시간이었다. 농사일에 지친 어머니는 아들에게 젖을 주는 틈에 잠깐씩 눈을 붙이셨는데, 눈을 떠보면 동생이 아니라 다 큰 내가 젖을 빨고 있었단다. 분명 잘못이다. 젖 절도를 인정한다.

초등학교 5학년 때부터 나는 중학생인 둘째형보다 키가 컸지만, 그래도 항상 둘째형이 부러웠다. 나에게 없는 재주를 많이 가지고 태어났기 때문이다. 형은 미켈란젤로고 맥가이버였다. 못하는 게 없었다. 그중에서도 특히 그림솜씨가 제일 부러웠다. 집안이 여유가 있었다면 형은 미술대학에 가서 화가가 되었을 것이다. 어릴 적 형이 그린 크리스마스카드는, 썰매를 끄는 사슴은 살아서 하늘을 날았고, 말은 힘차게 뒷발로 차며 천리를 달릴 것같이 생동감이 넘쳤다. 교내 사생대회가 열리면 거의 상을 싹쓸이했다. 형은 어린 화가였다.

한번은 학교 반공포스터 그리기 대회에서 나는 형이 그려준 그림으로 대상을 받았다. '속지 말자 위장평화'라는 구호를 빨간색으로 쓰고, 무섭게 생긴 늑대가 웃고 있는 하회탈을 살짝 들어 올린 그림이었다. 부상으로 화판도 받았다. 그 그림은 한참 동안 교내 복도 반공게시판에 붙어 있어서 복도를 지날 때마다 뿌듯했다.

사실 그때는 북한 사람들이 모두 늑대처럼 생긴 줄 알았다. 목 뒤에 혹도 달려 있었다. 공산당은 그렇게 두려움과 공포의 대상이었다. 지금도 그 트라우마는 가끔씩 꿈속에서 되살아난다.

반면에 동생은 내게 고마워해야 한다. 내가 아니면 세상에 나오지 못했을 테니까. 예로부터 셋째딸은 묻지도 않고 데려간다는 이야기가 있다. 딸에게만 그런 이야기가 있는 걸 보면 셋째아들은 별 인기가 없는 것 같다. 특히 위로 누나 없이 형들만 있는 셋째아들은 더 그렇다. 지금까지 아니라고 부인하지만 내리 아들만 둘 낳은 부모님은 셋째는 딸이 태어나기를 바라셨음이 분명하다. 하지만 셋째마저 고추를 달고 나오면서 실망이 이만저만 아니었다. 가난한 살림에 자식 넷은 무리였을 테지만, 집안에 딸 하나쯤은 있어야 한다는 생각으로 하나를 더 낳았는데, 그마저 아들이었다. 다시 말해 만일 내가 딸로 태어났더라면 내 동생은 이 세상에 없는 몸이었을 것이다. 동생을 끝으로 부모님은 딸 보기를 포기했다.

나는 동생에게 잘해줬다. 초등학교 다닐 때는 항상 챙겨서 데리고 다녔고, 책가방도 싸주고 학용품 준비물도 내가 챙겼다. 당시 초등학생들은 애향단 출발시간에 늦지 않게 아침마다 서둘러야 했다. 애향단은 박정희 정권이 유신헌법을 공표하고 반공교육을 강화하기 위해 만든 마을별 소년단이다. 고등학교, 대학교에서는 학도호국단을 통해 군사훈련을 시키고 병영문화를 주입시켰고, 어린이들은 애향단을 만들어 사상교육을 시키고 자신의 권력을 유지하려 했다.

나는 동생의 손을 꼭 잡은 채 애향단 깃발을 따라 마을에서 학교까지 줄지어 갔다. 학교에 도착하면 국기에 대한 경례를 한 다음 국민교육헌장을 낭독하고 각자 교실로 흩어졌다. 국기에 대한 경례를 할 때면 애국심이 불타올랐고 박정희 대통령이 영원히 대한민국을 통치하길 바랐다. 그래야 우리가 먹고살고 북한이 쳐들어오지 못하리라 믿었다. 군사정권의 철저한 우민화정책 속에서 우리는 그렇게 살았다.

나는 동생이 교실로 들어가는 것을 보고서야 안심하고 우리 교실로 들어왔다.

"성님, 셋째는 어쩌면 그런다요? 학교 갈 때면 지 동생 손을 꼭 잡고 다닌당께요."

학교 앞 가게 여주인이 어머니만 만나면 내가 동생을 잘 챙긴다고 칭찬했다. 안타깝게도 동생은 그 사실을 잘 기억하지 못하지만, 나는 젖으로 진 빚을 갚기라도 하듯 나름 최선을 다했다. 물론 둘째형에게도 마음의 빚이 많다. 본의 아니게 형제들의 젖을 빼앗아 먹어 키를 못 크게 한 죄인(?)이 된 나는, 앞으로 그 빚을 갚으며 평생 우애 깊게 살아가야겠다.

나의 사춘기

이상우

2018년 3월 1일 멕시코시티 출장 중 아련한 과거를 회상하며….

우리집사람 표현대로 하자면 나는 '남자꼭지'들만 있는 가정의 4형제 중 둘째다. 왜 꼭지라고 하는지는 물어보지 않았지만 튀어나온 뭔가 더 달려있어서 꼭지라고 표현한 것 같다.

학자이자 한량인 울 아버지가 연출한 우리 집의 분위기는 조선시대 서당을 방불케 했다. 큰아들은 일할 때 외에는 공부만 했고, 동생들도 잠을 못 자게 하고 지겹게 공부만 강요했다.

그런 환경에서 자란 우리 형제들은 여자에 대해 그리고 여자가 생리적으로 남자와 어떻게 다른지 전혀 모른 체 사춘기를 맞이했다. 그런 분위기 탓으로 최소한 나는 서른이 다 될 때까지 그 지독한 사춘기를 겪어야만 했다. 누가 됐든 간에 엄마와 이모를 제외하고 남자꼭지가 아닌 모든 여자에게 말조차 제대로 걸지 못하는 대여(對女) 실어증 환자였다.

내 기억이 맞다면, 중학교 3학년이 끝나가는 어느 겨울 무렵이었던 것 같다. 뒷집 친구 오연이가 밤중에 같이 놀러가자고 나를 불러냈다. 오연이는 나를 동네 초입에 있는 문연이네 집으로 데리고 갔다.

문연이네 대문을 들어서는데 작은방에서 환한 불빛이 새어나오고 재잘거리는 여자아이들 소리가 들렸다. 작은방 아궁이 옆 토방에 신발이 어지럽게 널려 있는데, 여자아이들 신발이 많았다. 나는 못 들어가고 쭈뼛쭈뼛 오연이 손을 끌며 버티고 있었다. 그때 오연이가 방문을 확 열어젖히고는 소리를 질렀다.

"야! 요 봐라! 상우가 왔다."

내 눈에 들어온 방안의 풍경은 너무 생소했고 불경스럽기까지 했다. 아랫목에는 여자애들이 이불을 덮고 앉아서 빼꼼히 쳐다보고 있고, 윗목에는 내 친구들이 환영인지 야유인지 모를 소리를 떠들고 있었다. 하지만 얼떨떨한 내 귀에는 아무 소리도 들리지 않고 그냥 와글와글 환청처럼 들린다. 그때, 우리 작은집 옆집에 사는 금안이가 말을 걸었다.

"야! 상우야 얼렁 들어와!"

나는 마력에 이끌리듯 들어가서 살짝 이불속에 발을 넣었다. 누구의 발인지도 모르는 발이 살짝 내 발을 건드릴 때의 그 묘한 감정은 지금도 잊지 못한다.

한마디 말도 못한 채 그 첫날밤(?)의 놀음이 끝나고 집으로 돌아올 때, 나는 거의 무아지경에 빠져있었다.

그날 이후 나는 오연이의 호출을 밤마다 기다리게 되었고, 우리는 틈만 나면 유행가에 맞추어 고고를 치고 난리 부르스를 떨며 밤을 보냈다.

그러다 누군가 의도적인 실수(?)로 스위치를 건드려 불이 꺼지면 그냥 곧바로 지옥이었다.

우당탕! 퍽! 끼악! 그리고 무울컹!

한동안 어둠의 향연이 끝나고 불이 켜지면, 그 순간 모두가 뻘쭘해지고 어색한 분위기가 한동안 지속된다. 그러면 대부분 그날의 놀음은 끝이 난다.

나는 우리 집에서는 상상할 수도 없는 이런 방탕한(?) 분위기가 너무 좋아서 혹시 어느 날 오연이가 나를 떼어놓고 혼자 놀러갈까 봐 노심초사 했다. 그리고 그 놀음이 점점 익숙해져서 가시내들에게 몇 마디 말도 걸 수 있을 때쯤 라디오에서 귀에 익숙한 선전이 나온다.

'뉴 프리덤이 어쩌고 저쩌고~.'

나는 아무 생각 없이 광고 문구를 따라했는데, 갑자기 분위기가 이상해진다. 시끄럽게 재잘거리던 여자애들이 아무 말도 하지 않고, 남자애들은 키득키득 웃기만 한다. 나는 영문도 모른 체 뻘쭘해 있는데 금안이가 마구 나를 꼬집고 때리고 난리다.

나는 그날 놀음이 끝날 때까지도 아이들이 왜 그러는지 영문을 몰랐다. 집으로 돌아오는 길에 오연이가 나름 자세히 설명해주었지만 도대체 무슨 말을 하는지 알 수가 없었다.

오연이는 위아래로 누나와 여동생이 있어서 여자들이 한 달에 한 번씩 겪는 행사(?)를 잘 알고 있었지만 우리 집은 온통 남자꼭지들만 있었으니 '생리대'라는 걸 무슨 수로 알 수 있었겠는가.

허허허. 나는 여자들 앞에서 생리대 선전을 즐겁고(?) 자랑스럽게 읊었던 것이다. 지금 생각해도 귀밑이 화끈거린다. 그때 그 가시내들은 지금 어떻게 살고 있을까. 남자꼭지들은 별로 보고 싶지 않지만 가시내들은 보고 싶다.

영자, 연자, 모님이, 명희, 태숙이, 금안이 그리고 두 명이 더 있는데 이름이 기억나지 않네…. 귀순인가, 귀래인가 가물가물하네.

영산강 자라

이상철

하루는 둘째형, 셋째형과 함께 영산강에 조개를 잡으러 갔다. 영산강에는 붕어는 많이 없었지만 모래무지와 무지개피리들이 많았다. 어린 시절에는 강이 오염되지 않아 은어도 있었는데, 간혹 은어 떼를 만나면 그야말로 장관이었다. 은어 떼는 얕은 물길에서는 물 위를 차고 날아가는데, 그 몸이 햇빛에 반사되면서 은빛으로 눈부시게 반짝인다.

우리는 조개와 모래무지를 주로 잡았다. 모래무지는 모래를 좋아하고, 모래 속에 숨어 살기 때문에 붙여진 이름이다. 모래와 비슷한 보호색을 띠고 있어서 흐르는 물속에서는 잘 보이지 않는다. 나란히 서서 모래 위를 비비며 걸어가다 보면 발밑에서 꿈틀거리는 게 느껴진다. 그때 형들을 부르면, "가만히 있어" 하면서 내 발밑에 손을 넣어 모래무지를 잡는다. 지금도 그 간지럼이 생생하게 느껴진다.

우리 형제들은 동네에서 소문난 고기잡이 명수들이었다. 그도 그럴 것이 겨울철, 네 형제가 합심해서 물을 품어대면 어지간한 개울이나 논고랑은 금세 바닥을 드러내곤 했기 때문이다. 언젠가 둘째형이 장어인 줄 알고 잡았던 물뱀에 물려 오랫동안 고생한 적도 있었다. 아무튼 우리 형제들은 물고기 잡는 것을 좋아했다. 특히 효령뜰에 있는 미꾸라지는 대몽댁네 아이들이 다 잡아간다고 했을 정도로 극성을 떨며 잡았다. 그 덕택에 어머니는 '추어탕' 대가가 되었다.

어느 날인가, 고기잡이에 가장 무딘 셋째형이 발밑에 큰놈이 있다고 소리를 쳤다. 엄청나게 큰 자라였다. 우리는 모두 크게 흥분했다. 아버지 약으로 쓰면 좋겠다는 생각으로 큰 냄비에 자라를 넣고, 도망을 가지 못하도록 위에 큰 돌을 올려놓았다. 그리고 우리는 계속 물고기와 조개를 잡았다. 그런데 한참 고기잡이를 하다가 돌아와 보니 자라가 없었다. 자라가 큰 돌을 밀치고 나갈 정도로 그렇게 힘이 센지를 몰랐던 것이다.

아쉬움을 뒤로 하고 집에 와보니 마침 형이 학교에서 돌아와 있었다. 모내기를 하는 날이라 집에 일찍 온 것이다. 둘째가라면 서러워 할 정도로 효자였던 큰형이 이 그 얘기를 듣고 가만히 있을 리가 없었다. 우리는 어머니가 만류할 때까지 책을 가득 채운 책가방을 들고 벌을 서야 했다.

인자는 애인이다1

이상우

2016년 6월 7일, 형을 생각하며.

중학 시절에 나는 여자들과 얽히는 일이 자주 생겼다. 정말 억울했다. 애써 밝히지만 나의 의지와는 전혀 상관없이 일어난 일이다. 내가 조숙해서 껄렁껄렁하게 다녔다거나 여학생들에게 인기가 많아서가 결코 아니었다. 여학생들에게 관심이 많아 일찍부터 미팅을 하고 다녔더라면 오히려 우쭐하거나 자랑스럽게 여겼을지 모르지만 사정이 그렇지 않으니 그냥 억울할 뿐이었다. 안타깝게도 모두 뜬소문이거나 오해로 빚어진 일에 불과했다. 그 염문들이 하나라도 사실이었다면 얼마나 좋았을까, 하는 생각은 나이 들어서 하게 되었다. 생각할수록 아쉽다.

영어선생님과의 염문(?)이 있기 한참 전의 이야기 한 토막이다. 중학교에 입학하고 얼마 지나지 않아 뭐가 뭔지도 모른 채 마치 로봇처럼 '하늘천 따지이~' 하면서 한문을 이제 막 배울 때였다. 나만 그렇게 느끼는지 모르지만, 여럿이 '하늘천 따지' 해대면 마치 로봇 기계음 같은 소리가 난다.

그러던 어느 날, 감기 몸살인지 뭔지 몹시 아파서 한문 숙제를 못하고 끙끙 앓고 있을 때, 이제 막 고등학교에 들어간 우리 언니가 자상하게도 내 한문 숙제를 대신 해주었다. 언니는 학자(?)이자 한량이신 아버지의 영향으로 어릴 적부터 한자에 강했다. 천자문을 다 외운다느니 하면서 한문 신동이라는 이야기를 주위 사람들에게 자주 듣곤 했다. 물론 다른 공부도 잘한 모범생이자 동생들을 엄청 자상하게 챙겨준 누나 같은 '언니'였다.

우리 형제들은 지금도 형을 언니라고 부르곤 한다. 형만 따로 떨어져 시골에서 살았고, 나는 한때 가족과 함께 서울에서 살다 왔기 때문에 담양과 접경인 광주 변두리 깡촌에 살면서도 서울말을 썼다. 옛날 광주에서는 형을 '성'이라고 불렀다. 실제로 우리는 사촌형을 '개똥이 성' 이라고 부른다. 그러면서도 정작 우리 형에겐 항상 '언니'라고 불렀다. 울 엄니도 가끔 "근데 느그 언니는 말이다……"라고 하신다.

어쨌든 우리는 아무런 놀림도 받지 않고 형이 중학교에 들어갈 때까지 언니라고 불렀다. 그런데 중학생이 된 언니가 어느 날 학교 친구들을 우리 집에 데려왔다. 그리고 우리가 언니라고 부를 때마다 난처해하더니 친구들이 돌아가고 나서 특별회의를 소집했다.

"지금부터 나는 너희들 언니가 아니고 형이다."

어릴 적부터 형은 제왕적인 카리스마가 있었다. 그리고 아버지도 그것을 인정하고, 자주 형의 편을 들어주었다.

아무튼 나는 아무 생각 없이 형이 해준 한문 숙제를 가지고 가서 한문 시간에 아주 자랑스럽게 제출했다. 엥! 그런데 이게 웬일인가. 3학년 여자반 담임이면서 가정과 한문을 겸하셨던 여자 선생님이 (이름이 기억나질 않는다. 아마 잊고 싶었겠지) 다짜고짜 출석부로 내 뺨을 좌우로 사정없이 갈겼다.

"야 이놈의 새끼야, 인자가 니 애인이냐? 요런 쥐방울만 한 놈이 공부는 안 하고 연애질이야!"

나는 공산당이 싫어요

이상우

2016년 10월 8일, Perote Veracruz에서 옛날을 생각하며.

어린 시절 습관 중 하나는 잠들기 전 신발을 기둥 주춧돌에 비스듬히 기대어 가지런히 놓는 것이다. 그 습관은 초등학교에 들어가자마자 시작되었고 집을 떠나 고등학교 기숙사에 들어갈 때까지 계속됐다. 가끔은 지금도 그렇게 해야 마음이 편할 것 같다. 하지만 그 주춧돌이 없어서 할 수가 없다. 그렇다고 내가 사물을 잘 정리 정돈하는 성격은 아니다.

초등학교에 들어가자마자 선생님으로부터 강원도 삼척인가 어디에 무장공비가 나타나서 일가족을 몰살했다는무시무시한 이야기를 들었다. "나는 공산당이 싫어요"라고 반항하는 이승복이라는 아이의 입을 찢고 돌로 머리를 내리쳐 죽였단다. 나는 그 이야기를 듣고 오줌을 지릴 만큼 무서웠다. 공산당이 뼈에 사무치게 싫었다.

우리 반 모두에게 나눠준 전단지에는 눈을 부라리며 이승복의 입을 쫙 찢는 무시무시한 얼굴의 '공산당'이 그려져 있었다. 그 공산당은 그날 밤부터 나를 뒤쫓아 다녔다. 매일 밤 우리 가족은 이승복이네 가족이 되었고, 나는 이승복이 되었다. 누군가 내게 만약 공산당이 쫓아오면 대나무숲으로 도망가는 게 가장 안전하다고 했다. 대나무숲에서는 아무리 가까이에서 총을 쏴도 총알이 이리저리 튕기어 맞힐 수가 없다는 것이다. 그래서 밤마다 우리 식구들은 상큰집(종가) 대나무밭으로 피신하곤 했다. 이 스토리는 어느새 내 꿈속의 일상이 되어버렸다. 우리 집에는 대밭이 없었기 때문에 종갓집까지 피신을 해야 했다.

우리 식구들은 공산당에게 쫓기다가 줄지어 대나무숲으로 올라갔다. 나는 맨 뒤에서 따라 오르다가 하필이면 위급한 순간에 고무신이 벗겨져 버렸다. '떼구르르' 아래로 굴러떨어진 내 고무신은 쫓아오는 공산당의 코앞에 닿는다. 나는 고무신을 줍기 위해 손을 내뻗어보지만 이내 쭉 미끄러져 아예 놓치고 만다.

엄니가 울부짖으며 내게 손을 내민다. 그러나 그 손은 나에게 미치지 못한다. 결국 나는 전단지에서처럼 빨갛게 충혈된, 부릅뜬 눈으로 내 입을 찢기 위해 달려드는, 양손의 집게손가락을 갈고리처럼 구부린 무서운 공산당의 가랑이 사이에서 몸부림치다가 잠이 깬다. 꿈같지가 않고 너무나도 생생하고 사실적이어서 일어나 몇 번이나 허벅지를 꼬집어본다. 꿈에서 빠져 나올 수가 없을 정도로 혼비백산의 상태가 지속된다.

비몽사몽을 헤매다 측간(화장실)에 가기 위해 마루로 나와 내 신발을 찾는다. 도망가다 벗겨져 아무렇게나 널브러져 있어야 할 내 신발이 주춧돌에 나란히 놓여 있다. 아하! 어젯밤 물에 젖은 고무신을 말리기 위해 주춧돌에 나란히 비스듬하게 기대어놨던 신발을 발견한 나는 그제야 이 모든 게 꿈이었음을 깨닫고 안도의 한숨을 내쉰다.

그날 이후 아무리 바빠도 자기 전에는 신발을 주춧돌에 나란히 세워놓는 버릇이 생겼다. 신발을 말리기 위해서가 아니라 밤마다 공산당에게 쫓기는 꿈을 현실과 구분하기 위해서다.

어른이 된 뒤 이승복 사건은 언론이 만든 조작된 사건이라는 이야기를 듣고 놀랐다. 그 사건의 진실 여부를 떠나서 당시 열 살도 안 된 아이들에게 그런 끔찍한 전단지까지 만들어서 온 국민을 세뇌시킨 박정희 정권의 무서운 국민계몽(?)의 약발은 내가 학교를 졸업하고 사회에 나와서도 한참 동안 먹혔다.

우리는 학창시절에 이런 노래를 매를 맞아가며 배웠다.

1하시는 대통령 2나라의 지도자
3일정신 받들어 4랑하는 겨레 위해
5일륙 이룩하니 6대주에 빛나고
7십년대 번영을 8도강산 뻗쳤네
9국의 새역사를 10월유신 정신으로……

이런 우리의 영웅 박정희 대통령이 김재규의 총탄에 비명횡사한 다음 날, 아침 밥을 먹다 말고 형이 소식을 전해주었다.

"박 대통령한테 유고가 생겼단다."

"형, 유고가 뭐야."

"응. 그냥 어떤 일이 있었다는 거지."

그날 이후 며칠간 전국이 흐느꼈다. TV 속에서는 온 국민이 슬픔에 젖어 울고 있었다. 나는 '유고'라는 단어와 대통령의 죽음과의 연관성을 머리에서 지울 수가 없었다. 노무현·김대중 대통령의 죽음 때도 유고라는 단어를 떠올렸다.

당시 박정희 대통령의 죽음은, 누군가에게는 박수를 치며 환영할 만한 독재자의 죽음이었다. 하지만 그보다 훨씬 많은 사람들에게는 기아선상에서 허덕이는 불쌍한 백성을 구하고, 무서운 공산당으로부터 대한민국을 안전하게 지켜준 '성군'의 안타까운 죽음이었다. 나는 이승복 덕분에 어처구니없게도 후자였다. 그 후로 진실에 좀 더 가까운 수많은 정보를 접했고, 지금은 입장이 바뀌었다. 나의 감정은 확실히 전자로 이동했다.

대통령의 죽음을 놓고 많은 국민들이 슬퍼했던 것은 당시 국민계몽의 결과였다. 그가 세상을 떠나고 몇 십 년이 지난 후까지 그 효과는 지속됐다.

내가 교과서 국정화에 반대하는 이유는, 국가가 전단지까지 만들어서 아직 뇌가 말랑말랑한 어린아이들의 사고와 의식구조까지 자기들이 원하는 틀에 맞추어 끼워 넣으려고 해선 안 되기 때문이다. 그런 무서운 국민계몽(?)은 내 어린 시절로 끝나야 한다.

똑똑이

이상규

오늘따라 똑똑이가 그립다. 나는 특별한 일이 없으면 주말마다 집 근처에 있는 작은 야산인 정발산에 오른다. 정발산에 가려면 아파트단지로 둘러싸인 강촌공원 끝자락에서 육교 하나를 지나야 하는데, 육교 너머에는 개인주택단지가 있고 개인주택엔 집집마다 마당이 있다. 그중에 큰 개를 기르는 집이 몇 군데 있다. 주택가 끄트머리쯤에 있는 집에 크고 잘생긴 누렁이 한 마리가 살고 있다. 그 집 앞을 지날 때마다 눈이 마주치는 그 녀석은 옛날 우리 집 '똑똑이'와 참 많이 닮았다.

똑똑이를 이야기하자면 30년도 더 지난 과거로 돌아가야 한다. 똑똑이는 우리와 오랜 세월 같이 살았던 '쫑'의 딸이다. 흰색 잡종견인 쫑은 우리와 함께 사는 동안 새끼를 여러 차례 낳았다. 이렇게 낳은 새끼들은 새 주인을 찾아 떠났지만 마땅한 주인이 나타나지 않아 그냥 집에 눌러앉은 녀석이 똑똑이다. 유난히 작게 태어난 데다 어미의 젖꼭지를 형제들에게 죄다 빼앗긴 터라 뼈만 앙상했다. 그렇게 볼품이 없어선지 팔려가지 못한 똑똑이를 불쌍히 여긴 어머니가 집에서 키우기로 한 것이다.

똑똑이는 제 어미 사랑을 못 받은 대신 우리 엄니의 사랑을 독차지하며 쑥쑥 자랐다. 밥도 잘 먹고 애교도 곧잘 부렸다. 사실 사랑이라고 해봐야

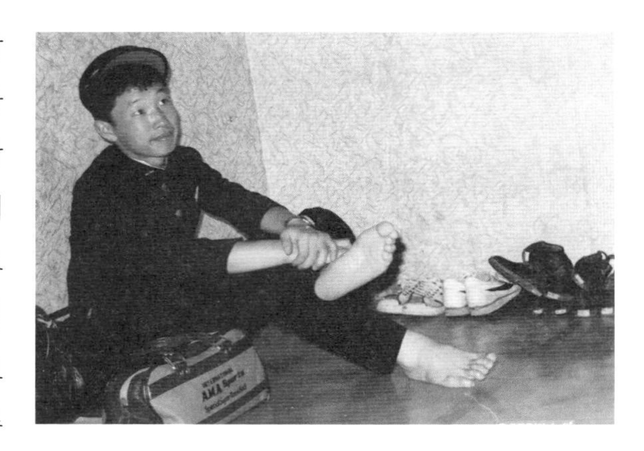

별것 아니다. 제때 밥 주고 머리 몇 번 쓰다듬어주는 것이 고작이다. 그리고 가끔 개털 속으로 깊이 파고들어 피를 빨아먹어 터질 듯한 흡혈 진드기 응애를 떼어내주는 게 고작이다. 지금이야 '반려견'으로 신분이 상승되어 명품 옷을 입고 고급 샴푸로 목욕을 하고 심지어는 수제 간식도 먹는 등 말 그대로 '개팔자 상팔자'가 되었지만, 그 시절에 개는 그냥 개일 뿐이었다. 하지만 노란 황금색 털을 가진 우리 집 똑똑이는 그 시절에도 남다른 사랑을 받았다. 키가 크고 윤기가 자르르 흘러 귀티가 나는 게 아마 먼 조상이 진돗개였거나 셰퍼드였을지도 모를 일이다.

똑똑이는 대문이 없는 우리 집의 문지기였다. 기억력이 좋아 한 번 우리 집에 온 손님은 정확히 기억해내고 짖지 않았다. 성격은 온순했지만 처음 보는 사람이 나타나면 자기 앞마당인 서당골이 떠나갈 정도로 크게 짖어댔다. 자연히 입구는 전면 통제되었고, 철통방어가 쳐졌다. 똑똑이가 허락하지 않으면 그 앞을 통과할 수 없었다. 특히 똑똑이는 개장수를 정확히 집어냈다. 만일 개장수가 도망을 가지 않았다면 심하게 물어 뜯겼을 게 분명했다. 똑똑한 개는 개장수의 눈빛만 봐도 안다고 한다. 어머니의 말씀이다. 하지만 똑똑이는 사람을 함부로 물지는 않았다.

똑똑이가 있는 동안 우리 집에는 쥐 한 마리도 얼씬하지 못했다. 쥐의 이동 경로를 훤히 알고 있어 쥐가 배겨낼 수가 없었다. 또한 똑똑이는 용감하고 똑똑했다. 한번은 커다란 뱀과 혈투를 벌여 끝내 물어 죽인 적도 있다. 전투 중에 코 윗부분을 뱀에게 물린 탓에 똑똑이는 그 후 내내 스카페이스로 살아야 했다.

쑥쑥 자라 성인이 된 똑똑이는 남 몰래 사랑을 했고 자연스레 엄마가 되었다. 배가 불러왔고 얼마 후 새끼를 낳았다. 강아지는 엄마를 닮아서인지 모두 탐스러웠고 예뻤다. 똑똑이가 낳은 강아지들은 가난했던 우리 집의 쏠쏠한 수입원이 되었다. 비싸게는 한 마리당 6만 원을 받았다. 운이 좋을 땐 최대 8만 원까지 받은 적도 있다고 어머니는 회상하곤 한다. 그때 내 하숙비가 10만 원 초반대였으니 우리 집 살림에 커다란 보탬이 되었다.

똑똑이는 보통 일 년에 두 번 새끼를 낳았는데, 한 번에 적게는 다섯 마리에서 많게는 여덟 마리까지 낳았다. 어미가 크고 예뻐서 배가 불러올 때부터 이미 주인이 정해질 정도로 서로 가져가겠다고 나설 정도였다. 우리 마을은 물론 가까운 이웃 마을에서까지 웃돈을 내고 강아지들이 젖을 뗄 때만 기다리곤 했다.

서울에서 학교를 다녔던 나는 방학 때면 며칠씩 내려가 농사일을 도왔다. 내려갈 때마다 똑똑이는 발소리만 듣고도 나를 알아보고 집 앞까지 달려 나와 나를 반겼다. 늘씬한 똑똑이가 앞발을 들어 올리면 내 어깨까지 올라왔다. 곁을 따라오는 똑똑이의 꼬리는 연신 내 허벅지를 때렸다. 우리의 만남은 항상 그랬다.

어느 해 여름방학이었다. 마침 똑똑이가 새끼를 낳아서 기르고 있었다. 그런데 다른 때와 달리 강아지를 사러 오는 사람이 없었다. 여덟 마리나 되는 강아지를 앞에 놓고 어머니는 개 값이 많이 떨어져서 사람들이 강아지를 거들떠보지도 않는다며 한숨을 내쉬었다.

생후 한 달 보름이 지날 무렵까지는 강아지를 팔아야 한다. 그때가 젖을 뗄 시기인데, 이때가 지나면 이가 자라나 젖을 빨 때 어미 개가 심한 고통을 겪는다. 이유식을 하느라 밥값도 꽤 든다. 한마디로 경제적인 부담도 커지고 어미 개에게도 결코 유익하지 않다. 다 자란 새끼강아지에게 젖을 물려야 하는 어미 개는 영양이 부족해지면서 뼈만 앙상하게 되고, 새끼강아지 역시 털갈이를 시작하면서 보송보송 예쁜 모습이 밉상으로 변해간다. 아이도 '미운 일곱 살'이라고 하지 않던가. 겨우 한 마리만 거저 주다시피 싼 가격에 넘기고 남은 일곱 마리는 직접 장에 내다 팔아야 했다.

어머니의 진두지휘 아래 나는 강아지 판매작전에 투입되었다. 똑똑이가 잠시 마실을 나갔는지 보이지 않는 틈을 타서 일곱 마리나 되는 강아지를 사과박스 하나에 담았다. 박스가 작아서 거의 쑤셔 넣다시피 한 다음 숨구멍을 몇 개 내고 자전거 짐받이에 밧줄로 꽁꽁 묶었다. 그 사이 어머니는 낡은 빗자루와 수건을 하나 챙겼다.

"어머니, 빗은 어디에 쓰시게요?"

"개를 팔러 갈 때는 빗을 가지고 가는 거란다."

"왜요?"

"가서 보면 안다."

어머니는 똑똑이가 돌아오기 전에 출발해야 한다며 나를 재촉했다.

우리가 향한 곳은 1일과 6일에 장이 서는 한제장이었다. 인근에서는 가장 큰 장이었다. 지금이야 자동차로 20분도 걸리지 않지만, 그때는 걸어서 두어 시간은 족히 가야 했다.

오르막길에서는 내려서 걷고 내리막길에서는 어머니를 앞에 태운 채 나는 아버지의 낡은 자전거의 페달을 밟았다. 오랜만에 어머니와 단둘만의 여행이었다.

"엄마, 비록 자전거지만 제가 효도관광 시켜드리는 거예요."

"동냥치(거지)가 자식 보고 웃는다 하더니만 딱 그 꼴이다."

어머니는 큰 소리로 웃었다. 어머니가 그날만큼 크게 웃었던 기억이 별로 없는 것 같다.

어머니와 나 그리고 강아지를 태운 자전거는 용전을 지나 용산다리를 건너고 병풍산을 바라보며 한참을 간 뒤에야 비아장에 도착했다. 장은 이미 사람들로 붐볐다. 우리는 조그만 다리를 건너 맨 끝자락에 자리를 잡았다. 그러고는 자전거 짐받이에 싣고 왔던 박스를 열었다. 그 순간 우리는 차마 눈을 뜨고 볼 수 없는 광경을 목도하고 말았다. 강아지들이 멀미를 한 것이다. 무더운 여름날 답답한 공간에서 울퉁불퉁한 길을 오랜 시간 이리 휩쓸리고 저리 휩쓸리며 달려왔으니 오죽했을까. 하나같이 토사물이 온몸에 범벅이 되었고 냄새 또한 심했다. 그 예뻤던 강아지들의 모습은 오간 데 없이 시궁창에 빠진 생쥐 같았다.

"셋째야, 박스째 들고 나를 따라와라."

어머니는 행여 다른 사람들이 볼까 무서운 듯 귓속말로 나를 이끌었다. 나는 얼른 박스를 닫고 어머니를 따라 조금 전에 지나온 다리 아래로 내려갔다. 졸졸 흐르는 시냇물에 강아지를 한 마리씩 씻기고 수건으로 물기를 닦아냈다. 어머니는 농약상에서 가져온 광고용 부채를 꺼내 건네주었다. 나는 강아지 털을 손으로 흔들면서 쉴 새 없이 부채질을 했다. 시간이 얼마나 흘렀을까. 강아지들은 아무 일도 없었다는 듯 다시 예쁜 모습을 되찾았다. 어머니는 털이 다 마른 강아지들을 미리 가져간 빗으로 곱게 빗고 또 빗었다.

일곱 마리의 강아지와 우리는 다시 좌판에 앉아서 손님을 기다렸다. 우리 옆에도 여러 가지 물건을 팔러 나온 어머니 연배의 아주머니들이 몇 명 더 있었다.

"지비(당신을 일컫는 전라도 사투리) 아들이요? 어쩌면 아들이 장에까지 따라온다요? 그것도 강아지를 팔러. 우리 새끼들은 곱게 키워서 그런지 이런데 절대 안 따라온다요."

한 아주머니가 부러움인지 빈정인지 모를 애매한 표정으로 어머니에게 말을 걸어왔다.

"우리 아들은 효자니까 안 그러요. 서울서 공부하는디 방학이라 내려와서 지 에미 고생한다고 따라왔다요."

어머니는 아주머니에게 말 펀치를 한 방 날리고는 이내 강아지 판매에 집중했다. 어머니는 그 아주머니의 말을 빈정으로 들었던 것이다.

하지만 그 난리법석을 떨었는데도 강아지는 팔리지 않았고, 우리는 서서히 지쳐갔다. 해는 어느새 저물어가고 장이 파할 때쯤 어머니는 중대 결심을 했다. 마리당 5,000원에 팔기로 했던 것이다. 그때까지 어머니는 내내 2만 원을 고수했었다. 아니나 다를까, 가격을 내리자마자 강아지들끼리 서로 '잘 살아라' 하는 인사를 건넬 틈도 없이 뿔뿔이 흩어져 떠나갔다. 달랑 3만 5,000원을 손에 쥔 어머니는 자리를 털고 일어났다. 그리고 우리는 시장을 한 바퀴 둘러본 뒤 아버지가 좋아하는 조개젓, 명란젓 등을 조금씩 사들고 집으로 돌아왔다.

똑똑이는 시무룩한 채 내게 눈길도 한 번 주지 않았다. 나를 원망하는 게 분명했다. 잠시 자리를 비운 틈에 강아지들이 없어진 사실을 알고 슬펐던 모양이다. '똑똑이가 집에 있을 때 떠나보내도 괜찮았을 텐데……' 하는 생각이 들면서, 못내 섭섭해하는 똑똑이에게 참 미안했다.

그날 똑똑이의 쓸쓸한 표정을 지금도 잊을 수가 없다. 나는 한참을 말없이 똑똑이를 안아주고 쓰다듬어주고 빗으로 곱게 빗어주었다. 그렇게 며칠이 지난 뒤 우리는 언제 그랬냐 싶게 앙금을 훌훌 털어내고 동구 밖을 함께 달렸다. 멀리 황새봉까지 토끼몰이도 했다.

방학이 끝나고 똑똑이와 작별인사를 나눈 나는 서울로 올라왔다. 그 후 더 이상 똑똑이를 만나지 못했다. 똑똑이를 보내고 나서 어머니는 더 이상 개를 키우지 않았다.

'똑똑아, 그때 함께해줘서 고마웠다.'

이번 주말에도 정발산에 올라야겠다. 가는 길에 똑똑이를 닮은 그 개를 만나면 이번엔 가까이 다가가 말이라도 걸어봐야겠다. 오늘따라 똑똑이가 보고 싶다. 어머니에게 안부전화를 해야겠다.

5시 18분!

이상우

2017년 3월 어느 날 새벽에 시계를 보고 놀라 과거를 회상하며.

밤새 뒤척이며 여러 가지 꿈을 꾸었는데, 제대로 기억나는 것은 하나도 없다. 뒷덜미가 땀으로 흥건한 것으로 보아 어젯밤 꾼 꿈은 분명 악몽이었던가 보다.

언젠가부터 시력이 나빠져 아내 화장대 위의 시계가 잘 안 보인다. 그래서 숫자판이 커다란 시계 앱을 설치한 태블릿을 침대 머리맡에 두고 잠자리에 든다. 또 다시 선잠에 들었다가 아내의 새벽 마른기침에 깨어 시계를 본다. 5시 18분이다.

"이런! 왜 하필 5:18이람."

나도 모르게 보아서는 안 될 '뱀버섯'을 본 것처럼 화들짝 놀란다. 고개를 돌리고 벌떡 일어나서 침대머리에 기대고 앉아 시꺼먼 천장을 뚫어지게 쳐다본다. 할머니가 돌아가신 날부터 줄곧 나를 괴롭혀온 이명이 오늘따라 귀를 찢을 듯이 심하게 파고들고, 놀란 가슴이 방망이질을 해댄다. 한순간에 나의 모든 감각은 37년 전 오월의 어느 날로 훌쩍 돌아간다.

오치에서 송정리로 가는 6번 버스를 타고 전남대 후문을 지날 때였다. 공수부대원들은 이미 M16을 착검하고 있었다. 금방 총을 쏠 것만 같은 모

하지만 일봉이는 적어도 우리에게는 미친놈이 아니었다. 어쩌면 언젠가 우리 형이 들려준 거지 껍데기를 둘러쓴 달마도사일지도 모른다는 생각도 들었다.

어느 이른 봄, 육촌의 결혼식이 있던 날이었다. 나는 동네 아이들과 함께 맷골로 놀러갔다. 우리는 소산댁 거름집 뒤 산기슭 양지바른 곳에 키 작은 신우대(산죽) 숲에 둘러싸인 주인 없는 무덤가에서 화살을 만들기 위해 곧은 신우대를 찾고 있었다.

오랜 세월 돌보는 사람이 없어서인지 잔디가 없는 무덤 앞쪽은 비바람에 할퀴어 골골이 무너져 내리고 있었고, 무덤 뒷등은 아기 손톱보다 더 작은 녹갈색 이파리가 다닥다닥 붙은 땅 찔레들이 메마른 흙을 움켜쥐고 힘겹게 엉겨붙어 있었다.

그러다 우연히 무덤 한쪽에 구렁이 굴 같은 구멍에서 엄지손가락보다 훨씬 큰 대추벌(왕벌)이 나오더니 '웅' 하며 하늘로 날아오르는 것을 발견했다.

대추벌은 우리 같은 아이들에게는 공포의 대상이었다. 여름철 뒷산에 놀러가면 참나무, 상수리나무 등의 진액이 나오는 곳에는 어김없이 풍뎅이가 다닥다닥 붙어 있고, 운이 좋은 날은 사슴벌레도 잡을 수 있었다. 사슴벌레를 못 잡으면 우리는 홧김에 풍뎅이를 잡아다 잔인하게 목을 비틀어서 땅바닥에 뒤집어놓고 죽을 때까지 날갯짓을 하며 빙글빙글 도는 걸 보며 좋아했다.

하지만 풍뎅이가 몰려드는 나무에는 어김없이 대추벌이 날아든다. 진한 노란색 몸통에 갈색 줄무늬가 있는 엄청난 크기의 대추벌이 꽁지에서 독을 뚝뚝 떨어뜨리면서 참나무 주위를 날면 우리는 머리를 감싸쥐고 바짝 쭈그린 채 낮은 포복으로 도망가곤 했다. 우리는 풍뎅이의 천적이었고,

대추벌은 우리의 천적(?)이었다.

호기심이 발동한 나는 개울물을 고무신에 담아 와서 그 구멍에 부었다. 조금 기다리니 대추벌 한 마리가 기어 나오더니 날개가 물에 젖어서인지 날지는 못하고 기어서 도망가기 시작했다. 나는 생솔가지를 꺾어 사정없이 후려쳐서 벌을 잡았다. 대추벌은 계속 나오고 있었고, 우리는 깔깔거리면서 한 마리씩 죽인 다음 그 무서운 대추벌을 자세히 관찰하기도 하고 꽁무니를 눌러 독침을 빼보기도 했다. 무서운 대추벌에게 보복이라도 하듯 우리의 천적을 마구 짓밟으며 즐거워했다.

그런데 그 즐거움도 잠시. 굴을 빠져나오는 대추벌의 숫자가 점점 늘어나더니 우리의 웃음소리는 사라지고 대추벌과의 전쟁이 시작되었다. 천적의 나약함을 발견한 우리는 약속이나 한 듯 깊숙이 숨겨두었던 잔인함을 토해냈다. 대추벌의 시체가 사방에 까맣게 널렸고, 아직 죽지 않은 벌들은 꿈틀꿈틀했지만 우리는 그런 부상자들의 숨통을 끊어줄 만한 여유조차 없었다.

처음에는 한 마리씩 나오던 적들이 두 마리, 세 마리씩으로 늘어나더니 결국에는 토하듯 뿜어져 나왔다. 우리는 그 많은 적들을 감당하기에는 이미 지쳐있었고, 죽은 줄 알았던 부상자들마저 날개가 말랐는지 하나둘씩 날갯짓을 시작했다. 땀과 흙먼지에 절은 승리의 웃음이 사라지고 패전의 공포에 휩싸일 때쯤 나는 고추와 배꼽 사이를 파고드는 엄청난 통증에 아랫배를 움켜쥐고 떼굴떼굴 굴렀다. 부랴부랴 허리춤을 까보니 주먹만 한 대추벌이 허리춤에 붙어있었다.

부상을 당한 채 널부러져 있던 벌이 신발에 붙었다가 내복과 바지 사이를 지나 위로 기어 올라오다가 고무줄 부근에서 더 이상 못 올라오고 그 자리에 독침을 꼽아버린 것이었다.

나는 울지 않았다. 만약 다른 아이들이 없었다면 울었을지도 모른다. 얼른 나를 공격한 벌을 제압하고 돌로 짓이긴 다음 그동안 배워온 방식대로 벌 쏘인 부위에 쳐발랐다. 그러고는 바로 적군의 토벌에 합류했으나 얼마 지나지 않아서 정신이 몽롱해지고 다리가 풀리고 말았다.

나는 아이들을 뒤로하고 정신없이 집을 향해 뛰었다. 하지만 점점 걸음이 내 생각대로 되지 않았다. 논두렁에도 빠지고 급기야는 걷기도 힘들었다. 나는 희미해져 가는 정신을 간신히 붙잡고 쉴 새 없이 엄마 엄마를 부르며 조그만 돌부리에도 걸려 쓰러졌다 일어났다 하면서 기어가다시피 너럭바위까지 왔다.

아직 이른 봄이었지만 너럭바위는 햇볕을 받아 따뜻했다. 나는 바위에 누워 희미하게 멀어져가는 슬픈 엄마의 얼굴을 만지려고 손을 뻗다가 천 길 죽음의 어둠 속으로 빨려 떨어졌다.

얼마나 지났을까. 꿈에 일봉이가 나타났다. 일봉이는 나를 빤히 쳐다보더니 다짜고짜 나를 들쳐 매었다. 나는 무서워서 발버둥을 쳤지만 내 몸은 소금에 절인 시래기처럼 쳐져서 꿈쩍도 할 수 없었다.

목이 터져라 비명을 질렀지만, 나의 비명은 절벅절벅 걷는 일봉이의 발자국 소리보다 적었다. 나는 거꾸로 매달린 채 절룩거리는 일봉이의 발뒤꿈치를 봤고, 통상골을 봤고, 황새봉을 봤다. 그리고 다시 죽음의 나락으로 떨어졌다. 이번에는 엄마 얼굴도 못 봤다.

다시 눈을 떴을 때, 나는 우리 집 큰방에 누워 있었다. 어머니는 걱정스러운 표정으로 나를 쳐다보고 계셨다. 저수지 방천 밑에 의식을 잃고 쓰러져 있던 나를 발견한 우리 동네 아재가 나를 업고 집에까지 왔다고 한다.

나는 꿈에 일봉이를 봤고, 실제로 그날 일봉이가 우리 마을을 지나갔단다. 그날 너럭바위에서부터 저수지 방천에 이르기까지 나에게 어떤 일이 일어났던 걸까?

지금도 벌에 쏘인 자국이 애매한 부위에 천연두 불주사 흔적처럼 남아있다.

사랑해요 원선오 신부님!

이 연

원선오 신부는 1970년대 살레시오고등학교를 다닌 학생들에게는 잊을 수 없는 분이다. 1928년 이탈리아에서 태어난 원 신부는 1954년 일본에서 사제 서품을 받고 일본 학생들을 가르치다가 1972년 광주로 왔다. 이후 1980년까지 살레시오고에서 음악·종교 교사로 활동하다 1982년에 아프리카의 케냐로 갔다. 당시 모든 사람들이 아프리카 행을 만류했지만, 원 신부는 한 마디를 남기고 떠났다.

"이제 한국은 선교의 틀이 잡혔으니 나는 아프리카 케냐로 가서 제3의 선교를 시작해야겠다."

이렇게 떠난 원 신부는 1994년부터 아프리카 수단에서 《울지 마 톤즈》로 잘 알려진 고 이태석 신부와 함께 선교활동을 했으며, 올해 아흔이 되셨지만 지금도 여전히 그곳에서 가난한 청소년들을 위한 봉사활동을 하고 있다.

고교시절 3년 내내 우리는 매일 교문에서 원 신부를 만났다. 원 신부는 눈이 오나 비가 오나 하루도 빠지지 않고 그 많은 학생들의 이름을 부르면서 맞이했다. 아코디언 연주도 기막히게 잘 했던 원 신부는 가수 김상희의 '코스모스 피어 있는 길'을 들려주곤 했다. 직접 작곡해서 가르쳐준

성가들은 40년이 지난 지금도 생생하게 내 머리에 남아 있다. 그중 '젠젠젠'은 당시 살레시오고 학생들이 제2의 교가처럼 흥얼거렸던 곡이다. '젠'은 Generation(世代)의 준말로, 젠젠젠은 '새로운 세대를 이끌어갈 젊은이로서 자신감을 갖고 나아가라'는 뜻을 담고 있다.

> 젠젠젠 나가자 / 젠젠젠 앞으로 / 젠젠젠 이루자
> 젠젠젠 하나 / 이제 태양 솟는다 / 새 사회를 비추라
> 모든 마음 열리라 / 하느님 사랑으로 / 젠젠젠 나가자
> 젠젠젠 앞으로 / 젠젠젠 이루자 / 젠젠젠 하나

노래 끝에 신부님이 '뉴 제너레이션' 하면 학생들이 '젠' 하면서 끝이 난다. 나는 이 노래를 지금도 가끔 부르곤 한다. 특히 긴장될 때나 위축되어 있을 때 부르면서 위안을 받곤 한다.

5월이 오면 살레시오고등학교는 성모 마리아를 위한 각종 행사를 벌인다. 그때 부르는 노래가 '성모의 성월'이다.

> 성모의 성월이요 제일 좋은 시절
> 사랑하는 성모를 찬미할 지어다
> 가장 좋은 꽃으로 성전을 꾸미고
> 성모께 노래하며 자헌할지어다.

지금도 5월이 오면 이 노래를 흥얼거린다. 곡이 너무 아름다워 외로움을 느낄 때나 홀로 오솔길을 걸을 때, 마음속에서 끄집어내어 큰 소리로 부른다. 신부님이 작곡하신 노래들은 약간 서글픈 혹인 연가풍의 노래들이

많아 힘들었던 나의 사춘기 시절을 어루만져 주었다.

그중에서도 가장 좋아하는 성가는 '엠마우스'다.

> 서산에 노을이 고우나 / 누리는 어둠에 잠겼사오니
> 우리와 함께 주여 드시어 / 이 밤을 쉬어가시옵소서.
> 주님의 길만을 재촉하시면 / 어느 세월에 또 뵈오리까
> 누추한 집이나 따스하오니 / 이 밤을 쉬어 가시옵소서
> 이 밤을 쉬어 가시옵소서.

이 노래는 어두운 밤 홀로 어머니가 살고 있는 시골집에서 부르면 그간 쌓였던 모든 괴로움과 지친 심신이 조용히 가라앉는다.

얼마 전, 장동현 교장신부의 요청으로 모교에서 후배들을 대상으로 장래 진로에 대해 특강을 한 적이 있다. 그때, 아들보다 어린 후배들에게 앞서 소개한 세 곡을 직접 불러주었다. 하지만 후배들은 '엠마우스' 외에는 전혀 모르고 있었다. '젠젠젠'은 우리 때까지만 불리었고, '성모의 성월'은 가사가 모두 바뀌어버렸다.

동창생들을 만날 때면 원 신부와의 추억담을 빼놓을 수가 없다. 당시는 전남 지역의 학생들이 광주로 많이 진학했기 때문에 개성이 강하고 억센 친구들이 많았다. 1학년 때는 학생들 간에 싸움질도 빈번했는데, 학년이 높아갈수록 순한 양이 되어 싸움의 빈도가 낮아졌다. 우리는 이것이 모두 원 신부의 덕택이라고 믿고 있고, 실제로 그렇게 말하곤 한다.

원 신부가 떠나던 해 가을, 학교 체육대회에서는 특별한 광경이 펼쳐졌다. 당시 가장행렬에서 각 학급마다 앞에 세운 현수막에는 "Come Back, Fr. Won!(원선호 신부님, 돌아오세요!)"라는 말이 붙어 있었던 것이다. 그때 원 신

부를 환송했던 후배들이 졸업하고 30년이 된 '홈 커밍 데이(Home Coming Day)'에 원 신부의 광주 방문을 요청했고, 2년 전에 그 요청이 이루어졌다.

원 신부는 내란이 휩쓸고 간 수단에 청소년을 위한 학교를 100개 짓기로 했고, 우리가 초청을 했을 당시 38개의 학교가 세워져 있었다. 당시 원 신부는 "나를 광주에 초청하는 대신 그 비용을 수단으로 보내주면 좋겠다. 그러면 여기서 더 많은 학교를 짓는 데 쓸 수 있다"라고 하면서 한국 방문을 사양했다고 한다.

결국 총동문회 차원에서 신부님을 초청했고, 1970년대에 학교를 다녔던 졸업생들이 모두 모여 반가움을 나눴다. 그리고 수단에서 15개 이상의 학교를 지을 수 있는 수억 원의 돈을 모금했다. 여기에는 국민영웅 김연아 선수와 탤런트 김태희도 동참했다.

살아있는 성자로 불리는 원 신부의 환영회는 말 그대로 감동의 무대였다. 연로한 신부를 마주한 졸업생들은 수십 년 만에 부모를 만난 심정으로 다들 울었다. 당연히, 신부님이 작곡하여 가르쳐주었던 아름다운 곡들도 연주되었다.

"어렵고 힘들었던 시절을 보살펴주셨던 신부님, 사랑합니다."

인연

이 연

고등학교 3학년 때, 나는 누문동에 있는 광주일고 앞에서 살았다. 자취도 아니고, 가정교사도 아닌 애매한 형태였다. 당시 5촌 당숙이 방아실(방앗간) 주인이었는데, 시골에서 방아실을 운영하면 부자라고들 했다. 나는 당시 고등학교 1, 2학년이었던 당숙의 아들과 딸에게 공부를 가르쳐주는 대신 숙식을 해결할 수 있었다. 참 고마운 분들이었다.

내가 자취했던 집은 딸만 넷을 둔 화목한 공무원 가정이었다. 맏이는 대학을 다녔고, 둘째는 여고생이었는데 공부를 아주 잘했다. 셋째와 넷째는 초등학교 6학년과 3학년이었다. 모두 예쁘고 사랑스러웠다. 아버지는 근엄했고 어머니는 인자하고 정이 많았다. 나와 마주칠 때면 마치 자신의 일처럼 내 걱정을 해주면서 공부 열심히 하라고 격려해주곤 했다.

당시 어린 내 눈에 행복하게 살고 있는 주인집 가족은 부러움의 대상이었다. 학교에 갔다가 돌아와 벨을 누르면 반겨주는 이는 주로 셋째와 넷째였다. 대문 가운데에 몸을 구부려 들어가는 좁은 문이 있었다. 내가 고개를 숙이고 들어가면 '오빠'라고 부르며 환하게 웃어주었다. 그들의 모습을 아직까지 잊을 수 없다. '내가 지금은 힘들게 살지만 언젠가 성공하면 다시 찾아와 고마움을 표시해야겠다'라고 늘 마음먹었다.

대문 옆에는 화장실이 있었고, 그 위에는 장독대가 있었다. 이슬비가 내리던 어느 여름밤, 나는 마음이 울적하여 장독대로 올라갔다. 장독대에서 주인집 안방이 훤히 보였다. 온 가족이 웃으면서 오순도순 이야기를 나누는 모습이 정말 좋았다. '나도 나중에 꼭 저렇게 단란한 가정을 꾸려야지' 하고 맹세했다.

웬일인지 울고 싶어졌다. 한숨을 쉬면서 하늘을 바라보았다. 차가운 빗방울이 내 눈과 코, 입 속으로 마구 들어갔다. 눈물이 나왔다. 옷이 흠뻑 젖을 때까지 서 있었다. 주인집 딸들의 웃는 모습이 내 마음 깊은 곳까지 들어앉았다.

졸업하고 9급 공무원이 되어 동사무소에서 근무할 때, 대학을 간 친구들이 자주 찾아왔다. 나는 친구들과의 인연도 끊었다. 힘들게 번 돈을 그들에게 쓰고 싶지 않았다. 대학에 가지 못한 자격지심도 있었다. 때때로 주인집 딸들이 몹시 보고 싶었지만, 나의 초라한 행색을 보여주고 싶지 않아 한 번도 찾아가지 않았다. 그들의 모습은 40년이 지난 지금도 마치 어제 일처럼 생생하게 떠오른다. 그들에 대한 동경과 향수 역시 여전하다. 어쩌면 나의 첫사랑이었는지도 모른다.

피천득의 수필 '인연'을 수십 번도 넘게 읽었다. 고등학교 교과서에 실린 까닭도 있지만, 수필 속 주인공인 도쿄의 하숙집 딸 '아사코'에 대한 애틋한 사랑이 남의 일 같지가 않아서였다. 읽을 때마다 내 자취 시절의 모습과 오버랩되어 안타까운 추억이 되살아나곤 했다.

피천득은 아사코가 다녔던 학교와 같은 재단의 성심여학교에 강의를 갈 때마다 추억을 되새기면서 그녀를 그리워했다. 어린 아사코는 그와 헤어질 때 그의 목을 안고 그 뺨에 입을 맞추고, 제가 쓰던 작은 손수건과 제가 끼던 작은 반지를 이별의 선물로 주었다. 피천득이 동화책을 선물로 주자 아사코는 그 동화책에 나온 뾰족지붕처럼 생긴 집에서 나중에 함께 살자고 했다. 십수 년이 지난 후 피천득은 다시 아사코를 만난다. 그때 그녀는 성숙한 여인이 되어 있었다. 둘은 성심여학교를 거닐었다. 아사코는 교실에 두고 온 노란 우산을 가지고 나왔다. 세 번째 찾아갔을 때 아사코는 맥아더 사령부에 근무하는 일본인 2세와 결혼한 상태였고, 얼굴은 백합같이 시들어가고 있었다. 피천득은 세 번째는 만나지 말았어야 했다고 후회를 했다.

헤어지기 전날, 광주일고 교정에서 나는 막내딸을 업고 광주학생독립운동기념탑을 돌았었다. 헤어질 때, 막내딸은 울면서 꼭 다시 찾아와달라고 매달렸다. 그것이 우리의 마지막이었다.

'인연'을 읽을 때마다, 피천득은 세 번째 만남이라도 가질 수 있어서 나보다는 더 행복했을 것이라고 생각했다. 지금은 9급 공무원 시험 합격이 어렵지만 내가 공직을 시작한 1970년대만 해도 공무원은 그리 환영받는 직업이 아니었다. 동사무소와 구청의 차별도 심했다. 군대를 제대하자마자 7급 공부를 시작하려고 했던 것도 누문동 집에 찾아가 그 댁의 어린 딸들을 다시 보고 싶은 마음에서였다. 피천득이 성심여학교를 좋아하고 아사코의 노란우산 때문에 영화 '쉘부르의 우산'을 좋아했듯이 나도 광주일고 근처를 지날 때마다 아름답고 안타까운 추억을 되새기며 가슴 아파했다.

얼마 전 광주일고에 갈 일이 생겨 그 집을 찾아갔다. 이미 사라져버렸을 거라고 여겼던 내 생각과는 달리 그 집은 그대로 있었다. 캄캄한 밤에 비를 맞으면서 나 자신을 한탄했던 장독대도 여전히 그 자리에 있었다. 이미 주인은 떠나고 재개발지역으로 지정되어 폐가가 되었지만 오래전 추억이 마치 어제 일처럼 슬며시 떠올랐다. 금방이라도 주인집 딸이 뛰어나올 것만 같았다. 나도 모르게 가슴이 울컥했다. 그래, 모두들 나를 기억하지 못하고 잘 살고 있겠지!

관상

이 연

고등학교 3학년 때다. 중학교 때에 비해 학교 성적이 썩 좋지 않았다. 1학년 첫 시험은 반에서 5등, 전체 600여 명 중에서 49등을 했다. 역시 시골에서 올라온 학생과 도시에서 중학교를 나온 학생과 큰 차이가 있다는 것을 깨달았다. 고교 3년을 돌이켜보면 사실 그 성적도 좋은 편에 속했다.

나는 일찌감치 권매석 상담 선생님을 만났다. 선생님은 내 사정이 딱했던지 나를 집으로 데려가서는 사모님을 다른 방에 자게 하고 나와 같이 잠을 자면서 고민을 들어주었다. 나는 장래 국어선생님이 되고 싶은데, 가정형편 때문에 대학을 포기할 수밖에 없다는 내 처지를 설명했다. 가만히 내 이야기를 듣고 난 뒤 선생님이 말했다.

"넌 공무원을 해야 한다. 너는 절대로 선생님이 아니고 공무원을 할 관상이다."

내가 다니던 살레시오고는 가톨릭 학교여서 권 선생님은 약간 이단자 취급을 받았다. 관상을 보거나 최면을 걸 줄 안다는 것을 두고 쑤군대는 사람들도 있었다.

선생님은 그리고 "네 얼굴에 관직 운이 쓰여 있다"라고 덧붙였다. 우연

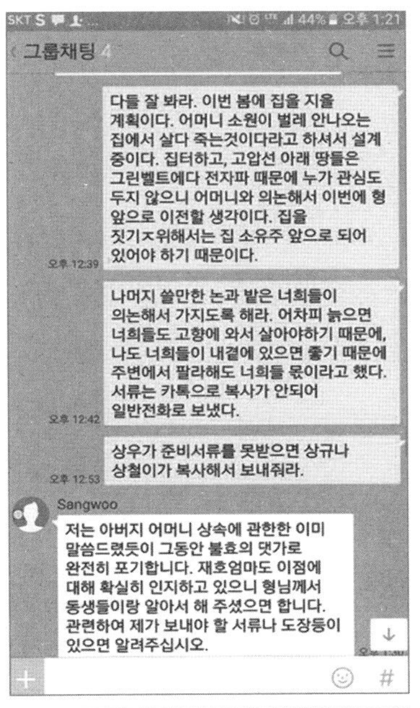

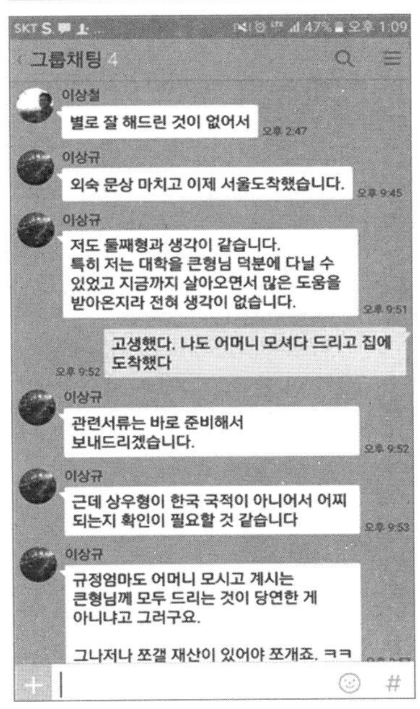

은 옷을 계속 입고 나오는 것을 보고 당시 고광삼 배구협회장이 오죽했으면 "제발 옷 좀 갈아입고 나오라" 하면서 돈을 줄 정도였다.

동생들에게 카톡으로 문자를 보냈다. 어머니가 살고 있는 집터와 그 옆쪽은 내가 갖고, 다른 땅은 동생들이 가지라는 내용이었다. 내가 선택한 땅은 그린벨트 지역에다 고압철탑이 지나가는 곳이었고 다른 땅들은 집을 짓기에 안성맞춤인 좋은 곳이었다. 동생들은 모두 지체하지 않고 답변을 보내왔다.

"모두 형님이 가져야 합니다. 저희들은 가질 자격이 없습니다."

어머니도 마찬가지 입장이었다.

"네가 고생해서 동생들을 키웠으니 네 앞으로 해라."

그러나 내 생각은 달랐다. 소중한 동생들과 인생의 후반을 보내는 것이 다른 친구나 친척들과 지내는 것보다 훨씬 좋을 것이라는 생각이다. 그러고 보면 동생들은 물론 제수들까지 모두 마음씨가 착하다. 나름 욕심을 가질 수 있는데도 모두 나에게 주는 것이 마땅하다고 같은 의견을 내주는 것만봐도 그렇다.

나는 동생들이 말년에 고향에 내려와 살기를 바란다. 적은 농사일지언정 함께 지으면서 오순도순 살고 싶다.

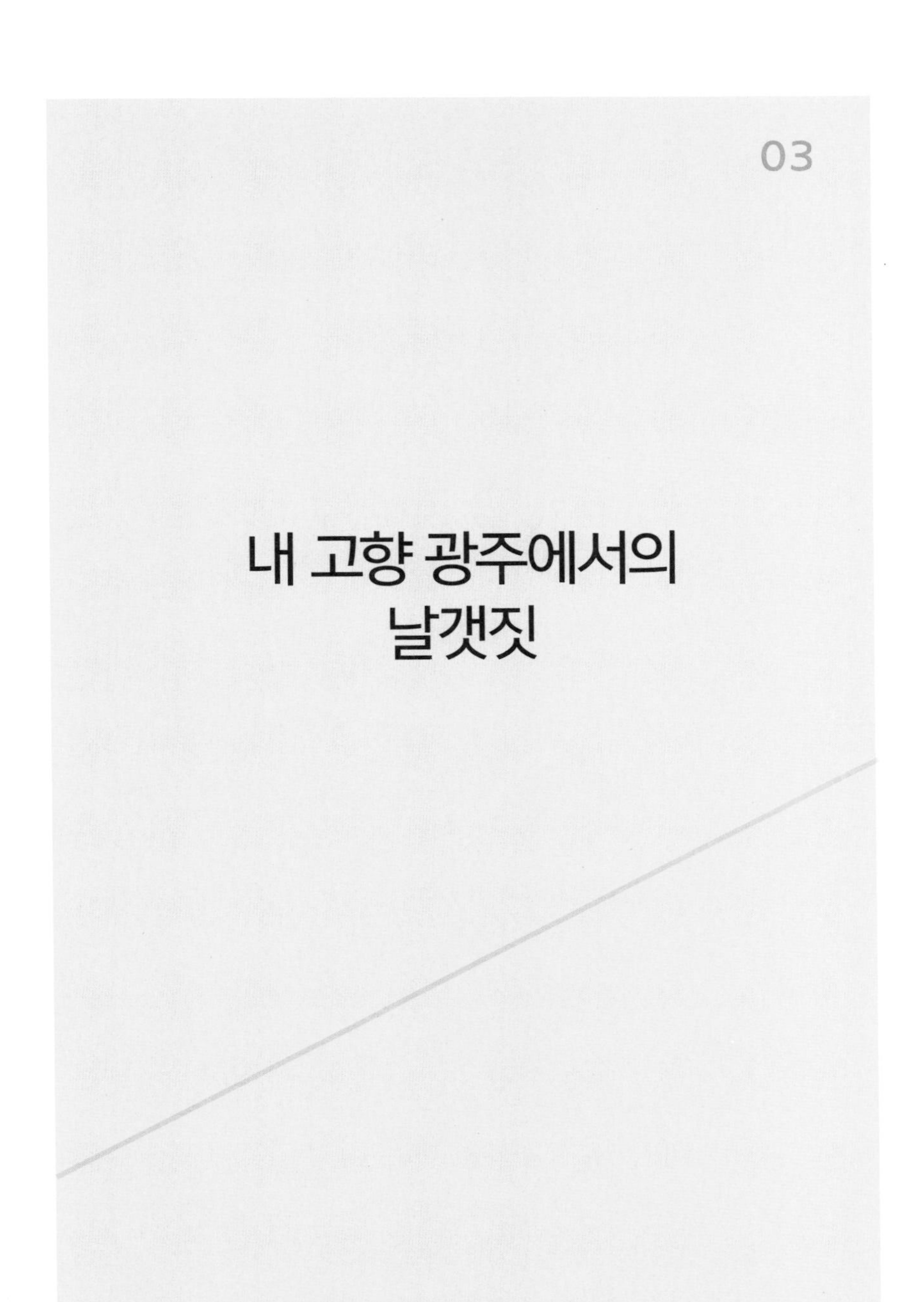

03

내 고향 광주에서의 날갯짓

동사무소에 젊은 총각이 산다

이 연

나는 일찌감치 대학 진학을 포기했다. 집은 빚더미에 쌓여 있었고, 남동생 셋을 어떻게든 가르쳐야 한다고 생각했던 터라 내 자신이 대학을 간다는 것은 언감생심이었다. 그래서 고등학교를 졸업하자마자 지방직과 국가직 공무원시험을 봤다. 다행히 성적이 좋아 군가산점 5점이 없이도 전라남도 지방직과 국가직 모두 합격했다. 지방직은 광주시로, 국가직은 목포세무서로 발령을 받게 되었다. 주위 사람들은 세무공무원이 훨씬 좋다며 은근히 목포세무서를 권유하는 분위기가 강했다. 그러나 나는 주저하지 않고 지방직을 택했다. 동생들을 가까이에서 돌보아야 했기 때문에 광주에서 근무할 수 있는 지방직이 더 좋았던 것이다.

첫 발령지인 백운동사무소는 사직공원 뒤쪽에 있었다. 나는 동사무소에서 자취를 했다. 첫 월급이 6만 원이 채 안 되었다. 거기다 한 달 내내 일직과 숙직을 하면 월 4만 5,000원 정도의 큰돈을 따로 받았다. 동사무소에서 지내니까 전기세, 수도세 등 각종 공과금도 들지 않았고, 외출을 하지 않아 돈 쓸 일도 별로 없었다. 당시 일직과 숙직은 매일 두 명씩 돌아가며 했는데, 숙직을 한 뒤 쉬지도 못하고 곧바로 근무를 해야 했으므로 모두들 숙직을 꺼려했다. 덕분에 숙직은 내가 거의 도맡아서 했다.

백운동사무소 벽에 '간첩신고센타' 간판이 눈에 띤다.

사실, 당시 숙직실 자취생은 나 말고 한 명이 더 있었다. 지금 멕시코에 사는 동생이다. 동생이 밤늦게 학교에서 돌아오면 동료 숙직 직원은 집에 들어갔다가 다음 날 아침 일찍 나왔다. 덕분에 좁은 숙직실이지만 동생과 내가 함께 지낼 수 있었다.

나는 늘 새벽에 일찍 일어나 동생 도시락을 챙기고, 사무실 청소를 한 뒤 8시 이전에 문을 열었다. 당시에도 관공서가 문을 여는 시간은 아침 9시였지만, 민원담당인 내가 숙직실에서 자취를 한다는 소문이 난 까닭에 주민들은 시도 때도 없이 동사무소를 찾아 민원을 요청했다. 퇴근시간이 지나서 찾아오기도 했고, 어떤 때는 이른 아침에 동사무소를 찾아 일을 보고 출근을 하기도 했다. 덕분에 민원처리에 도움을 받은 주민들로부터 나에 대한 칭찬이 대단했다.

하루는 밤늦게 문을 두드리는 소리가 들렸다. 문을 열고 나갔더니 아무도 없었다. 조금 있으려니 어딘선가 고양이 울음소리 같은 것이 들렸다. 고양이가 발정을 하면서 내는 소리는 어린

애 울음소리하고 비슷하다. 차이점은 어린아이 울음소리는 계속 똑같이 반복되지만 고양이는 소리에 강약이 있고, 몇 번 울다가 다른 곳으로 이동하곤 한다는 거다.

그날 저녁 울음소리는 길었다. 사정이 심상치 않게 여겨져 다시 문을 열고 나갔다. 아니나 다를까, 갓난아이가 보자기에 싸여 울고 있었다. 이름과 생년월일이 적혀 있었다. 끝없이 우는 갓난아이를 달랠 길이 없어 밤새 안고 동동거리다 동이 트자마자 통장의 도움을 받아서 근처에 사는 아주머니의 젖을 얻어 먹일 수 있었다. 그리고 근무시간이 되어 구청으로 연락해서 아이를 인계했다. 내가 백운동사무소에 근무하는 동안 똑같은 일을 세 번이나 반복해야 했다. 그때마다 마음이 너무 아팠다.

하루는 어느 할머니가 얼어 죽게 생겼다는 연락이 왔다. 지금은 푸른길공원으로 변한 철로가에 쭈그리고 앉아 있었다. 나는 그 할머니를 업어다 숙직실 방에 눕혔다. 좁은 숙직실에서 밤새 치매에 걸린 할머니와 씨름을 했다. 하나밖에 없는 이불에 소변 실례를 하는 등 말로 이루 표현하기 어려울 정도로 힘들었다. 다행히 다음 날 가족이 찾아와 피우지도 못하는 담배를 한 보루 쥐어주고 할머니를 모시고 갔다.

갓난아이나 할머니를 돌보는 것보다 더 안타까운 것은 부랑아였다. 하루는 사람이 얼어 죽어가고 있다는 급박한 소식이 왔다. 단숨에 달려갔다. 서동과 백운동의 경계였다. 간신히 살아있음을 확인할 수 있었다. 갖은 방법으로 그 사람을 설득해서 안전한 곳으로 옮기려고 했지만 그는 꼼짝도 하지 않았다. 동사무소에 돌아와 함께 숙직하던 선배에게 그 사실을 알렸더니, 금세 다녀와서는 문제가 다 해결됐다고 하는 것이 아닌가. 선배의 말에 따르면 백운동에서 얼어 죽으면 숙직자인 우리가 책임을 져야 하지만 서동 쪽으로 보내면 모든 책임은 서동에서 지게 돼 있기 때문에 부랑아에게 돈을 몇 푼 쥐어주고 서동 쪽으로 가라고 했다는 것이다. 그러면서 "너는 공무원이 되려면 아직 멀었다"라고 핀잔을 주었다.

가장 가슴 아픈 일은 어처구니없는 사망사고였다. 어느 장마철의 이른 아침, 폭우 때문에 수피아여고의 토담 벽이 갑자기 무너졌다는 연락을 받았다. 나는 총알처럼 달려갔다. 지나가던 여학생들이 흙 속에 파묻혀 있었다. 정신이 없었다. 억수같이 쏟아지는 빗줄기 속에서 속옷만 입은 채 나는 학생들을 끄집어내기 위해서 미친 듯 흙을 파냈다. 하지만 안타깝게도 나는 학생들을 구하지 못한 채 동사무소로 돌아오고 말았다. 하얀 속옷이 황토 흙으로 뒤범벅이 될 정도로 열심히 흙을 파냈지만, 인간의 힘으로는 어쩔 수 없는 한계를 절감해야만 했다. 지금도 장마철이면 그때 죽은 여학생과 그 부모가 생각난다.

1979년 10월 26일 아침이었다. 여느 때처럼 일찍 일어나 동생을 학교에 보내기 위해 밥을 짓고 도시락을 싸고 있었다. 그때 TV에서 박정희 대통령이 서거했다는 뉴스가 나왔다. 순간 공황상태에 빠진 채 마냥 눈물이 나왔다. 당시만 해도 우리는 초등학교 때부터 성인이 되어서까지 꾸준히 박정희 대통령이 없으면 우리나라가 망한다고 세뇌교육을 받았던 터였다.

5일간의 장례기간 내내 TV는 온통 박정희 대통령 서거 소식으로 도배가 됐다. 나는 정말 슬펐다. 고등학교 졸업 후 곧바로 공직생활을 시작한 나로서는 정부에 대한 비판은 있을 수 없는 일이었다. 훗날, 내가 만일 대학에 진학을 했더라면 어땠을까 하는 생각을 해보았다. 요즘도 가끔 북한

둘째 동생이 동료 직원들과 함께 있다.

김정은을 보고 북한 주민들이 감격하여 우는 것을 볼 때마다 그 때를 떠올리곤 한다.

하루는 동생이 머리가 빠진다고 고민 상담을 했다. 어지간한 일은 스스로 해결했으나 사춘기여서 신체에 문제가 생기는 것은 참지 못했던 모양이다. 나는 동생에게 "동물이 겨울을 맞아 털갈이를 하듯이 사람도 마찬가지다"라고 하면서, 수돗가에 가서 동생이 보는 앞에서 머리를 빡빡 감았다. 초겨울 아침이어서 물이 얼음같이 찼지만 동생의 고민을 해결해주기 위해서 그랬던 때문인지 차갑다는 생각이 들지 않았다. 다행히 생각보다 머리카락이 많이 빠졌고, 그 모습을 본 동생은 어느 정도 안심을 하는 것 같았다.

나와는 달리 동생은 외가 피를 받은 까닭에 젊어서부터 탈모가 진행됐고 지금은 아예 대머리가 됐다. 가끔 동생은 그때 일을 생각하며 내게 고맙다고 말한다.

면학7인회

이 연

당시 몇몇 동사무소에는 나와 비슷한 처지의 친구들이 공무원 생활을 하고 있었다. 대학에 진학하지 못하고 곧바로 동사무소 근무를 시작했지만, 모두들 공부에 대한 꿈이 남아 있었다. 그리고 동사무소에서 벗어나고 싶어 했다. 실제로 돈을 벌기 위해 과감히 사표를 쓰고 자신의 미래에 도전장을 낸 친구도 몇명 있었고, 중동으로 간 친구도 있었다.

우리는 동사무소에서 탈출하기 위해 열심히 공부하자고 약속했다. 현실에 안주하지 않고 더 좋은 직장을 찾기 위해선 공부가 최선의 길이었기 때문이다. 이름을 면학7인회(勉學七人會)라 지은 우리는 휴일마다 각자 근무하는 동사무소를 돌면서 TOEFL 공부를 했다.

회원 중에 김중배란 친구가 제일 먼저 결혼을 했다. 우리는 결혼 기념으로 책상을 선물했다. 그 책상은 몇 년 전까지 딸이 사용하다가 시집을 가면서 버렸다고 한다. 강종석과 민경훈은 검찰 시험에 합격해서 근무하다가 얼마 전에 퇴직했고, 김인석은 김중배와 함께 광주시 남구청 과장으로, 신현식은 광주시 도시공사 팀장으로, 박정관은 한국교통안전공단의 연구원으로 근무하고 있다.

우리는 가끔씩 돈을 모아 불우이웃 돕기에 나서기도 했다. 각자 근무하는 동사무소에서 가장 어렵게 사는 가정을 선정해서 우리가 모은 돈을 쓰기로 했는데, 나는 동사무소 뒤 달동네에 사는, 발달장애 증세가 있는 아가씨의 집을 선택했다. 노처녀인데다 가족들에게도 핍박 아닌 핍박을 받아서 늘 안쓰럽게 생각하던 터였다. 특히 그녀를 더 측은하게 여겼던 이유는 나의 어머니를 많이 닮았기 때문이었다. 아담한 키에 백옥같이 하얀 피부를 가진 그녀는 눈이 작고 코가 낮았다. 딱히 예쁘지는 않았지만 귀염성 있는 얼굴이라 정신적인 문제만 없었다면 누구나 좋아하지 않았을까 싶었다.

면학7인회 회원들과 함께.

그녀가 사는 집은 산비탈에 있어 리어카도 잘 올라가지 못했다. 그곳에 살던 사람들은 원래 양동시장 앞 광주천에 판자촌을 이루고 살다가 하천을 정비하면서 이곳으로 옮겨와 지냈다.

그녀의 오막살이에는 여러 명이 함께 살고 있었다. 집들이 모두 무허가여서 수십여 가구의 번지 수가 모두 동일했다. 상수도는 보급되어 있었지만 집집마다 설치가 어려워서 공동으로 한 곳에서 사용했다. 우물도 아닌 우물이 되어버린 그곳에서 모든 것이 다 이루어졌다. 밤이면 술판이 벌어졌다. 가끔 동네 사람들이 싸우는 소리가 동사무소까지 아스라이 들리곤 했다.

나는 쌀을 한 포대 들고 꼬부랑 골목길을 한참 올라가 그녀의 집으로 갔다. 가느다랗고 삐뚤빼뚤한 판자조각들로 이어 붙인 마루에 쌀포대를 가만히 두고 나오려는 순간, 그녀가 싸리문 밖에서 나를 물끄러미 바라보더니 이내 집 안으로 들어갔다. 비장애인 같으면 동사무소에 근무하는 나를 금방 알아보고 무슨 쌀이냐고 물어보고 고맙다고 했을 텐데, 그냥 무심하게 들어가버렸다.

그녀의 집안은 '영세민'이어서 쌀 배급을 받는 처지였다. 한 달에 한 번씩 쌀을 받으러 부모를 따라 동사무소에 온 그녀에게 나는 남들보다 조금 더 많은 분량의 쌀을 담아주곤 했다.

내가 그 집에 들렀다 온 뒤에도 그녀의 부모가 내게 아무런 고마움의 표시를 하지 않았던 것을 보면 아마도 그녀는 내가 가져다준 쌀에 대해 부모에게 이야기하지 않은 것 같았다.

내가 그녀에 대한 안타까운 이야기를 자주 하자, 친구들은 혹시 그녀를 좋아하는 것 아니냐고 나를 놀려댔다. 기나긴 세월이 흘러 마을은 재개발되어 고층아파트 단지로 변했고, 이제는 초로의 여인이 되어 있을 그녀, 가난으로 힘들게 살지만 순박했던 그녀의 부모는 살아 있는지, 누가 그녀를 돌보아주고 있는지, 힘들게 여생을 보내고 있지는 않은지, 다시 조금이라도 도와주고 싶은 안타까움과 서글픔이 몰려온다. 그 뒤로 두어 번 더 회원들과 함께 같은 방법으로 불우이웃 돕기를 했다. 그때의 일들이 아름다운 추억이 되었다.

면학7인회는 30년이 훌쩍 지난 지금까지 한 사람의 낙오자도 없이 분기별로 부부동반 모임을 갖고 있다. 직급이 높아지면 정년을 한 뒤 함께 놀며 지낼 친구가 없다고 하는데, 내게는 그들이 있어서 얼마나 좋은지 모르겠다.

대홍수와 7급 도전

이 연

당시만 해도 지방공무원은 사회적으로 큰 인정을 받지 못하는 직종이었다. 지금은 9급에서 8급으로 승진하는데 2년이 채 안 걸리지만, 당시의 나는 비교적 승진이 빠른 편이었는데도 5년 반이 걸렸고, 8급에서 7급은 8~9년 이상이 걸렸다. 게다가 동사무소에서 구청이나 시청에 올라간다는 것은 정말 어려운 일이었다. 물론 배경이 좋은 사람들의 경우에는 별로 어려운 일이 아니었지만.

군에서 제대한 후 나는 백운동사무소에 다시 배치를 받았다. 하지만 마음속에서는 '이대로 동사무소에서 내 인생을 마칠 것인가, 아니면 7급 공무원 시험을 봐서 한 단계 도약할 것인가'를 두고 마음속에 숨어 있던 갈등이 증폭했다. 한참을 그렇게 보내다가 어머니와 의논했다. 어머니는 그렇게 하라고 대답을 했지만, 썩 내켜하지 않았다.

사직서를 받아든 동장이 아쉬워하며 말했다.

"열흘 동안 사표 수리하지 않고 기다릴 테니 마음이 바뀌면 돌아와라."

집 앞에 있는 제실(祭室) 한쪽 방에 도배를 하고 공부를 시작했다. 그런데, 공부를 시작한 지 며칠 지나지 않아 홍수가 났다. 아름드리나무들이 저수지 안에 둥둥 떠 있었다. 제실 앞을 흐르는 작은 개울은 물이 불어서 건

동사무소 직원은 서럽다

이 연

1980년대 중반, 정부는 방학 동안 대학생들이 관공서에서 아르바이트를 할 수 있는 기회를 제공했다. 그 무렵의 어느 여름방학이었다. 동사무소 뒤쪽 언덕배기에 사는, 키가 그리 크지 않지만 예쁜 조선대 여학생이 아르바이트생으로 동사무소에 왔다.

백운동은 광주시의 외곽 지역, 도시가 팽창해가는 지점에 있었다. 때문에 광주시에서 가장 인구가 많은 동이었고, 당연히 민원업무가 폭주했다. 운이 좋았던지 그녀는 나의 보조가 되었고, 우리는 정말 재미있게 일했다. 그리고 방학이 끝날 무렵 우리는 서로 좋아하는 사이가 되었다.

우리는 가끔 충장로 우체국 근처, 지금의 삼복서점 옆에 있는 조그만 술집에서 '진토닉'을 마시곤 했다. 투명한 유리컵에 얼음과 레몬을 넣고 토닉워터를 부어 마셨던 진토닉에서는 소나무 향기가 났다. 우체국에서 조금 내려오면 초원다방과 DJ의 말소리가 구성진 '그랑나랑'이 있었다. 그곳에서 커피와 맥주를 마시기도 했다. 솔직히 말하면, 내가 그녀를 좋아했다기보다는 그녀가 나를 더 좋아했다. 하지만 나는 그녀를 만날 때마다 대학생인 그녀가 언젠가는 고졸 출신인 내 곁을 떠날 거라는 생각을 했다.

보슬비가 처량하게 내리던 어느 날, 여느 때와 마찬가지로 나는 백운동 까치고개 부근에서 새마을모자를 쓰고 사다리에 올라 회색 페인트로 상가 간판에 칠을 하고 있었다. 그때 그녀가 언니와 함께 그곳을 지나다가 나의 초라한 모습을 보았다. 둘이 잠깐 이야기를 나누는 듯하더니 아무 말 없이 그냥 지나쳐 갔다. 그리고 다음 날, 그녀는 내게 말했다. 이제는 헤어져야 한다고. 언니가 동사무소 직원은 절대 안 된다고 하면서 아버지에게도 일러바쳤다는 것이다. 그녀의 아버지 역시 동사무소에 자주 오는 분이라 나에 대해 모르지 않았을 텐데, 그럼에도 불구하고 자신의 딸을 고졸 출신의 동사무소 직원에게 시집보내는 것을 원치 않았던 모양이다.

새마을 모자를 쓰고 가로정비 하면서 찰칵.

그 뒤로 나는 때때로 그녀가 학교에 가는 모습을 몰래 훔쳐보곤 했다. 아침에 동사무소 문을 열기 전에는 커튼이 쳐져 있었는데, 그녀가 학교에 갈 때까지 기다렸다가 커튼 사이로 그녀를 지켜보았던 것이다. 그녀는 짧은 흰 치마에 하얀 블라우스를 즐겨 입었다. 그렇게 몰래 그녀를 훔쳐보는 일은 내가 갑작스럽게 광주시청으로 발령이 나서 백운동사무소를 떠날 때까지 계속됐다.

사실 그때는 동사무소 직원과 구청 직원이 같은 공무원이라는 것을 아는 사람이 별로 없었다. 당시 총각 직원들 가운데 일부는 장가를 잘 갈 수 있도록 몇 달 만이라도 구청에서 근무하도록 해달라고 애원하기도 했다.

금남로는 알고 있다

이 연

그동안 아무에게도 말하지 않았던, 5·18과 관련된 이야기다.

1980년 5월 어느 날이었다. 진압군들이 시민들을 무차별 학살했다는 소문이 들렸다. 처음엔 전혀 믿어지지 않았다. 당시 백운동사무소에서 자취를 했던 나는 소문을 직접 확인할 겸 반찬도 얻어올 겸해서 계림동에 사는 고모를 찾아가려고 오전 무렵 길을 나섰다. 그런데 가는 도중에 마음이 자꾸만 금남로로 끌렸다. 금남로를 가지 않으면 비겁해질 것 같다는 생각에 사로잡힌 나는 결국 그곳으로 향했다.

당시에는 금남지하도가 공사 중이었는데, 구 광주은행 앞 웅덩이에 포클레인이 처박혀 있었다. 수천 명의 시민들이 시위를 하다가 시간이 지날수록 그 수가 점점 더 늘어나면서 위압적이던 진압군들이 차츰 밀려나기 시작했다. 시위는 대체로 세 사람이 번갈아 가면서 주도했다. 검은 테 안경을 쓰고 흰 반팔 내의를 입은 키가 작고 깡마른 청년(윤상현 열사로 추정이 된다), 윗옷 색깔이 잘 기억나지 않는 청바지를 입은 젊은 여성(전옥주 씨로 추정된다), 하얀 블라우스에 검정 주름의 교복 치마를 입은 살레시오 여고생 등 세 사람이었다.

여고생은 오빠가 계엄군에 살해되었다고 울부짖었다. 나는 그 여학생이 꼭 살아 있기를 바랐다. 그때나 지금이나 변하지 않은, 그 여학교의 교복을 입은 학생들을 보면 시위를 주도하던 그 여고생이 생각나면서 나도 몰래 그날의 금남로 광경이 떠오른다.

당시 공무원 신분이었던 나는 시위에 적극 나설 수가 없었다. 그런데 한 발짝 뒤에서 방관자처럼 바라보던 나를 시위에 적극 가담하게 만드는 일이 벌어졌다. 거기에 도착해 살벌한 주위 상황을 둘러보기 시작한 지 얼마 되지 않아서였다. 은행 앞에 세워져 있던 노란 비닐장판이 씌워진 포장마차 리어카에 태극기로 덮인 무엇인가가 있었다. 처음에는 그것이 무엇인지 알 수 없었지만, 가만히 보니 태극기 사이로 악어가죽 모양의 갈색 신발을 신고 있는 사람의 다리가 삐죽이 나와 바퀴 옆으로 늘어져 있는 것이 아닌가. 난생 처음 본 주검이었다. 그 참혹함은 나도 모르게 나를 시위대의 가장 앞자리에 서게 만들었다. 훗날 그 주검이 광주역 근처에서 발견된 시신 두 구 중 하나라는 사실을 알게 되었다.

당시 동구청 건너편 은행 옥상에서는 누군가 사진을 찍고 있었다. 여기저기서 찍지 말라고 아우성을 치고, 돌팔매질을 하는 이도 있었다. 당시 사진을 찍던 이가 독일 기자 '위르겐 힌츠페터'라는 사실을 최근에 방영된 영화《택시운전사》를 보고서야 알았다.

정오가 지날 때쯤 나는 동사무소가 걱정이 되었다. 막대기로 박자를 맞추며 "전두환이 물러가라 좋다좋다! 비상계엄 해제하라 좋다좋다!"를 외치며 지나가는 시위대들의 버스와 트럭을 뒤로하고, 고모 집에 가지도 못한 채 돌아왔다.

일부 시위대들은 동사무소에 총이 보관된 줄 알고 찾아오기도 했다. 나는 그들이 동사무소에 위해를 가하지 않을 것임을 잘 알았기에 늘 문을 활짝 열어놓고 맞이했다. 양동이에 물도 떠놓았다. 목이 마른 이들은 마시고 가라는 뜻이었다.

동료 직원들이 동사무소에 나오질 않아 5·18 기간 중에는 나 혼자 근무를 해야 했다. 나를 더욱 화나게 만든 것은 당시 동장이 동사무소에서 불과 70미터밖에 떨어져 있지 않은 창운약국에서 동사무소에 이상이 있는지 없는지 전화로 묻곤 했던 것이다. 당시 시외 전화는 모두 두절되었지만 시내전화는 소통이 잘 되었다.

5월 22일 이후부터는 동사무소 뒤에 있는 통장 댁에서 잤다. 동사무소는 사직공원 바로 아래쪽에 있었는데, 밤에 사직공원에서 공수부대와 시위대 간의 결전이 있을 거라는 소문이 계속 돌았다. 금남로의 참혹한 현장을 목격한 후로는 밤에 동사무소에 머물러 있을 수가 없었다. 공원 쪽에서 가끔 총소리가 들렸다. 시위대가 밤에 모는 소방차 사이렌 소리와 가냘픈 여인의 목소리가 귀를 자극했다. 나는 공수부대의 진압작전이 벌어지기 하루 전날 고모의 시동생과 함께 산길을 걸어서 시골집으로 갔다.

이윽고 동사무소에서 시내가 조용해졌으니 돌아오라는 연락이 왔다. 하지만 나는 며칠 더 집에 머문 후 광주로 돌아갔다. 몸도 마음도 큰 상처를 입어 도저히 사무실에 출근할 기운이 없었기 때문이었다.

2002년 5월 어느 날이었다. 행정자치부에 근무 중이었는데, 동료 직원이 내 고향이 광주인 것을 알고 물었다. 죽음에 대한 공포를 느껴 보았는가를. 질문을 한 당사자는 1980년 5월, 시민들에게 위협을 가했던 군인 중의 한 명이었다. 당시 금남로를 가로막았던 군인들은 모두 공수부대원으로 알려졌지만, 공수부대와 함께 전투경찰도 투입되었다는 것을 그때 알았다. 그가 바로 그 전투경찰 중 한 명이었던 것이다. 당시 공수부대원과 전투경찰이 두 시간에 한 번씩 교대를 했다고 한다.

그는 시위대들이 자동차나 장갑차를 몰고 코앞에까지 돌진하면서 위협할 때마다 눈앞이 캄캄해지면서 별이 보였다고 했다. 죽음에 대한 극도의 공포감을 느꼈던 것이다. 여러 번 죽을 고비를 넘겨야 했다. 마지막 철수할 때는 모내기를 위해 물을 가득 채워놓은 논고랑 사이를 낮은 포복으로 지나서 넘어왔다는 이야기를 들려주었다. 금방이라도 총알이 자기의 머리를 관통할 것만 같아 몸서리쳤단다. 두말할 필요 없이 피해자는 광주시민이다. 그러나 결코 시민만이 아니었다. 명령에 따라 광주에 내려왔던 그들 역시 피해자임에 틀림없다.

금남로에서 나는 분노에 차서, 그는 공포에 질려 방패를 사이에 두고 서로를 밀고 당기면서 죽일듯이 노려보았던 그날로부터 40년이 지났다. 우리 나이 환갑을 바라보고 있다. 하지만 지금도 5월이 오면 나는 참혹하게 죽은 시체가 머리에 떠오르곤 한다. 또 길거리에서 살레시오 여고생을 볼 때마다 그날의 가냘픈 여학생의 울부짖음이 되살아난다. 소방차 사이렌 소리를 들을라치면 지금도 섬뜩하다.

마찬가지로 당시 투입되었던 행자부 동료직원 또한 몇 십 년이 지나도록 죽음의 공포에서 벗어나지 못하고 있었다. 죽음의 그림자가 늘 자신을 옥죈다면서 괴로워했다. 푸르른 오월이 생동의 계절이 아니라 아픔과 고통의 계절로 내내 남아 있다고 말했다. 그는 지금 영남지방에 있는 한 도시의 부시장으로 재직하고 있다. 이제는 그도 공포에서 벗어나 당시 겪었던 아픔이 치유되었기를 진심으로 바란다.

시청 직원이 되고 싶어요

이 연

내가 동사무소에서 근무하기 시작한 1970년대 말, 광주는 전라남도에 속해 있었다. 그리고 1986년 11월 1일 전라남도에서 독립해 직할시가 되었다. 당시 광주시는 직할시 승격 4개월 전에 준비단을 꾸렸고, 준비 작업 중의 하나로 전라남도에서 넘겨받을 여권 업무를 담당할 직원을 선발하기로 했다.

지금과 달리 그때는 여권을 발급받기가 매우 까다로웠다. 여권은 관광·취업·상용(商用)·방문·이민 등 종류가 다양했다. 관광여권을 제외하고는 초청장이나 송장(送狀) 등 대부분의 관련 서류가 영문으로 되어 있었던 까닭에 영어를 할 줄 아는 직원이 업무를 담당해야 했다. 광주시는 여권 담당 직원 1명을 선발하기 위해 모든 공무원을 대상으로 영어시험을 실시했다.

대학을 나오지는 않았지만 꾸준히 영어공부를 해온 덕에 이 시험에서 나는 좋은 성적으로 선발되었다. 하지만 불행히도 외교부 업무를 대행하는 여권업무는 광주시로 넘어오지 않았고, 나는 광주시청으로 전입을 할 수가 없게 되었다.

광주가 직할시로 승격되자 많은 직원들이 동사무소와 구청에서 시청으로 전입했다. 함께 동사무소에서 근무하던 몇몇 직원들도 시청 직원이 되었다. 하지만 나는 '선발시험'에 통과했고 4개월 동안 직할시 승격을 위해 힘들게 일했음에도 여권 업무가 광주시로 넘어오지 않는 바람에 도로 동사무소로 돌아가야 했다. '직할시 승격 준비단'은 야근은 물론, 휴일도 쉬어보지 못할 정도로 고생했는데도 말이다. 나는 당시 전남대 정문 앞에 살고 있던 광주시 총무과장을 찾아가 따졌다.

"몇 달 동안 직할시 승격을 위해 준비단원으로 죽기 살기로 고생했는데, 다시 동사무소에 내려가라고 하면 어찌합니까?"

그 덕분인지, 총무과장은 몇 달 뒤 나를 서구보건소로 발령을 내주었고, 다시 시청 민원실로 파견근무 명령을 냈다. 그리고 그 후 얼마 있다가 시청에서 여권 발급 업무가 시작되면서 나는 정식으로 광주시청 직원이 되었다.

행정을 잘하는 법

시청 회의실에서 직할시 승격 설명회가 개최되었다. 동장, 통장, 반장 등 500여 명이 참석한 가운데 회의는 하루종일 이어졌다.

오후 시간이 시작되기 전에 담당 과장은 우리에게 뒷자석 100개를 없애고, 의자를 띄엄띄엄 배치하라고 지시했다. 많은 사람들이 점심시간에 가버리기 때문이라는 것이다.

회의가 진행되고 있을 때 내무국장이 들어와서 회의장에 인원이 꽉 차 있는 것을 보고는 담당 과장을 칭찬했다. 오후에 더 많은 사람이 참석했다는 것이다. 내겐 충격적인 장면이었다.

박노욱 준비단장이 내게 말했다.

"너는 저런 거 배우지 말아라."

보고 싶은 훈련소 동기

이 연

나는 논산훈련소 23연대 4소대에 배치되었다. 적잖은 동기들이 훈련에 적응하지 못해 많이 힘들어했다. 1980년대 초만 해도 신병들은 비인간적인 대접을 받았다. 언젠가 화장실 청소를 하고 있는데, 한 고참 하사가 나타나 청소를 깨끗하게 하지 못한다면서 변기 청소하는 수세미로 내 얼굴을 쓱쓱 비벼댔다. 정말 불쾌했지만 당시로서는 피할 수 있는 일이 아니었다.

내 군번은 13147777이다. 행운의 숫자 7(Lucky Seven)이 4개나 들어가는, 1만 명 중 한 명쯤 가질 수 있는 좋은 숫자라고 다들 부러워했다.

동기들은 비인간적인 대접보다도 형편없는 음식과 고된 훈련에 더 힘들어했다. 그러나 내게는 훈련소 생활이 그야말로 천국이었다. 음식이 좀 허접하면 어떤가. 사실, 고깃국에 고기는커녕 기름만 둥둥 떠다녔지만 날마다 먹고 살 걱정을 하지 않고 산다는 게 얼마나 마음이 편한지 몰랐다. 비리내가 심해 모두가 생선튀김을 싫어했던 터라 생선은 언제나 내 몫이었다. 휴일에 나오는 라면은 끓여서 주는 것이 아니라, 증기에다 면을 찐 다음 뜨거운 국물을 부어주었다. 대부분 처음에는 입도 대지 않다가 고된 훈련에 허기가 지자 먹기 시작했다. 하지만 나는 먹는 문제에 있어서는 언제 어디서건, 무엇이건 별 문제가 되지 않았다. 모두 맛있게 먹었다.

내 동기 중에 광주 송정리에서 온 친구가 있었다. 군번이 7776 아니면 7778번이었을 동기의 아버지는 공군부대에 근무했다. 몸이 약해서 행군에 많은 어려움을 겪는 동기 때문에 행군이나 사격연습을 위한 이동 중에는 그의 총은 늘 내 몫이었다. 그래서 그는 PX에 갈 때면 꼭 나를 데려가서 호두과자나 도넛을 사주었다.

마지막 날 자대 배치 직전에 군복 세 벌과 군화 두 켤레를 나눠주었는데, 체구를 고려하지 않고 마구 나눠주고는 신병들끼리 서로 바꿔 입도록 했다. 다행히 내 옷과 군화는 모두 그런대로 맞았지만 몸이 허약한 동기는 너무 큰 옷과 군화가 배정되어 입기도, 신기도 어려운 지경이었다. 하지만 그 누구도 옷과 군화를 바꿔주질 않았다. 자대 배치 후에 그런 옷을 입고 가면 부대에서 놀림감이 되기 십상이었다. 나는 옷 한 벌과 군화 한 켤레를 그의 것과 바꿔주었다.

그날 밤 그 친구가 내게 말했다.

"연아! 네 덕분에 훈련소 생활을 잘 견딜 수 있었다. 내게 3만 원이 남아 있는데, 네게 1만 5,000원을 줄게. 우리, 제대 후에 꼭 만나자."

당시 1만 5,000원이면 아주 큰 돈이었다. 아쉽지만 친구는 그날 이후 지금까지 한 번도 만나지 못했다. 보고 싶다, 동기야.

졸병의 고향

이 연

나는 군대 운이 좋았다. 자대 배치를 전방이 아닌 서울시내로 받았다. 야간열차를 타고 도착한 서울은 정말 큰 충격을 던져주었다. 초등학교 입학 전에 가족들은 서울 성북동에 살고, 나만 떨어져 시골에서 할머니, 할아버지와 살았는데, 그날은 삼촌을 따라 가족을 만나기 위해 잠깐 올라와 본 이후 처음 밟아본 서울 땅이었다. 화려한 조명과 높은 건물은 나를 어리둥절하게 하기에 충분했다.

1980년대 초만 해도 운전사는 기사라 불릴 정도로 괜찮은 직업 중의 하나였다. 당시 신병 중에서 운전면허가 있는 병사는 거의 없었기 때문에 무작위로 운전병을 뽑았다. 운이 좋게도 내가 뽑혔다. 그래서 내 병과는 운전(610)이다.

운전병이 되려면 혹독한 시련을 겪어야 했다. 우리 부대 구호는 "닦고 조이고 기름치자"였다. 구호에서 알 수 있듯이 졸병 때는 수송부 청소, 세차에다 군기가 엄해 고참병에게 심하게 시달리고, 고참병이 되어서는 장거리 운전을 해야 했다. 한시도 편한 날이 없었다. 내가 근무하는 부대는 특수부대였다. 지금의 보안부대와는 다른 성격의 정보부대였다. 육해공군 사령부를 자주 가고, 전방과 평택, 오산 등에도 갔다. 졸병이 들어오면 제일 먼저 하는 일이 관련 부대로 가는 길을 가르쳐주는 것이다.

군 복무시절 그 졸병이 나를 방문했다.

하루는 평택에 있는 부대를 다녀오는데, 서울요금소를 지나자마자 옆에 앉아 있던 신병이 한숨을 크게 쉬었다.

"야 임마, 너 왜 한숨 쉬어!"

"저는 서울을 떠나면 불안합니다."

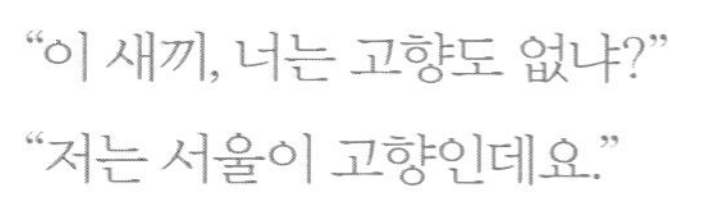

"이 새끼, 너는 고향도 없냐?"

"저는 서울이 고향인데요."

내가 서울에 처음 올라왔듯이, 그 친구는 수도권을 한 번도 떠나본 적이 없었던 것이다. 당시만 해도 나는 누구나 고향은 시골이고, 시골에 가야 마음이 편안해질 것으로 생각했다. 그런데 의외의 이야기를 들은 것이다. 그때 나는 도시에서 나고 자란 사람은 시골을 불편하게 느낀다는 것을 처음 알았다.

동생 등록금

이 연

군복무 중이던 어느 날, 셋째동생에게서 한 통의 편지를 받았다. 대학에 합격했으나 등록금을 마련할 길이 없어 입학을 포기하겠다는 내용이었다. 그 편지를 부대장에게 보여주었더니, 1박 2일 휴가를 내주었다. 밤열차를 타고 광주역에 도착한 다음 6킬로미터 이상을 걸어서 집에 도착했다. 택시를 탈 수도 있었지만, 당시 시골은 왕복 택시비를 주어야 했고, 다행히 시간 여유도 있었기 때문에 가로등 하나 없는 어두운 시골길을 걸어갔다.

서울에서는 별을 보기 힘들었다. 맑은 날 밤 북두칠성이나 샛별이 겨우 보일 정도였다. 그날, 칠흑같이 캄캄한 밤에 흐드러지게 뿌려진 은하수와 별들은 정말 휘황찬란했다. 고등학교 교과서에 실렸던 알퐁스 도데의 '별'에서 목동이 바라보았던 바로 그 별을 생각나게 하는 별밤이었다.

양치기는 목장에서 홀로 지내면서 가끔 식량을 가져다주는 사람들로부터 마을 소식을 전해 듣는다. 목동이 가장 듣고 싶어 하는 것은 주인집 딸 스테파네트의 소식이다. 양치기에게 스테파네트는 세상에서 가장 아름다운 아가씨다. 어느 날, 스테파네트가 노새를 몰고 나타나 보름치의 식량을 주고 돌아가던 길에 소나기로 불어난 강물을 건너지 못하고 돌아왔다. 목동은 아가씨를 위해 잠자리를 마련해주고는 사랑하는 아가씨를 보호하고 있다는 생각에 가슴이 들떠 있었다. 그런데 스테파네트는 양들의 뒤척이는 소리에 잠을 이룰 수 없었던지 밖으로 나와 양치기가 피워놓은 모닥불 앞에 앉았다. "밤하늘에 저렇게 많은 별들이 있었니?" 스타파네트는 말했다. 목동은 아가씨에게 은하수, 오리온, 목동의별 등 별자리 이야기를 들려주었다. 이야기를 듣던 아가씨는 양치기의 어깨에 기대어 잠이 들었다. 목동은 별 중에서 가장 아름다운 별 하나가 길을 잃고 내려와 자신의 어깨에 기대어 잠들어 있다고 생각한다.

나는 '별'을 읽으면서 어쩌면 이렇게 아름다운 글을 쓸 수 있을까 생각했다. 그때까지 스테파네트가 그랬던 것처럼 하늘에 별이 그렇게 많다는 것을 시골 촌놈이면서도 잘 알지도, 느끼지도 못했었다. 그때의 별은 지금까지도 선명하게 내 뇌리 속에 남아있다. 동생에 대한 걱정과 어머니를 만난다는 기쁨이 교차되면서 보았던 그 별밤은 양치기의 사랑과 함께 내 마음속에 깊이 각인돼 있다.

아침을 먹은 후 광주로 가는 첫차를 탔다. 입대 전 내가 근무했던 백운동사무소를 찾아갔다. 사연을 들은 선배 공무원들이 십시일반으로 도움을 주었다. 광산구청에서 과장으로 정년을 한 나경주 형이 기억에 남는다. 형은 신혼여행에서 쓸 돈의 일부를 선뜻 떼어주었다. 지금 생각해도 고맙기 그지없다. 그 후 제대하고 복직하여 돈을 갚으려는 내게 형은 말했다.

"신혼여행 중에 지갑을 잃어버렸다. 만일 네게 그 돈을 빌려주지 않았다면 그 돈까지 모두 잃어버렸을 텐데, 얼마나 다행이냐. 오히려 네게 고맙게 생각한다."

결국 형은 그 돈을 받지 않았다. '언젠가는 꼭 갚아드려야지' 하는 마음이다. 동사무소 선배들 덕택에 동생은 대학에 들어갔다. 경주 형은 예쁜 딸을 낳아 소방공무원으로 키워 광주시청에서 나와 함께 근무하고 있다.

군대 휴가

이 연

내가 입대할 당시만 해도 군 복무기간은 33개월로, 지금과는 비교할 수 없을 정도로 길었다. 대학을 다니다 온 이들은 3개월을 단축해주었다. 대학을 못 다닌 것도 서러운데, 제대까지 늦는 것이 불합리하다고 여겨졌지만 어쩔 수 없었다. 동기 다섯 명 중에서 세 명이 나보다 먼저 전역했다.

복무 기간 동안 세 번의 휴가가 주어졌다. 군인이라면 누구나 고대하는 10일 이상의 긴 휴가를 나는 한 번도 재촉하지 않았다. 일부러 가장 바쁜 농번기를 택해 농사일을 돕다가 복귀하곤 했다. 한번은 어머니가 물었다.

"다들 면회를 간다는데, 너는 왜 면회 오라 하지 않냐?"

그렇잖아도 인생이 고단한 어머니에게 부담을 주고 싶지 않아서 나는 거짓말을 했다. 특수부대여서 면회가 안 된다고.

지금은 육군의 복무기간이 21개월이고, 18개월로 단축될 예정이다. 아들이 첫 휴가를 나와 군 생활에 대한 불만을 토로할 때, 내 경험을 말해줬다. 아들은 마치 먼 나라 이야기를 듣는 것처럼 듣는 둥 마는 둥 반응이 영 시큰둥했다.

그리운 친구 송재평

이 연

시청으로 발령이 난 뒤 송정리에 15평짜리 임대아파트를 얻었다. 동생들도 아주 좋아했다.

시청 민원실에서 근무하던 중에 우연히 영어를 잘하는 친구를 만났다. 전남대 영문과 출신으로 통역을 하던 송재평이 바로 그 친구인데, 당시 외국인과 함께 시청을 방문한 길에 나를 만난 것이다. 그 친구가 아직 집을 얻지 못하고 있다는 사실을 알고 함께 살자고 제안했다. 친구도 도와줄 겸, 영어도 제대로 공부할 겸해서였다. 그가 알려준 영어 잘하는 비결은, 주말마다 송정리 미군부대 안에 있는 교회를 다니며 미군들과 친분을 맺는 것이었다.

하루는 송재평이 흑인 병사를 집으로 데려와 소개를 시켜주었다. 우리는 금방 친해졌다. 그 흑인 사병은 한국 친구가 필요했고 우리는 그가 필요했던 것이다. 그는 휴일이면 가끔 우리집에서 자고 갈 때도 있었다. 나는 그때마다 맛있는 한국 요리를 해 주었다. 흑인이 우리 집을 방문할 때면 아파트 전체가 떠들썩했다. 당시만 해도 '흑인'은 아파트에 사는 모든 어린 아이들에게 신기한 존재였다. 우리 집 바로 아래층에 공무원 선배인 안기석 씨가 살았는데, 그 집 딸들도 우리 집에 올라와 흑인과 한참 놀다가 가곤 했다.

송재평은 얼마 안 있어 미국으로 유학을 갔고, 나도 광주를 떠나 서울 행정자치부로 옮기면서 서로 연락이 끊어졌다. 그 후 몇 년에 한 번씩 그 친구의 전화를 받곤 했다. 가장 최근에 그의 소식을 접한 것은 몇 년 전, 광주시 국제교류센터를 통해서였다. 광주시 국제교류센터는 자생단체로, 공공기관의 지원 없이 순수한 회비로 운영되는 광주시의 보물과도 같은 단체다. 물론 나도 회원이다. 신경구 소장은 전남대 영문과 교수 출신으로 공공기관이 하지 못하는 일을 열정적으로 추진하고 있다. 국제교류센터는 광주시에 거주하는 외국인들이 서로 교류할 수 있는 토대를 구축하고 사랑방 역할을 자임하고 있다.

매주 토요일 오후 3시에는 외국인들이 돌아가면서 자기 나라의 문화와 자신의 경험담을 영어로 소개하는 시간이 있다. 그런데 지금까지 광주시를 직접 소개할 기회가 없었다는 소식을 듣고 내가 지원했다. 짧은 영어 실력으로 한 시간의 특강을 마치고 참석자들과 함께 차를 마시면서 무심코 국제교류센터가 발행하는 영문 월간지 《Gwangju News》를 넘기다가 그만 깜짝 놀라고 말았다. 내 친구, 송재평이 죽었다는 소식이 실려 있었기 때문이다.

정말 큰 충격이었다. 몇 년 전 미국에서 대학교수를 하고 있다는 소식을 들었던 터였다. 그런데 틈틈이 김소월의 '진달래꽃'을 비롯한 우리나라의 아름다운 시들을 영어로 번역하여 매월 1편씩 《Gwangju News》에 기고를 하고 있던 그가 세상을 떠나 다시는 시를 실을 수 없게 되었다는 기사였다. 사실 나와 살던 때에도 건강이 그리 좋지 못했지만, 막상 부고 소식을 접하니 정말 슬펐다. 일 년 이상 같이 살면서 정말 많은 것을 내게 준 친구였다. 서로 멀리 떨어져 사는 탓에 제대로 정을 나누지 못한 채 '한 번

국제교류센터에서 영어로 강의하다.

만나자' 하는 헛된 약속만 수차례 반복하다가 결국 죽음이 우리를 갈라놓은 것이다.

나는 그 친구 덕택에 영어를 제대로 공부했고, 외국인에 대한 두려움도 없어졌다. 정말 고마운 친구였다. 그런 그의 죽음은 정말 큰 충격이자 가슴 아픈 소식이었다.

나의 아내 유선희

이 연

광주시 민원실에서 나는 여권 발급 업무와 함께 지출, 공인관리, 문서 수발 등 잡다한 업무를 담당했다. 그리고 나에게 정말 소중하고 귀한, 평생의 반려자를 만났다.

아내는 시청 바로 옆에 있는 광주은행 경양로 지점의 은행원이었다. 시청의 예금 출납 업무를 위해 매일 민원실을 방문하곤 했던 아내를 나는 처음부터 주시했다. 예쁘다, 좋다가 아니라 오랫동안 만나온 것 같은 '내 사람'의 느낌으로 지켜보았다. 그러다 마침내 서로 마음이 끌려 데이트를 하게 되었다. 당시에는 휴일 외에는 데이트를 하기가 어려웠다. 은행 업무가 아직 전산화가 되어 있지 않았던 터라 아내는 늘 늦게 퇴근했고, 나는 조선대 법과대학 야간학부에 다니고 있었기 때문이다. 부모님도 동생들도 모두 아내를 좋아했다.

이윽고 시간이 지나 우리는 결혼을 약속하고 본격적인 결혼 준비에 들어갔다. 당시 새로 부임한 최인기 시장은 시장공관에서 근무할 총각 직원을 원했다. 어느 토요일, 비서를 뽑기 위한 면접이 있었는데, 내가 제일 먼저 면접을 보았다.

시장은 내게 무슨 일로 선행상을 받았는지 물었다. 손으로 직접 적었던 당시의 인사기록카드에는 공무원 임용 후에 받은 상이나 표창 등을 모두 기록하도록 되어 있었는데, 초등학교 때 민관식 문교부장관으로부터 받은 선행상을 거기다 잘못 기록했던 것이다. 사정이 그렇다 보니 무슨 일로 상을 받았는지 기억이 나지 않았고, 시장의 질문에도 제대로 대답을 하지 못했다. 하지만 최인기 시장이 '선행상 수상' 기록을 보고 나를 비서로 뽑았다는 사실을 나중에 알았다. 내가 착하게 생겨서 내 뒤의 대기자들은 면접도 보지 않고 돌려보냈다는 후문이다.

아내와 제주도 여행 중에.

최인기 시장은 그 후 전남도지사로 발령이 나면서 나를 데려갔고, 나는 도청에 근무하던 중 도지사의 주례로 결혼식을 올렸다.

"연이는 제 큰아들입니다."

주례사의 첫마디였다. 나를 포함한 모든 사람이 깜짝 놀랐다.

최인기 지사는 예식비와 피로연비 등 모든 비용을 부담해주었다. 사모님은 밥그릇까지 마련해주었다. 지금도 두 분은 나의

아내와 LA 라번대학 교정에서.

모든 것을 보살펴주고 있다. 나 역시 두 분을 부모처럼 생각하고 대소사에 나선다. 혹시나 내가 행동을 잘못하여 누가 되지 않을까 매사에 조심하면서 말이다.

일본에 사는 작은 할아버지의 초대로 신혼여행은 일본으로 떠났다. 신혼살림은 신안동의 허름한 2층집에서 시작했다. 장인어른이 초등학교 3학년 때 돌아가셔서 장모님과 어렵게 살아온 아내는 처지가 비슷해서 그런지 나와 잘 통했다. 아내는 나의 모든 것을 이해하고 믿고 배려해 주었다. 그건 지금도 마찬가지다. 아내는 내가 나를 사랑하는 것만큼 나를 사랑하는 것 같다. 결혼하자마자 조합주택에 가입했고, 직원들의 놀림 속에 1990년 5월에 입주해서 지금까지 한 아파트에서 28년째 살고 있다.

결혼한 이후 지금까지 나는 집에 돈이 얼마나 있는지 잘 모른다. 검소한 아내가 알아서 하므로 모든 것을 믿고 맡긴다. 언젠가 내가 주식투자로 몇 천 만 원을 날려버렸을 때도 아내는 한마디도 불평하지 않았다. 행정자치부와 KOTRA 근무 때문에 나 혼자 서울로 올라오는 바람에 아내는 8년 동안 혼자 아이 둘을 키우면서도 늘 내 편에서 이해해주고 모든 것을 배려해주었다. 참

고맙고 아름다운 사람이다.

그런 아내가 한 번은 많이 아팠다. 한방·양방 병원 10여 곳을 찾아다녔지만 병명을 알 수 없었다. 나중에 알고 보니 미네랄과 비타민 부족이었다. 앞만 바라보고 달리면서 가족에게 소홀했던 것이 정말 후회스러웠다. 혼자 애들 키우면서 직장생활을 하며 받았던 고통과 스트레스가 누적되어 몸에 무리가 왔던 모양이다. 다행히 그때는 내가 광주시 의회 의사담당관을 맡고 있어서 퇴근시간 이후에는 비교적 여유가 있었다. 나는 6개월 동안 단 하루도 술을 입에 대지 않았다. 아내에게 보답을 하고 싶었다. 그게 사랑하는 아내에 대한 최소한의 배려라고 생각했다. 다행히 병이 호전되어 지금은 건강하다. 사랑해요, 내 사랑 선희 씨!

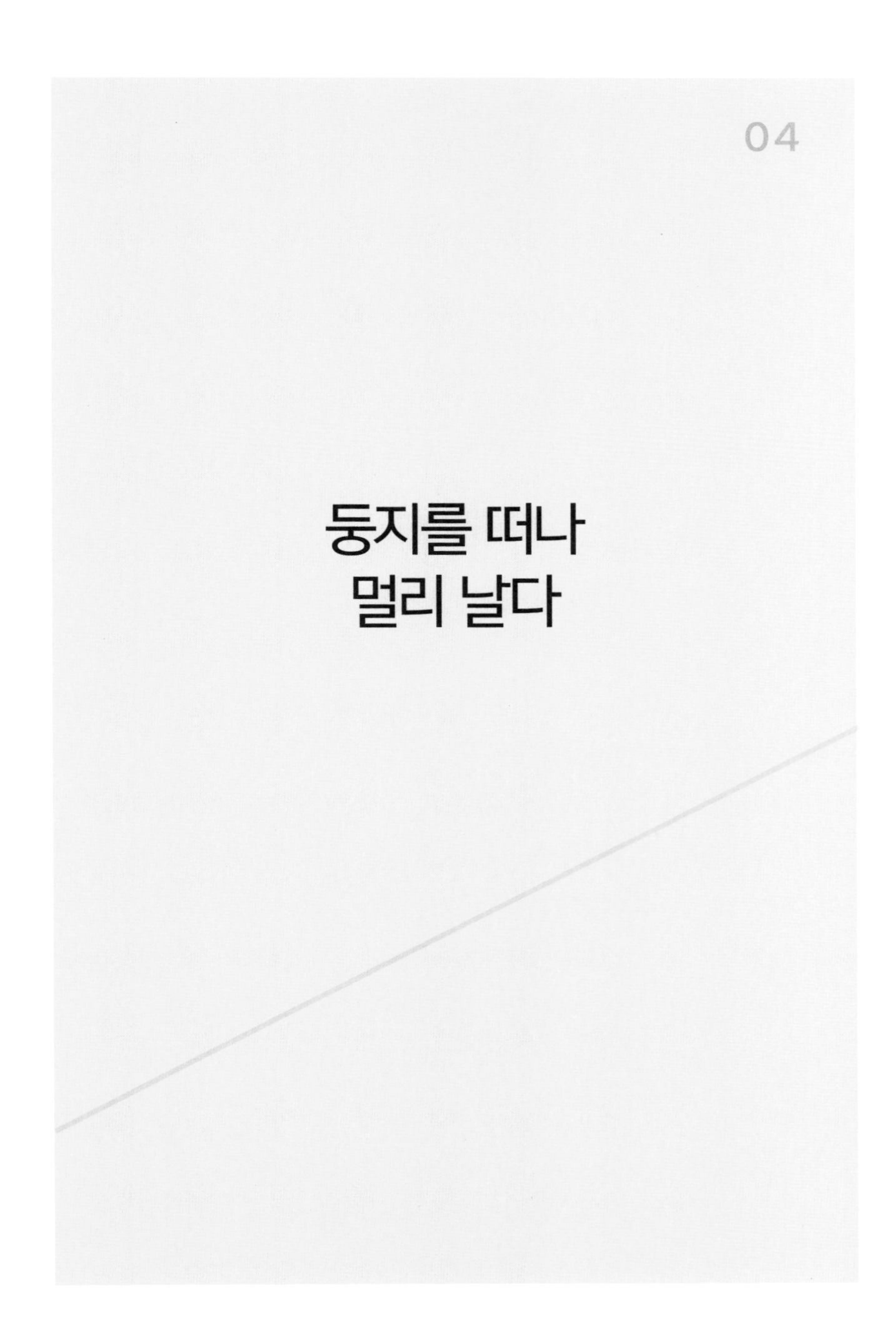

04

둥지를 떠나 멀리 날다

나의 언니, 나의 형

이상우

2016년 6월 마지막 날 Los Humeros 현장에서 형을 그리워하며.

나는 형을 잘 대하지 못한다. 일 년에 한 번 정도 연락을 할까 말까다. 물론 형과 사이가 나쁘거나 무관심해서가 아니다. 어쩌다 형을 생각할 때면 이유 없이 목이 꽉 막히고 한동안 멍해진다. 그리고 고마운 감정이 사무치게 몰아쳐온다. 그렇지만 한 번도 직접 고마움을 표현한 적이 없다. 이번에 귀국하면 진심으로 그리고 꼭 우리 엄니 보는 앞에서 형 손을 잡고 정식으로 고마움을 표현해야겠다.

내가 중학교에 들어가기 전까지 형은 그저 형이었고, 형의 존재감에 큰 의미를 두지 않았다. 왼손잡이면서도 동생을 위해 오른손으로 탁구를 쳐주는 형이 조금 고마운 정도였다. 그러다 고등학생이 된 형이 광주 시내에서 자취를 하기 위해 집을 떠나면서부터 형의 존재감이 확 부각되었다. 나뿐 아니라 우리 가족 모두에게 커다란 우산과 같은 존재였다는 것을 금방 깨달을 수 있었다. 아버지는 거의 매일 술을 마셨고, 집에서 온갖 술주정을 했다.

그러나 형이 집에 있을 때는 술주정은커녕 아주 조용했다. 둘째인 나의 존재는 아버지의 술주정을 제어하는데 아무런 영향력을 발휘하지 못했지만 형은 달랐다. 그래서 집에 남은 형제들은 주말이 되어 형이 집에 오기만

광남일보

2016년 07월 12일 (화)
18면 인물

가슴 뭉클 형제애…'형님 전상서' 화제

이연 광주시 자치행정국장 동생 멕시코서 SNS로 마음 전해

이연 광주시 자치행정국장의 친동생이 SNS에 절절한 형제애를 담은 '형님 전상서'를 띄워 화제다.

6월 말 페이스북에 '나의 언니, 나의 형'이라는 제목으로 올라온 글은 현재 멕시코에 거주하고 있는 이 국장의 둘째 동생 상우씨(54)가 직접 작성했다.

"형을 생각하면 이유 없이 목이 콱 막히고 한동안 멍해지고, 고마운 감정이 사무친다"는 말로 글을 시작한 그는 "중학교에 들어가기 전까지는 형은 그저 형이었고 형의 존재감에 큰 의미를 두지 않았다. 그냥 왼손잡이면서 동생을 위해 탁구를 오른손으로 쳐줄 때만 고마운 정도였다. 그러다 형이 고등학교를 들어가고 집을 떠나 광주 시내에서 자취를 하고부터 형의 존재는 나뿐 아니라 우리 가족에게 우산과 같은 존재라는 것을 깨달았다"고 소회했다.

또 "우리 형은 아직도 그런 효자가 따로 없다. 집안을 편안하게 하고 동생들에게 모범을 보여 형제 간 우애를 높으신 엄니께 보여드리고, 제 위치에서 남보다 조금 더 성공해 남들이 엄니를 부러워하게 해드리고, 젊어 고생하셔서 볼품없이 늙으신 어머니를 누구에게나 자랑스럽게 보여드리는 것. 누가 봐도 이제 한물간 엄니의 반찬을 진수성찬이냥 맛있게 먹어드리는 등 평범하지만 쉽지 않은, 마치 천성인 것처럼 마음 깊은 곳에서 우러나오는 그런 효도를 실천하는 우리 형. 바로 효도 같은 놈이다"고 감탄을 연발했다.

이어 "그렇지만 한 번도 형에게 고마움을 표현한 적이 없다"고 토로한 그는 "이번에 귀국하면 진심으로 그리고 꼭 우리 엄니 보는 앞에서 형 손을 잡고 정식으로 고마움을 표현해야겠다"며 글을 마무리했다.

이연　　이상우

4형제 중 장남인 이 국장은 어려운 가정형편과 동생들의 장래를 고려해 일찌감치 대학 진학을 포기했다. 결국 고등학교를 졸업하자마자 9급 공무원 시험을 치른 그는 백운동사무소에서 민원 담당으로 공직생활을 시작했다.

하지만 얼마 않은 월급봉투로는 3명이나 되는 동생들의 뒷바라지가 쉽지 않았다.

고민을 거듭하던 이 국장은 살림살이를 정리해 동사무소 숙직실 한 편에서 숙식을 해결하며 돈을 모았다. 그렇게 저축한 돈은 광주와 서울, 일본에서 공부하는 3명의 동생들에게 쓰여졌다.

동생들이 자립한 후에야 조선대학교 야간대학에 진학해 배움의 한을 푼 이 국장은 뛰어난 행정력으로 행자부 교육고시 담당, 광주시 혁신담당관-총무과장-문화관광정책실장 등 요직을 거쳐 올해 1월 자치행정국장에 올랐다.

이 국장은 "동생들이 열악한 환경 속에서 성장했지만 밝은 성격을 잃지 않고 끊임없는 노력으로 지금은 현대중공업, GS건설 등 내로라하는 기업들에 몸 담고 있다"면서 "잘 자라줘 고마울 따름"이라고 말했다.

[illegible] 기자

을 학수고대했다. 그렇다고 형이 술주정하는 아버지에게 대들거나 큰소리로 따진 것은 아니었다. 그럼에도 우리는 형이 집에 있는 것만으로 평화를 맛볼 수 있었다. 그런 형이 군대에 입대하는 날이 왔다. 입대하는 날 형과 나는 나란히 버스정류장으로 걸어 내려갔고, 그 뒤로 어머니가 흐느끼며 따라왔다. 그때 나는 보았다. 형이 소리 없이 우는 모습을. 태어나서 처음이었다. 형은 내게 무슨 말을 하려다가 목이 메어 말을 잇지 못했다. 그저 하늘을 쳐다보며 '꿀꺽, 꿀꺽' 하는 소리를 냈을 뿐. 그땐 잘 몰랐다. 형이 가족과 오랫동안 헤어지는 것이 서러워서 우는 줄로만 알았다.

하지만 형이 쏟은 눈물의 의미를 깨닫는 데는 그리 오랜 시간이 걸리지 않았다. 아버지는 장남이 군대에 가는 큰 변화에도 아랑곳없이 술을 계속 마셨고, 주정도 마찬가지였다. 형은 어머니가 받게 될 고통과 남겨진 동생들에 대한 걱정 때문에 목 놓아 울지도 못하고 꺼이꺼이 목울음을 삼켰다. 나는 둘째로서 형의 공백을 채우기 위해 아버지에게 소리를 질러보기도 했다. 그때마다 아버지는 "너는 너, 나는 나" 하고 소리를 지르며 상관하지 말라고 했다.

그 후 얼마 지나지 않아 나는 현대중공업에 입사를 해서 집을 떠났다. 그때 나는 아무런 감정도 없었다. 오히려 홀가분하기도 했다. 남겨진 동생들에 대한 미안함이나 고생할 엄니에 대한 생각보다는 훌훌 털고 집을 벗어날 수 있다는 게 시원했다. 형이 입대하면서 느꼈던 감정 같은 것은 털끝만큼도 없었다. 우리 엄니, 아버지가 내게 남겨준 가장 큰 유산, 장남이 아니라는 것이 좋았다. 그걸 은근히 즐겼다. 줄곧 해외 현장으로 돌다가 급기야는 이민까지 와버렸다. 집안의 일은 지금도 나 몰라라 하고 있는 처지다.

반면 우리 형은 세상에 이런 효자가 있을까 싶을 정도다. 맛있는 음식이나 값비싼 보석을 사드려서가 아니다. 어디 좋은 곳으로 여행을 보내드리는 것도 아니다. 그저 집안 안팎을 잘 살펴 평안하게 하는 것은 물론, 동생들에게 모범을 보이고 형제간의 우애하는 모습을 연로한 엄니에게 보여주는 것이 형이 행하는 효의 내용이다. 제 위치에서 남보다 조금 더 성공해서 남들 앞에서 엄니를 자랑스럽게 하고, 젊어 고생한 탓에 볼품없이 늙어버린 우리 엄니를 누구에게나 자랑스럽게 보여주는 것, 누가 봐도 이제 한물간 엄니의 반찬을 진수성찬인 양 맛있게 먹어주는 것 등 평범하지만 결코 쉽지 않은 일을 척척 해낸다. 마치 천성인 것처럼 마음 깊은 곳에서 우러나오는 그런 효도를 실천하는 우리 형, 바로 '효도 끝판왕'이다.

얼마 전 엄니에게 전화를 했다.

"야 둘째야, 니 언니가 광주시 국장이 돼야부렀단다. 잘난 아들 두고 우세한다고 헐깜시 어디다 대고 자랑을 못하것다. 어메 좋아 죽겄는거이."

국장이 뭔지도 모르는 울 엄니. 어떤 맛있는 음식, 효도관광이 이렇게 울 엄니를 기쁘게 하고 흥분하게 할 수 있을까. 어머니는 정말 좋아했다. 아, 우리 형이 보여줄 '효도의 끝'은 어디까지일까. 그런 우리 형이 정말 고맙다. 그리고 부모님에게 효도하는 다른 모든 장남들에게도 찬사를 보낸다.

평양에서 왔어요

이상우

2017년 삼일절에 치와와 출장 중 과거를 회상하며.

"우리는 평양에서 왔어요."

테러였다. 이 한마디에 나는 오금이 저렸고, 우리 셋은 약속이나 한 것처럼 마치 테러 현장을 빠져나오듯 수영복 등 여행도구를 마구 쑤셔 넣고 한마디의 인사도 없이 그 아름다운 해변을 빠져나왔다. 그러고는 6개월 만에 받은 황금 같은 말타 휴가를 호텔에서 뭉그적뭉그적 갖은 핑계를 대며 허비해버렸다. 지금 생각해보면 너무나도 어처구니없는 아쉬운 시간이었다. 그래서 더욱더 죽기 전에 꼭 한 번 더 가보고 싶은 곳이 지중해의 아름다운 섬, 말타다.

29년 전 여름이다. 당시 내 나이 27세. 박정희 정권의 반공교육의 일환으로 울산 방어진에서 '소양교육'을 받고 투철한 반공정신으로 무장한 나는 현대중공업 소속으로 지중해 한복판 리비아 해상 플랫폼 NC-41B 프로젝트에 파견되어 일하다 6개월 만에 육지휴가를 받아 휴양지로 유명한 인근 말타 공화국으로 갔다.

호텔에 도착하자마자 나는 수영복 등을 챙겨서 동료들과 함께 가슴가리개도 하지 않은 북유럽의 노랑머리 처녀들이 지천에 널려 있다는 아름다운 해변 골든베이로 향했다. 해변에 도착해서는 혹시나 다른 사람이 내 눈을 볼 수 있을지도 모른다는 생각으로 용접 보안경보다 더 짙은 선글라스를 하나씩 사서 꼈다. 그리고 들었던 대로 한낮의 햇빛을 즐기는 물개 떼처럼 널린 반라의 금발 인어들 사이를 일부러 요리조리 돌아 전망 좋은 모래밭에 앉았다. 그러고는 방금 지나온 천상의 광경을 되씹으며 한참을 떠드는데 어디선가 너무나도 익숙한 한국말이 들려온다.

너무나도 반가웠다. 다섯 살 정도 되는 어린 아이들과 엄마들만 세 가족 정도가 해변에 놀러온 모양이다. 엄마들은 담요 같은 것을 모래 위에 깔더니 가져온 김밥을 펼쳐놓고 눈 오는 날의 강아지처럼 제각기 흩어져서 노는 아이들을 부른다.

참 오랜만에 보는 정겨운 풍경이다. 어떻게 한국 사람이, 당시까지만 해도 한국에서는 생소하기 짝이 없을 말타까지 가족여행을 왔을까. 우리는 너무도 신기하고 반가워서 아는 척을 했다. 그들도 아주 반가워했다. 나는 그중에 가장 크고 개구쟁이 같은 애에게 물었다.

"어이 장군. 우리는 울산에서 왔는데 너희들은 어디서 왔냐?"

"울산이 어디여요? 우리는 평양에서 왔어요."

그것으로 우리의 대화는 끝이었다. 가슴은 쿵쾅쿵쾅 요동을 치고, 김밥을 권하는 엄마들의 소리는 뇌 속에서 이리저리 메아리친다.

'빨리 이 자리를 빠져나가야 한다. 주위에 인공기가 없는지 놓치지 않고 확인했고, 그들과 사진도 같이 찍지 않았다. 울산에서 왔다는 것 외에 어떤 인적사항도 주지 않았으니 그나마 다행이다.'

해수욕장을 도망치듯 빠져나와 호텔까지 오는 동안 우리는 한마디도 나누지 않았다. 같이 갔던 천수는 나보다도 더 놀란 것 같았다.

그 북한 아이는 우리에게 "울산이가 어디지비? 우리는 피양에서 왔수다"라고 했어야 했다. 적어도 우리가 배웠던 혹은 TV에서 보았던 북한 아이였다면 말이다.

내 나이 또래에 당시 해외 현장에 가본 사람이라면 '소양교육 필증'이 무엇이며 소양교육에서 어떤 것을 배우는지 잘 알 것이다. 그리고 위의 내 경험을 제대로 이해할 것이다. 왜 그들 북한 사람들은 우리보다 훨씬 여유가 있어 보였으며 남한 사람에 대해 그다지 경계의 눈초리를 보이지 않았을까? 왜 우리는 같은 동포를 보고 테러리스트로 느꼈을까? 아직도 가끔 그 어린아이와 엄마들에게 미안하다는 생각이 든다.

나를 불러주오

이상우

삐에드라 그란데 베이스 캠프에서 두려움과 설레임으로 잠 못 이루며….
2018년 11월 16일, 오리사바 등반 중.

우리 엄니 눈물나무 가리나무 이불삼아 겨우내 오동통 자란 송란(松蘭)의 꽃대가 성급한 난꾼들을 설레게 하거든 나를 불러주오.
때늦은 잔설에 미끄러져 대몽댁 빼다 박은 납작코 부러져도 괜찮겠소?
녹음방초 시샘하듯 잿빛 구름 한재산을 덮고, 작대기 같은 송곳비에 야망나무 이파리 아프다고 팔락거리거든 나를 불러주오.
악머구리 매미 떼의 울음으로 영혼까지 찢어 발겨져도 괜찮겠소?
만산홍엽 백양산 오르막에 볼따구 가득 도토리 물고 기나긴 겨울잠을 준비하는 청설모를 보거든 나를 불러주오.
독발 오른 삼각머리 까치독사에게 발등을 물려도 괜찮겠소?
송이송이 함박눈에 어린 솔가지 힘에 겨워 처지고, 맹감나무 덤불 속에 잠든 산토끼가 서당골 아그들에게 쫓기는 악몽을 꿀 때 꼬옥 나를 불러주오.
땡땡 언 채 몸만 빠져나간 철부지들 바짓가랑이를 등골을 찌르는 차가운 물에 빨아야 하는 대몽댁 곱은 손이 가엽지도 않소?
그럼 날 보고 어쩌란 말이오. 당신이 좋은걸.
미친 놈!

행자부 연수원에서 생긴 일

이 연

2년간의 외국인투자유치팀장 업무를 마친 뒤 행정자치부로 자리를 옮겼다. 시장과 도지사로 모셨던 최인기 전 행안부 장관이 나를 부른 것이다. 나는 국가전문행정연수원(현재 행자부 지방행정연수원)에 발령받았다. 내가 대학에 진학하지 못한 것은 가정형편이 어려웠기도 했지만 또 한편으로는 공부를 그만큼 잘하지 못해서이기도 했다. 만일 명문대에 합격했다면 어떤 방법으로든 진학했을 것이다.

하지만 나는, 늘 공부하고 싶다는 욕망을 갖고 있었다. 첫 번째 보직은 지방공무원 '5급승진자과정'과 '일본어과정', '영어과정' 그리고 '행정고시과정' 담당 팀장이었다. 그중에서 특히 영어과정은 외국인을 직접 만날 기회가 있어서 나로서는 좋은 기회였다.

나는 기숙사 사감을 도맡아 하면서 교육생들과 함께 영어를 공부했다. 하숙집은 지방에서 올라온 교육생들이 함께 묵었기 때문에 각종 모임이 계속되었고, 공부할 분위기가 아니었다. 교육을 받으러 올라오는 사람들은 매주 바뀌지만 나는 고향에서 올라오는 그들을 소홀히 할 수 없었기 때문이다.

12월이 되면 연수원의 외국어 과정은 방학에 들어간다. 당연히 어학

홀로 행자부로 올라가기 직전에 아이들과 함께.

실에 난방이 들어오지 않는다. 나는 조그만 전기난로를 친구삼아 매일 밤 11시까지 남아서 공부했다. 하루는 혼자 공부를 하고 있는데 연수원장이 밤 늦게 어학실에 들어왔다. 늦은 시간까지 불이 켜져 있어서 놀라 들어왔다는 것이다. 그러면서 열심히 공부해서 꼭 유학을 가라고 격려해 주었다. 나는 그해 겨울을 넘기고 유학을 갈 수 있는 영어 점수를 얻었다.

촉석루에 간 진짜 이유!

이 연

연수원은 내 인생에서 가장 많은 여유시간을 주었다. 지방고시 수료생 결혼식에 참석하러 대구와 상주를 다녀오기도 했고, 서울·경인지역 영어반 수료생들과 인사동에서 멋진 송년회를 갖기도 했다. 그때 함께했던 일본어 교육생들은 지금도 매년 모임을 갖고 있다. 몇 년 전에는 광주로 초대했다. 당연히 나도 회원이다.

당시에는 '영국으로 어학연수를 떠나는데 힘들 때마다 편지를 보내겠다' '면장으로 승진하지 못할까 봐 불안하다' '슬럼프에 빠졌는데 좋은 방안은 없느냐' 등 날마다 개인 메일을 받다시피 했다. 내가 도와줄 수 있는 일은 거의 없었지만, 답장은 꼭 보냈던 것으로 기억한다.

교육담당자로서의 보람은 전국 각지의 공무원들과 친분을 맺고 재미있는 추억을 만드는 데 있다. 행정고시 연수생들과는 많은 이야기를 나누었다. "지방행정에서 경쟁력을 갖추기 위해서는 외국어를 잘해야 한다"에서부터 "상사에게 결재를 쉽게 맡으려면 하루 중 어느 때가 좋은가" 등이었다. 하찮은 내용이라도 공직을 시작하는 그들은 호기심을 갖고 진지하게 들어주었다.

영어반은 근무시간을 제외하고는 아침저녁 자율학습을 거의 함께했

영어반과 함께 설악산 권금성에서 한 컷.

다. 그들은 나에게 32번이라는 마지막 학번을 붙여주었다. 아침 시간 시작 전에는 VTR을 시청하고, 저녁에는 영어를 잘하는 울산 출신 행정고시 연수생을 강사로 삼아 2~3시간씩 특별강좌를 운영했다. 그 결과, 모두 좋은 성적으로 수료할 수 있었다.

1박 2일의 설악산 여행과 연수원 옆의 세무대학교 축제에서 함께했던 막걸리 파티는 지금까지 멋진 추억으로 남아 있다.

일본어반 연수생들은 입교한 날부터 끝날 때까지 모두 열심히 공부해서 거의 신경 쓸 필요가 없었다. 그들은 하루도 빠지지 않고 먼저 출근해서 밤늦게 어학관 문단속을 했던 나의 정성에 매우 고마워했다. 당시 일본인 선생이 하루는 내가 일본어를 잘 알아듣는다고 연수생들에게 말했다고 한다. 사실 아는 일본어라고는 '하이'밖에 없으면서 선생들의 표정을 보면서 무슨 말인지 알아들은 척한 것인데, 내 짐작이 별로 틀리지는 않았던 모양이다.

반면에 연수원의 간판 과정인 '5급승진자과정'의 입교·수료 행사는 꽤 신경이 쓰였다. 교육생들이 대부분 장기간 공무원 생활을 한 50세 이후이다 보니 애국가 제창 소리가 인원에 비해 너무 작았다. 그래서 한 번은 예행연습 후 식을 거행했다. 평직원으로서는 마지막 애국가이니 큰 소리로 불러달라는 주문을 곁들였다. 덕분에 400여 명이 부른 애국가는 강당이 떠나갈 듯했다.

행사가 끝난 뒤 한 수료생이 "공직생활 30년에 애국가 연습은 처음"이라고 했다. 지금도 행사 시 국민의례가 있을 때마다 그때 생각이 나서 미안한 마음을 떨칠 수가 없다.

행자부 국가전문행정연수원은 교직원 친절 만족도가 90퍼센트를 넘었다. 쾌적한 교육환경과 우수한 강사진 그리고 최신 지식과 정보를 얻을 수 있다는 것도 큰 자랑이었다.

"연수원에서처럼 공부했다면 사법고시도 합격했을 것이다."

어느 연수생의 말처럼 최상의 면학 분위기가 조성됐다. 연수가 끝난 후에도 전국의 공무원들이 우정을 지속하고 더욱 발전시킬 수 있다는 점 역시 자랑할 만한 점이다.

솔직히 교육 팀장들은 새로운 과정을 맞이할 때마다 부담을 갖기 마련이다. 몇 개의 과정을 동시에 정신없이 준비하고 진행하다 보면 곧 헤어질 때가 되고, 좀 더 도움을 줄 수 있었는데 하는 아쉬움이 남은 채 마무리를 할 수밖에 없다. 그러다 문득 수료생으로부터 고맙다는 편지를 받으면 기분이 '째지게' 좋았다.

모처럼 광주에 내려왔던 어느 휴일에 가족과 함께 촉석루를 다녀온 적이 있다. 진주시에 근무하는 한 수료생의 결혼식에 참석하기 위해서였다. 수료생들이 모두 모이기로 했으니 꼭 와 달라는 간곡한 편지를 거절할 수 없었다. 서울에서 모처럼 내려왔는데 가족과 함께 지내지 않고 진주까지 가야 하느냐고 불평했던 아내는 논개가 왜장과 함께 남강에 뛰어들었던 바위 위에서 아이들에게 임진왜란에 대하여 열심히 설명하며 즐거워했다. 아내는 내가 진주에 가자고 했던 진짜 이유를 알고 고마워했다.

독도는 우리 땅

이 연

연수원에서 일 년 동안 근무하다가 행자부 선거팀장으로 옮겼다. 모든 선거 업무는 중앙선관위에서 총괄하지만, 법정 선거업무는 행자부의 책임이다. 선거사무 종사원은 동사무소에서 근무하는 지방공무원이 주를 이루고, 투표소 설치와 선거인명부 작성, 부재자투표 등을 전국의 동사무소에서 근무하는 공무원들이 수행하기 때문이다. 따라서 사실상 중앙선관위는 불법선거운동 단속 위주로 하고, 행자부는 법정 선거사무를 다룬다.

지금은 일반인도 선거사무종사원으로 일할 수 있지만, 당시엔 공무원만 가능했기 때문에 15만 명 이상의 전국 공무원들을 선거에 투입했다. 나의 주 업무는 법정선거사무를 총괄하고 부재자 투표율을 높이는 것이었다. 부재자 투표는 투표율을 높이는 중요한 일이었으므로 포스터를 만들어 붐을 조성했다. 포스터 배경에는 독도 사진을 붙였다. 독도처럼 멀리 떨어진 곳에 있더라도 꼭 부재자 투표를 해야 한다는 것을 강조하기 위해서였다.

혹시나 하여 관련 부처 의견을 들었다. 외교부에서 펄쩍 뛰었다. 곧바로 일본에서 영유권 문제를 제기한다는 것이었다. 온갖 아이디어를 짜내 만들었던 포스터 배경은 이름 모를 섬으로 바뀌었다. 독도 영유권 문제가 발생할 때마다 아찔했던 그때 일이 생각난다.

가족이 우선인가 승진이 우선인가

이 연

선거팀장은 행자부 사무관이 가장 가기 싫어하는 자리다. 일이 너무 많고 힘들기 때문이다. 실제로 나도 그 자리를 맡고 있는 동안 날밤을 새는 일이 비일비재했고, 2박 3일 동안 집에 가지도 못한 채 일을 해야 하는 경우도 있었다.

단순히 일이 많은 것만이 문제가 아니었다. 한시도 긴장감을 늦출 수 없었다. 선거 결과가 정권에 큰 영향을 미치기 때문에 모든 직무를 조심조심 처리해야 했다. 또 조그만 사고도 허용되지 않았다. 그래서 선거팀장은 보통 6개월에서 일 년 안에 승진하거나 더 나은 자리로 옮겨가곤 했다. 그런데 나는 그 자리에 무려 3년이나 있었다. 과장, 국장이 바뀔 때마다 나를 유임시킨 것이다. 어쩌면 행자부 최장수 선거팀장으로 기록되지 않았을까 싶다.

승진이 코앞으로 다가오던 무렵, 갑자기 아내가 아프다고 연락이 왔다. 나는 곧바로 광주시로 돌아가겠다고 신청했다. 다들 승진을 앞두고 고향으로 돌아가면 어떡하느냐며 아쉬워했다. 아내는 갑상선에 이상이 있어 치료를 받았고, 다행히 지금은 정상적인 생활을 하고 있다.

선거팀장을 맡고 있는 동안 장관, 차관, 국장, 과장을 각각 세 사람씩 모

아내와 제주도에서.

대전 엑스포공원에서.

내 생일날 아이들이 생일축하 노래를 부르고 있다.

셨다. 그중에 고윤환 과장이 가장 기억에 남는다. 나중에 경상북도 부지사, 행자부 자치행정국장 등을 역임하고 지금은 문경시장으로 있다. 군대나 다름없는 직장 분위기를 늘 사랑으로 감싸주었던 분이다. 광주시에 내려온 후에도 행자부에 무슨 일이 있어 부탁을 하면 끝까지 돌봐주었다. 이미 떠난 부하직원을 챙기는 것이 쉬운 일이 아닌데도 늘 인연을 소중히 하고 부하직원들을 끔찍이 아끼고 사랑한다. 존경할 만한 분이다.

나를 가장 신임했던 분은 중앙인사위원장을 지낸 권오룡 차관과 당시 지방행정국장이었던 강병규 전 장관이었다. 권오룡 차관은 내가 광주로 내려간다고 하자 광주시 부시장에게 승진을 부탁하기도 했다. 강병규 장관은 차관으로 재임할 당시에 나를 행자부 선거과장으로 발탁하려 했다. 그러나 마침 내가 유학을 가기로 되어 있어 실행에 옮기지는 못했다.

내가 유학을 포기하고 행자부 과장으로 올라갔다면 지금은 더 높은 자리에 있을 것이다. 나는 출세보다 가족을 택했다.

나는 일 년 후 서기관으로 승진했다. 교육원 수석교수, 비엔날레 관리부장, 혁신분권담당관, 산업고용과장, 유학, 기업지원과장, 체육진흥과장, 총무과장, 의사담당관, 시민협력관 등 10여 곳을 옮겨다닌 다음 국장으로 승진을 했으니, 평균 재직 기간이 9개월이다. 아마 광주시 역사상 가장 많은 부서의 과장을 거친 다음 국장으로 승진한 경우일 것이다.

가족과 함께한 미국 생활

이 연

고향 땅에 화장장과 공원묘지를 유치한 일 때문에 나는 말 그대로 고향사람들로부터 난타를 당하고, 주변의 많은 사람들로부터 손가락질을 받았다. 고향인 효령동에 갈 수가 없었고, 광주시청에서 근무하기도 어려웠다. 이런 점을 고려해서 광주시는 나를 서울 KOTRA로 파견을 보냈고, 다시 행자부로 자리를 옮겼다. 이 때문에 나는 8년이라는 오랜 기간 동안 가족들과 떨어져 주말에도 자주 볼 수 없었다.

아내에게도 미안했지만 아들과 딸에게 더 미안했다. 아버지가 가장 필요한 시기에 함께 지내지도, 놀아주지도 못했기 때문이다. 행자부에 근무할 때는 겨우 한 달에 한 번 정도 광주에 왔기 때문에 아들은 나를 어려워했다. 부자지간의 정도 가까이 있어야 생기는 법인데, 자주 보지 못하는 상황이 이어지니까 자연스럽게 어려운 관계가 되어버렸다.

나는 '유학'이 최선이라고 생각하고 유학시험에 도전했다. 하지만 독학으로 공부한 나에게는 '영어'가 높은 산으로 다가들었다. 아무리 노력해도 젊은 행정고시 출신들을 물리치기가 힘들었다. 몇 번을 도전했으나 경쟁에서 밀렸다. 하지만 중앙에서 다시 광주시로 복귀했을 때는 사정이 달라져 있었다. 유학 경쟁 대상자가 많지 않아 티켓을 쉽게 거머쥘 수 있었다.

라번대학에서 아내와 함께.

LA 근교에 있는 라번대학으로 유학을 떠나 MBA를 공부했다. 과욕이었던 모양이다. 경영학에 대한 기초실력도 없이 덤벼든 탓에 미국 생활 내내 공부와 씨름을 해야 했다. 통계학 등은 새로 수학을 공부해야 했기 때문에 더욱 어려웠다. 중국 유학생과 인도네시아 유학생의 도움을 받았지만 학점은 겨우 과락을 면할 정도였다. 한국에 돌아왔을 무렵에는 몸이 극도로 쇠약해졌고, 오자마자 병원 신세를 지고 두통이 가라앉질 않아 뇌암을 의심하여 CT 촬영까지 해야 했다.

처음 유학을 갔을 때는 몸이 약한 아들이 늘 걱정이었지만, 다행히 아들은 물론 딸도 잘 적응했다. 미국 중·고등학교는 매일 6시간만 수업을 하고, 1시간씩 체육과 예능과목을 들어야 한다. 일반 과목은 하루 4시간만 한다. 아들은 일 년이 지나면서 적응을 마쳤고, 딸은 3개월 만에 미국 친구들을 집으로 초대할 정도로 잘 어울렸다.

유학기간 동안 가장 큰 보람은 가족과 함께할 수 있었다는 것이다. 남편으로서 아내에게 잘해주지 못했던 것을 유학기간 동안 보상해줄 수 있어서 다행이었다. 미국은 자녀가 열두 살이 될 때까지는 부모가 등하굣길에 함께해야 한다. 우리는 매일 딸과 함께 왕복 1시간을 걸었다. 규칙적으로 걷다 보니 허약했던 아내가 30분 정도는 거뜬히 뛸 수 있을 정도로 건강해졌다. 지금도 그때를 떠올리면 미소가 지어진다. 참 소중했던 시절이다.

곤충채집

이 연

미국의 고등학교 학생들은 생물시간에 곤충채집과 식물채집 결과물을 반드시 제출해야 한다. 그래야 학점을 받을 수 있다.

만일 한국의 고등학생들에게 같은 과제가 주어진다면 어떤 일이 벌어질까? 우선 학부형들이 거세게 저항할 것이고, 곧바로 대행업체가 생겨나 학교 앞 문구점에서 채집물이 고가로 판매될 것이다.

라번시(La Verne City)는 LA에서 서쪽으로 두 시간을 달려야 만나는, 사막 가장자리에 위치해 있다. 건조한 기후 탓에 곤충이 거의 살지 않는다. 곤충채집 점수는 총 27점이다. 호랑나비 한 마리는 1점이고 노랑나비를 더 잡으면 0.1점, 흰나비는 0.01점이다. 같은 종류의 곤충은 점수로 거의 인정받지 못한다. 따라서 최소한 27종류의 곤충을 잡아야 점수를 채울 수 있다.

어떤 때는 밤에 문을 열어놓고 집에 들어온 벌레를 잡기도 하고, 야밤에 산에 올라가 전등을 켜놓고 달려드는 벌레를 매미채로 잡기도 했다. 때로는 시냇물 속을 뒤지기도 했다.

처음에는 우리가 사막지역에 살고 있다는 사실을 깜빡 잊고 있었다. 그래서 곤충을 잡을 때마다 봉지에 싸서 책꽂이 위에 놔두었더니 얼마 지나지 않아 오뉴월 햇볕에 말린 보릿단보다 더 바삭바삭 말라붙어서 만지자마자 그냥 부스러져 버렸다.

하는 수 없이 비닐봉투에 바람을 불어 넣고 잡은 곤충을 담아 냉장고에 보관했다. 덕분에 우리는 2~3개월 동안 냉동실을 사용할 수가 없었다.

보니타 고등학교에서 아들이 과학 실습을 하고 있다.

사막의 곤충들은 한국에서 보지 못한, 잘 알지 못하는 것들이 많았다. 이 때문에 아들은 곤충을 잡자마자 사진을 찍어서 선생님에게 이름을 물어본 다음 인터넷을 뒤져서 숙제를 해갔다. 한국에서는 벌레를 죽이기는커녕 잡지도 못하던 아들이 해부까지 시도하는 것을 보고 놀랐다. 그리고 그런 아들의 변신이 대견스러웠다.

마운틴 벨디에 오르다

이 연

하루는 LA 근교에서 가장 높은 산인 '마운틴 벨디'에 올랐다. 3,500미터나 되는 산이라 겨울이 되면 눈이 쌓였다. 아내와 딸을 2,500미터 지점에 있는 스키장에 머물게 하고, 아들과 함께 가능한 한 높이 올라갔다.

3,000미터를 지나자 양지쪽은 눈이 녹았으나 음지에는 2미터 이상 눈이 쌓여 있었다. 깎아지른 듯한 절벽 위를 걸으면서 현기증이 일었다. 그때부터 아들이 앞장섰다. 위험한 곳에서는 내 손을 잡아주었다. 처음으로 아들의 보호를 받은 셈이었다. 아들이 한창 성장할 시기인 여섯 살 때부터 열다섯 살 때까지 떨어져 살았기 때문에 부자 관계는 꽤나 서먹서먹했다. 또 서로 생각이 크게 달라 대화가 멀어지기 일쑤였다. 미국에 와서도 그런 관계는 여전했다. 하지만 등산을 계기로 많이 가까워졌다.

아들은 학교에 입학한 지 얼마 지나지 않아 잔뜩 화가 나서 왔다. 그러고는 다짜고짜 왜 자기 이름을 '호'로 지었냐며 따졌다. 나는 간단하게 대답했다.

"아빠 이름이 '연'인데, 다들 부르기 쉽고 외우기 쉽다고 하더라. 그래서 네 이름도 외자로 지었다."

하지만 알고 보니 문제는 한글이 아니라 영문 표기인 'Lee Ho'였다.

‘Ho’의 뜻은 첫째로 어이, 여어 등 부름·주의·놀람·피로·칭찬·득의·조소 등을 나타내는 소리이고, 둘째로는 워, 서, 멈춰 등 말이나 소 등을 멈추게 하는 의미였던 것이다. 더 좋지 않은 뜻도 있는데, 이를 두고 반 친구들이 놀렸다는 것이다.

눈 덮인 마운틴 밸디와 아들.

짧은 영어 실력 탓에 미처 거기까지 생각하지 못했다. 외교부에서 당연히 영문으로 이름을 바꿀 때 아들처럼 문제가 되는 말들은 다른 글자로 번역해서 사용하도록 안내해 주었어야 했다. ‘Ho’를 ‘Hou’ 등으로 쓰도록 했더라면 이런 불상사는 미연에 막을 수 있었을 것이다.

하루는 우리가 살고 있는 지역에서 불과 20킬로미터 떨어진 지역에서 진도 5.8의 지진이 일어났다. 몇 년 전에 일어났던 경주 지진과 진도가 같다. 우리가 살던 집은 2층짜리 목조건물인데, 똑바로 서 있지 못할 정도로 좌우로 심하게 흔들렸다. 나는 갑자기 일어난 일이라 당황해서 빨리 밖으로 나오라고 소리쳤다. 하지만 아이들은 학교에서 지진 대비 연습을 해서 그런지 재빠르게 책상 밑으로 숨었다가 밖으로 나왔다.

그런데 돌아보니 100여 가구가 사는 주택단지에서 우리 가족만 밖으로 나온 것이 아닌가. LA 사람들은 그 정도의 지진은 대수롭지 않게 생각한 것이다.

2년 동안의 유학을 마치고 귀국할 때, 아들은 미국에 남겠다고 했다. 동부와 서부는 부유한 지역으로 등록금과 생활비가 매우 비싸다. 나는 인터넷을 통해 미국 전역을 뒤졌다. 그리고 클린턴이 주지사를 했던 알칸소주의 주도(州都)인 리틀록(Little Rock)에서 두 시간 거리에 있는, 주민 500여 명 규모의 수비아코(Subiaco)라는 작은 마을에 있는 학교에 아들을 보냈다. 알칸소주는 미국에서 가장 못 사는 주이고, 아들이 다니는 학교는 가톨릭 신부들이 운영하는 학교여서 등록금이 매우 저렴했다. 가끔 명문대 합격생을 배출하는 성과를 내기도 했다. 그 학교로 간 아들은 다행히 미국 생활에 잘 적응해 알칸소주의 수학경시대회에서 1등을 하여 '오바마대통령' 상을 받았고, 명문대학인 캘리포니아 주립대학 버클리(UC Berkeley) 공대 컴퓨터공학과를 졸업하고 샌프란시스코 실리콘밸리에 있는 대기업의 연구원으로 근무 중이다.

영원히 시들지 않는 꽃

이 연

이 세상에 아무리 아름다운 꽃이 있다 한들 내 딸보다 더 예쁠까? 꽃은 얼마 지나지 않아 곧 시들고 말지만 내 딸은 아무리 보아도 싫증나지 않는다. 보면 볼수록 아름다운 신비의 꽃이다. 아빠의 사랑을 가장 많이 받아야 할 나이에 떨어져 살았기 때문에 함께 사는 미국 생활은 더욱 애틋했다.

딸은 아빠의 작은 눈을 닮아서 예쁘지 않다고 푸념하곤 한다. 그럴 때마다 나를 닮아 이(치아)가 예쁘고, 귀도 예쁘고 피부도 하얗다고 말해준다. 딸은 아들보다 영리하지는 않지만 매사에 적극적이어서 늘 기쁨을 준다. 미국에 가서도 아들은 일 년이 다 가도록 미국 친구가 있는지조차 몰랐지만 딸은 3개월이 지나자 이웃으로 놀러 다닐 정도가 되었다. 다들 자기만을 좋아한다는 것이었다. 덕분에 우리 가족은 미국인 가정에 여러 번 초청을 받아 가기도 했다.

미국 생활이 끝나갈 무렵 국어[English] 선생님이 "미지가 미국에서 태어난 줄 알았다"라고 했을 정도로 딸은 늘 적극적이고 활동적이었다. 워낙 적응을 잘해서 사친회(師親會)에 갈 때마다 선생님들이 칭찬하고 치켜세

사랑하는 내 딸.

딸이 단상에서 우등상장을 보여준다.

딸이 친구들 사이에서 웃고 있다.

워주는 바람에 그 말을 들으려고 일부러 사친회에 꼭 참석했을 정도였다.

미국 선생님들은 학생들의 평균 성적을 가지고 평가를 받고 재고용 여부가 결정된다. 따라서 내 딸의 성적이 좋아서 평균 점수를 올려주기 때문에 더 예뻐한 것이다. 딸은 2년 동안 학기마다 우등상을 받았다. 그래서 딸은 미국이 좋은데 왜 오빠만 미국에 남겨놓고 자기는 한국으로 돌아와야 하는지 따졌다.

우리가 살았던 라번시는 사막 가장자리에 있어 뙤약볕에 조금만 있어도 굉장히 따갑다. 날마다 그 환경에 노출될 수밖에 없었던 딸은 피부가 새까맣게 탔다. 한국에 돌아와서도 피부는 좀처럼 회복되지 않았다. 머리도 황갈색으로 변색되어 다시 까맣게 될 때까지 일 년 이상을 기다려야 했다. 미국에서 사춘기가 왔더라면 선크림이라도 사달라고 했을 텐데……. 그래도 내겐 이 세상 무엇과도 바꿀 수 없는 예쁜 꽃이다.

말린체 산 (Cerro de Malinche)

이상우

현장이 있는 뻬로떼에서는 아주 한여름 잠깐을 제외하고는 거의 일 년 내내 하얀 눈에 덮인 산을 볼 수 있다. 인근 지역 출신인 직원에게 물어보니 말린체 산이란다. 가끔 그들의 입을 통해 들었던 '말린치스따, 말린치스모' 등의 말들이 이 산과 관련이 있다는 게 흥미로웠다. 번역하자면 배신자, 배신, 겁탈당한 여자라는 뜻이 되는데, 어찌하여 이 아름다운 산의 이름을 이렇게 지었을까?

말린체는 사실 멕시코 역사상 가장 잊지 못할 여인의 이름이다. 그녀는 귀족의 딸이었으나 재산과 지위 계승을 놓고 꾸민 어머니의 음모로 타 부족에 노예로 팔려나갔다. 스페인 정복자 에르난 꼬르떼스가 멕시코에 처음 들어왔을 때 인근 부족에게 뜻밖의 선물을 받게 되었는데, 거기에 말린체라는 처녀가 끼어 있었다.

말린체는 하녀로서 여러 부족을 전전하며 익힌 언어능력 덕분에 곧장 꼬르떼스의 눈에 띄었고, 곧 그의 정부가 되었다. 그리고 유창한 지방어로 주변 부족을 설득해서 당시 최강의 부족 아즈텍에 대항하도록 함으로써 꼬르떼스의 아즈텍 점령에 결정적인 역할을 했다.

말린체 산에서 둘째 동생.

아즈텍 제국을 조상으로 믿고 있는 멕시코인들의 관점에서 보면 말린체는 분명히 배신자다. 하지만 '배신자'라는 말처럼 양면적인 단어가 또 있을까. 관점에 따라 배신자의 반대말은 구원자가 될 수도 있기 때문이다.

'말린체'. 멕시코인에게는 배신자의 대명사로 되어 있지만 당시 스페인 정복자들에게는 '도냐 마리아'라는 약간의 존경이 섞인 이름으로 불렸다고 전한다. 좀 더 시각을 좁혀서 당시 최강의 제국 아즈텍의 학정에 시달리던 주변 부족의 입장에서 보면, 이 배신자는 곧바로 구원자가 될 수도 있다.

지역적으로 생각해보면 실제 말린체 산이 있는 곳은 아즈텍의 주변 부족이면서 아즈텍의 학정에 시달리던 트락스깔라 지역이다. 실제로 Xalapa에서 원래 아즈텍 제국이 있던 멕시코시티로 가는 길에 트락스깔라라는 지역이 있다. 어쩌면 트락스깔라 부족민들은 그 지역 어디서나 볼 수 있는 하얗게 눈 덮인 성스럽기까지 한 이 산에다 그들에게 자유를 가져다 준 말린체의 이름을 붙였는지 모른다. 배신자로서가 아니라 ‘고마움’의 뜻으로 말이다.

우리 직원들 사이에서도 의견이 갈린다. 말린체를 배신자 정도로 평가하는 직원도 있지만 ‘자유’를 갈망했던 신여성의 상징으로 평가하는 여직원도 있다.

어쨌든 요즘 출퇴근하면서 매일 보는 말린체 산은 ‘배신자’라는 단어를 다시 한 번 곰곰이 생각하게 한다. 말하자면 회사를 그만두고 떠나는 직원을 배신(?)자로 볼 것인가, 아니면 그동안 회사에 공헌한 점을 감안해서 도냐 마리아로 볼 것인가 하는 고민인 셈이다.

우린 외국인

이상우

2016년 7월 7일 Los Humeros 현장에서.

나는 1998년에 멕시코에 와서 쭉 살고 있다. 나머지 식구들은 2000년에 멕시코로 왔으며, 아이들이 고등학교에 다니는 4년 동안은 미국 맥라렌에서 살았다.

외국인으로 멕시코에 사는 일은 혼란의 연속이다. 멕시코인들은 동양인을 통틀어서 '치노' 즉 중국인이라고 부른다. 그런데 어조나 느낌은 '중국놈'이다. 적어도 내게는 그렇게 들린다. 그냥 스쳐가는 사람도 들릴락 말락 하는 작은 소리로 '치노'라고 하기도 하고, 애써 못 본 체 지나가면서 놀리곤 한다. 멕시코는 대체로 외국인에게 친절하고 편견이 없어 외국인이 살기에 특별히 문제가 없는 나라인데, 왜 하필 중국인에게 그러는지 모를 일이다.

아들이 하루는 학교에서 씩씩거리며 돌아와서는 베개가 터져라 껴안고 침대에 엎어져 꽥꽥 소리를 지르며 운다. 자기 반 아이들이 '치노'라고 놀렸단다. 안쓰러워서 마음이 짠했지만 어쩔 수 없는 노릇이었다. 그러나 그런 상황이 자주 발생하자 고민을 하지 않을 수 없었다.

하루는 고민 끝에 묘안(?)을 내었다.

"야 까삐!"

'까삐'는 아들을 부르는 별명인데, 멕시코 말로 까삐딴 즉 캡틴의 애칭이다.

"너, 치노냐?"

"아니 이제는 아빠까지? 내가 왜 치노예요!"

소리를 꽥꽥 지르며 난리를 친다.

"그래, 그럼 네가 치노가 아닌데 왜 그렇게 화를 내는 거지? 내일 학교에서 또 너를 치노라고 놀리면, 그놈들에게 '필리피노'라고 해봐라. 만약 그놈들이 너에게 화를 내면 계속 그놈들하고 싸우고, 만약 그놈들이 아무렇지도 않으면 너도 화를 낼 이유가 없는 거야. 그놈들이 필리피노가 아니듯이 너도 치노가 아니니까."

그 후로 아들이 그런 일로 화를 내거나 학교에서 돌아와 베개를 부둥켜안고 우는 것을 보지 못했다.

내가 멕시코에서 살면서 자주 받는 질문은 이거다.

"중국인입니까?"

"아니요 한국인인데요."

"그럼 남한입니까, 북한입니까?"

"남한에서 왔습니다."

"부인은 멕시코 여자입니까?"

"아닌데요, 한국인인데요."

"태권도 무슨 띠세요?"

(그러면서 정작 포즈는 가라데 포즈를 취한다)

"아니 못하는데요."

"Speak English?"

(이 질문은 주로 영어를 썩 잘하지 못하는 사람들이 자기 과시를 위한

경우가 많다. 영어를 잘하는 사람들은 "영어가 편하면 영어로 하셔도 됩니다"라고 말한다.)

대부분 이런 질문들을 시리즈로 쏟아낸다. 그래서 귀찮을 때는 첫 질문에 모든 대답을 한꺼번에 해주기도 한다.

"나는 삼성이나 엘지를 만드는 꼬레아 남한에서 왔고, 아내는 한국인이며, 태권도는 전혀 못한다. 이제는 영어보다 스페인어가 더 편하니 스페인어로 하셔도 된다."

또 멕시코는 외국인에게 지나치게 친절하다. 너무 친절한 나머지 때론 거짓 정보를 주기도 한다. 속이려는 게 아니라 질문을 받았으니 뭔가 도움을 줘야 한다는 순수한 마음에서 자기가 잘 모르는 것도 알려주려고 하다가 생기는 불상사다. 그래서 누군가 그랬다. 멕시코에서 모르는 곳을 찾아갈 때는 적어도 세 사람에게 길을 묻고 자기 스스로 판단하라고. 그리고 잘못된 판단은 자신의 몫이라고 했다.

그렇지만 나는 아직까지 멕시코에서 사는 게 좋다.

내 딸을 서울에 두고

이상우

멕시코 까데레이따 현장에 근무하다가 휴가차 귀국을 했다. 멕시코로 복귀하는 날, 비가 억수같이 쏟아졌다. 아침부터 아내는 나의 휴가 마지막 날 아침식사를 준비하고 있었고 나는 또 한동안 보지 못하게 될 아이들과 뒹굴뒹굴 놀고 있었다. 아내는 아침 내내 한 마디도 하지 않고 뭘 잃어버린 사람처럼 평소와 달리 부산하게 움직이다가, 갑자기 멈춰 서서 멍하니 있는가 싶더니 이유 없이 이 방 저 방을 왔다 갔다 한다.

나는 아내가 왜 그러는지 잘 알지만 아무 말 하지 않고 곁눈으로만 아내를 힐끗힐끗 보면서 아이들하고 노는 척한다. 벽시계를 보지 않으려고 애를 쓰는데도 자꾸 눈앞에서 어른댄다.

밥을 먹는 둥 마는 둥하고 마음에 없는 헛소리만 하다가 결국 시간이 되어 마지못해 집을 나섰다. 번동 기산아파트를 나와 택시가 다니는 골목에서 간단히 작별인사를 하고 아이들 볼에 키스를 해준 다음 택시에 올랐다. 아들 재호는 엄마의 허리를 감싸 안고 커다란 우산을 쓴 채 손을 흔들고, 딸 열림이는 귀여운 우산을 쓰고 앙증맞게 손을 흔든다. 한동안 보지 못하게 될 아빠를 배웅하는 가족의 사랑스런 풍경이다.

택시는 곧 출발하고, 나는 애써 눈을 감았다. 다시 눈을 떴을 때는 이미

열림이는 UC 버클리대 언어학과를 졸업했다.

택시가 커브를 돈 뒤였고, 내 눈은 아직도 손을 흔들고 있을 가족을 찾는다. 순간 내 눈에 들어오는 것은 길가에 나뒹구는 우산과 울면서 나를 향해 달려오는 우리 딸 열림이였다.

순간 눈앞이 캄캄해지고 가슴이 쿵쾅거리면서 비행기가 착륙할 때의 붕 뜨는 듯한 느낌이 나를 휩싼다. 귀는 꽉 막히고 심장이 금방이라도 터져버릴 것만 같았다.

"아, 아, 아저씨 잠깐만요……."

내 입에서 가까스로 말이 터져 나왔을 때, 빗속에서 뛰어오던 열림이는 이미 보이지 않는다. 기사 아저씨가 못 들은 건지 실제 그 말이 내 입에서 안 나온 건지 택시는 마지막 골목을 나와 큰길로 접어들었다.

'이걸 어떡하나? 이걸 어떻게 하지? 그냥 여기서 내려버릴까? 이럴 땐 어떻게 해야 하지?'

세찬 빗줄기 속에서 뛰어오던 열림이는 어떻게 되었을까? 혹시 뛰어오다 넘어지지는 않았을까? 애 엄마는 어떻게 열림이를 설득하고 있을까?

'그래 이렇게 가버릴 수는 없지.'

나는 두 번째로 용기를 내어 말했다.

"아저씨, 잠깐만요!"

택시는 미도파백화점 앞에서 섰다.

"뭐 잊고 놓고 오신 거라도 있어요? 다시 돌아갈까요?"

마음속에선 '우리 열림이요. 열림이를 놓고 왔어요'라고 했지만 내 입은 전혀 다른 소리를 내뱉는다.

"아니요, 죄송합니다. 그냥 가시죠."

택시기사는 '별 이상한 놈 다 봤다' 하는 표정을 짓는다.

어떻게 공항까지 왔는지 전혀 기억이 없다. 세 번째 마음의 동요가 일려고 할 무렵, 눈앞에 보이는 '김포국제공항' 간판이 이미 늦었음을 알린다. 언제 흘렀는지 눈물이 목까지 내려와 있었다.

여느 때와 달리 몹시도 우울한 휴가 복귀 여행이었다. 현장 숙소에 도착하자마자 나는 편지를 썼다.

우리 가족이 멕시코로 와야 하는 100가지 이유

…

…

…

- 사랑하는 아빠가

그해 가을, 우리 가족은 회사 직원들 아무도 모르게 멕시코로 왔다. 내가 정리한 100가지 이유를 실현하기 위해. 당시에는 안전을 이유로 직원 가족을 현지에 데려오는 것을 암묵적으로 금지하고 있었다.

졸업하고도 또 떨어져 사는 우리 딸 열림이와 아직도 공사현장에 홀로 나가 가족을 그리워하는 아빠들을 생각한다.

아버지표 두부

이상우

2016년 6월 7일, Los Humeros 산속에서.

나는 명실공히 우리 아부지의 대를 이을 만한 '이현준표 두부'의 명인이다. 그렇다고 두부 만드는 법을 아버지에게 자세하게 전수받은 것은 아니다. 단지 울 엄니, 아부지가 두부를 만들 때 옆에 자주 있었던 까닭에 감각적으로 두부 맛을 정확히 알고 그대로 만들 수 있는 것이다.

우리 아버지는 옛날 조선시대로 따지면 한량이었다. 책을 읽다가 틈틈이 술을 가까이 하며 일생을 보낸, 시골에서는 아무 짝에도 쓸모없는 그런 고고한 선비였다. 모든 농사일은 어머니가 주관했다. 그런고로 우리 형제는 논밭에서 아버지 대신 엄청나게 많은 일을 해야 했다. 저녁이 되면 술에 취해 고랑에 빠진 아버지를 업고 집에 오는 일도 다반사였다. 그런 아버지였지만, 두부 제조에 관한 한 타의 추종을 불허했다. 우리는 아버지가 만든 두부를 먹을 때에만 아버지의 존재를 느끼고 또 존경하기까지 했다.

어릴 적 학교에서 점심시간에 여럿이 모여 밥을 먹으면 김치 맛이 천차만별이다. 달콤짭짤, 시금털털, 우웩 켁켁……. 재료는 어느 집이나 똑같을진대 도대체 김치 맛은 왜 그렇게 다른지 모를 일이다. 모두가 자기 엄마 김치가 최고란다. 그것이 아마도 '손맛'이리라.

두부 역시 그 맛이 제각각이다. 명절이 되면 우리 집에(원래 우리 집이어야 할 집이 우리 할머니의 오기로 넷째 작은집이 된 것에 대해 언제나 불만이 있었다. 그래서 지금도 넷째 작은집을 우리 집이라고 하고 싶다) 맷돌이 있어서 동네사람들이 콩을 갈아 간다. 그리고 자기네 집으로 가져가 두부를 만들곤 한다. 그런데 왠지 두부 맛은 집집마다 약간씩 다르다.

한때 나는 멕시코에서 대량으로 두부를 만들어서 건강식품 식물성 치즈라는 별도 브랜드 네임을 만들어 판매할 계획을 세웠다. 그리고 멕시코에서 최고로 친다는 OAXACA산 치즈와 경합을 붙여봤다. 결과는 참담했다, 그 뒤 무지막지한 동물성 식품의 섭취로 인한 멕시코인들의 심각한 비만에 대해 일체의 책임감(?)을 갖지 않기로 했다.

두부를 만드는 과정은 너무나 간단하다. 단지 약간의 인내력이 필요하고, 조금 불편할 뿐. 끓는 콩물에 간수를 넣고 휘저으면 순두부가 되고, 그걸 광목에 받쳐 눌러놓으면 두부가 된다.

처음 멕시코에서 두부 제조를 시도할 때 나는 간수와 소금물의 차이를 몰랐다. 아버지는 굵은 천일염 자루를 기둥에 매달아놓고 대두 병(옛날 2리터짜리 큰 소주병)에 하루 몇 방울씩 떨어지는 물을 받아서 썼다. 그걸 간수라고 부르기에 그냥 소금물인 줄만 알았던 것이다. 그래서 소금물을 쓴 처음 시도는 어이없이 실패로 끝났다. 소금에서 나온 간수가 짜지 않고 쓰기만 한 것에 나는 놀랐다.

다행히 우리 식구들은 멕시코에서도 한동안 우리 아버지 손맛 두부를 마음껏 먹을 수 있었다. 아버지가 간수를 2리터나 멕시코까지 보내준 덕분이다. 실제로 두부 10모를 만드는 데 필요한 간수는 겨우 두 숟가락 정도다. 2리터면 엄청난 양의 두부를 만들 수 있다.

이제 울 아버지는 이 세상에 계시지 않고, 우리는 '이현준표' 두부를 더 이상 만들 수 없게 되었다.

베사메 무초

이상우

2016년 7월 21일, 멕시코에서도 혼자 외롭게
집을 지키고 있는 아내를 생각하며.

한국에 있을 때, 노래방에서 자주 불렀던 노래는 '베사메 무초'였다.

아이들이 멕시코에서 중학교를 졸업할 무렵, 나는 우리 가족이 최소한 멕시코 노래 하나쯤은 잘할 수 있어야 하지 않을까, 하는 생각으로 베사메 무쵸를 원어로 배워보기로 했다. 나는 리듬을 잘 알고 있었으므로 가사만 외우면 됐다. 우선 아이들에게 한국 가사로 멋들어지게 한 곡조 뽑았다. 그런데 우리 아이들은 이상하다는 표정으로 서로 바라보았다.

"어여쁜 아가씨는 뭐고, 리라꽃 향기는 뭐지? 또 산타마리아는 왜? 아빠, 가사가 완전히 달라요!"

아이들 말을 듣고 가사를 하나하나 되씹어봤더니 그야말로 너무너무 아름다운 노랫말에 감탄을 하지 않을 수 없었다. 그런데 우리말로 번안된 노래가사는 처음부터 끝까지 전혀 다른 의미일 뿐만 아니라 아무리 곰곰이 생각해봐도 전달하고자 하는 의미를 전혀 파악할 수가 없다.

베사메 무쵸야 리라꽃같이 귀여운 아가씨~.

베사메 무쵸야 그대는 외로운 산타마리아~.

그래서 나는 그동안 '베사메 무쵸'를 어느 여인의 이름인 줄로만 알고 있었던 것이다. 실제 이 소절의 원어는 아래와 같다.

> Quiero que tenerte muy cerca mirarme en tus ojos ver te junto a mi~.
> Pienza que talves mañana yo ya estare lejos muy lejos de ti~.

대충 번역을 해보면 이렇다.

> 당신의 눈동자에 비친 내 모습을 볼 수 있을 만큼 아주 가까이 당신 곁에 있고 싶어요~.
> 내일은 어쩌면 내가 당신으로부터 아주 멀리 떨어져 있을 수도 있잖아요~.

사랑하는 연인과 아주 가까이 있고 싶어 하는 간절하고 애절한 노랫말이다. 나는 원곡의 노랫말을 대충 번역해보면서, 본래의 의미와 너무나 동떨어진 노랫말로 변해버린 번안곡이 원작자에 대한 모독이라고까지 느끼게 되었다.

왜 그랬을까? 당시에 스페인어를 할 줄 아는 사람이 없어서 그러진 않았을 텐데 말이다. 지극히 생산성이 없는 짓이지만. 내 나름으로 그 이유를 생각해봤다. 가수 현인이 불렀다니까 너무 오래되어서 시대적 상황은 잘 모르겠지만, 그 당시 정서로는 받아들이기 힘들었던 노랫말 때문이 아니었을까 싶다.

‘Besame besame mucho~ como si fuera esta noche la ultima ves~.’
‘키스를 많이 많이 해주세요. 오늘 밤이 당신과의 마지막 밤인 것처럼~.’

모르긴 해도 어쩌면 이 부분이 아마도 공연윤리 심사(?)에 의해 ‘퇴폐’ 도장이 찍히는 바람에 원래 노랫말은 날아가고 어쩔 수 없이 무난한(?) 가사로 번역이 되었을 거라는 슬픈 생각이 든다. 어쨌든 이처럼 아름다운 가사를 가진 노래가 한국에서는 전혀 다른 느낌으로 불린다는 게 안타깝다. 오늘은 패티 김의 음성으로 부르는 ‘베싸메 무쵸야’가 아니라 진짜 ‘Besame mucho’를 듣고 싶다.

나는 알리가 좋다

이상우

2016년 10월 9일, 이번에는 꼭 보스의 노이즈 자동제거 헤드폰을 사야겠다고 마음먹으며.

업무 때문에 멕시코 뻬로떼에서 멕시코시티에 이르는 멕시코 중앙고원을 벌써 몇 번째 여행 중이다.

볼 것이라고는 사방이 옥수수 농장뿐인 무미건조한 여행을 감성 충만하게 해주는 건 가수 알리의 노래다. 알리의 노래를 들으며 보는 차창 밖 풍경은, 다 수확하고 검불만 남은 옥수수밭도 나의 입가에 미소를 띠게 한다.

예전에 좋아했던 노래들을 또 다른 느낌으로 불러주는 알리가 정말 좋다. 그중에서도 특히 '세상 모르고 살았노라'라는 노래 가운데 '돌아서면 무심타는 말이 그 무슨 뜻인 줄 알았으랴~' 하는 소절은 어딘지 남도의 창 같은 느낌이 들면서 그냥 '꽥' 소리라도 지르고 싶어진다.

나는 그녀에 대해 아무것도 모른다. 게다가 내가 좋아하는 노래들은 그녀 자신의 노래도 아니다. 하지만 그녀의 노래를 들으면 그녀의 열정이 귀를, 뇌를, 가슴을 파고드는 듯하다. 어떤 노래는 가슴이 너무 두근거려 명치에서 가슴, 목젖까지 이어지는 이상한 통증, 내가 어떤 것을 간절히 원할 때나 극도의 긴장된 순간에 느끼는 그런 아픔까지 느끼게 한다. 노래 한 곡 때문에 정신이나 감정까지 움직일 정도로 나약하거나 감성이 풍부한 내가 아닌데, 왜 그런지 정말 모르겠다. 열성 연예인 팬의 감정이 이런 건가? 만

비행기 조종사가 꿈인 내 조카 이재호.

하는 멕시코에서 공부하다보니 어쩔 수 없었다고 사정 모르는 사람들은 오해 할 수도 있다. 하지만 내 아들은 걸어다니는 역사 교과서다. 고대 그리스신화부터 현대까지 모든 유명한 역사적 사건이나 전쟁 영웅뿐 아니라 거의 모든 유명 인물들을 쫙 꿰고 있다. 심지어 멕시코 역사시간에 학생이 선생님도 모르는 난처한 역사 질문을 할 때도 으레 우리 아들에게 되묻곤 했다고 하니, 존경하는 인물을 찾지 못해 '울 아빠'라고 쓰지 않은 것은 분명한 것 같다.

마음 깊은 곳에서 우러나오는 아빠에 대한 그리움, 사랑이 없었다면 어떻게 망설이지 않고 '울 아빠'라고 썼을까. 안쓰럽기 그지없다.

나 또한 세상에서 가장 아름다운 청년을 꼽으라면 당연히 'Mi hijo(내 아들)'라고 쓰겠다. 다섯 살 어린 나이 때부터 지금까지 비행기에 꽂힌 채 파일럿(비행사)의 꿈을 실현하기 위해 젊음의 열정을 불태우는 내 아들 이재호, 멕시코 영주권이 있어서 굳이 한국에서 병역의 의무를 하지 않아도 되지만 비행 마니아답게 한국 공군에 입대해서 만기 제대한 아름다운 청년.

우리 형이 죽었어

이상우

2017년 7월 17일, 뻬로떼 출장 중 만난 노인을 기억하며.

내가 탄 버스는 멕시코시티를 출발해서 뻬로떼 베라크루즈를 향해 멕시코 중앙고원의 둥글둥글한 언덕 사이를 굽이굽이 뱀처럼 미끄러져 내려가고 있다. 옆 좌석의 깡마른 할아버지는 원래 피부가 검은 것인지 아니면 얼굴 전체를 빠짐없이 뒤 덮은 검버섯 때문인지 생기라곤 찾아볼 수 없는 시커먼 얼굴이다. 연필을 끼워넣어도 될 것 같은 굵은 주름에는 삶의 찌꺼기가 켜켜이 박혀 있는 듯하다.

어릴 적 보았던 어느 영화에서 타잔은 "코끼리는 죽을 때가 되면 스스로 '죽음의 계곡'으로 이동하지"라고 했다. 문득 노인을 보면서 타잔의 그 말이 떠오른 이유는 무엇일까?

잠깐 멕시코시티에서 일을 보고 돌아가는 길인지 혹은 베라크루즈에 일을 보러 가는 길인지 알 수 없지만, 왠지 다시는 돌아오지 못할 것 같은 불길한 예감이 든다.

아까부터 나를 힐끔힐끔 쳐다보는 노인은 평생 나처럼 누런 치니또를 처음 본 듯한 눈치다. 몹시 말을 걸고 싶은 모양인데, 내가 스페인어를 모를까봐 못 물어보는 것인지 아니면 그 나이에도 수줍음이 남아 있어서인지는 몰라도 순진해 보이는 얼굴에 호기심이 가득하다.

"노인어른, 어디까지 가세요?"

"꼬스따 에스메랄다."

"에스메랄다에 가족이 있으신가요?"

노인은 대답 없이 창밖을 본다. 예상이 빗나가는 바람에 겸연쩍어진 나는 별로 먹고 싶지 않은 초코칩을 한입 베어 물었다. 그 순간 노인은 쿡, 고개를 양 무릎에 파묻고 소리 없이 어깨를 들썩인다. 나는 가만히 뼈만 앙상한 노인의 어깨를 감싸 안았다. 한동안 어깨를 들썩이던 노인은 고개를 들고 나를 쳐다본다. 얼굴이 눈물범벅이다.

"우리 형이 죽었어."

노인은 흐느끼며 말을 잇지 못한다. 나는 말없이 노인의 대나무 뿌리 같이 앙상한 두 손을 잡고 쓰다듬었다. 이 상황에 어울릴 만한 스페인어가 도무지 생각나지 않아서 "Lo siento lo siento"(유감입니다)를 연발하다가 영화 대사처럼 물었다.

"형을 많이 사랑했군요."

"아니야 우린 만날 싸웠어. 20년 전에 마지막으로 싸우고 헤어져서 한 번도 못 봤어. 그렇게 몹시 미워했는데 이제는 너무 보고 싶어."

이제는 노인이 "Lo siento hermanito"(형 미안해)를 연발한다.

스페인어로 'Lo siento'는 '유감이다' 와 '미안하다'라는 두 가지 뜻이 있다.

노인에게 작별인사를 하고 버스에서 내려 호텔에 들어왔지만 아무것도 손에 잡히지 않는다. 멍하니 침대에 앉은 채 여행 중에 만난 노인과 죽은 그의 형의 알 수 없는 어릴 적 추억을 상상하며 우리 형제의 어릴 적 추억을 대비시켜본다.

대몽댁네
아이들

大夢, 큰 꿈을 꾸면서 자란 아이들

대몽댁네
아이들

제2부

창조는 일에 대한 열정에서 나온다

이 연

고등학교 시절 상담 선생님의 말씀대로 관운이 좋아서 그런지 나는 빠른 승진을 거듭했다. 하지만 자만하지 않았다. 오히려 늘 '시민이 내는 세금으로 살아가는 입장에서 언제나 최선을 다하자' 하는 마음가짐으로 근무해왔다. 어쩌면 다른 공직자들이 해내기 어려운 많은 일을 해낸 것도 이런 자세 덕분이 아닐까 싶다.
고등학교를 졸업하자마자 곧 9급으로 공직을 시작한 지도 어느덧 40년. 이제 얼마 남지 않았다. 지난날을 돌아보면 하는 일마다 술술 잘 풀렸다. 어려운 상황에 처하면 좋은 아이디어가 번쩍 떠올랐고 그에 따른 적절한 묘안과 대책 수립이 이어져 순조롭게 마무리되곤 했다. 언제나 결론은 좋았다.

어려운 문제일수록 이를 해결하고 나면 기억에 오래 남는다. 광주시의 화장장과 공원묘지 설립이 바로 그런 경우다. 1990년에 광주시는 일곡동 화장장의 망월동 이설을 추진했다. 이와 동시에 시립공원묘지가 곧 만장이 됨에 따라 광산구 본량면에 새로 공원묘지를 조성하고자 했다. 그러나 주민들의 극렬한 반발 때문에 한 발도 나가지 못하고 있었다. 나는 두 시설을 한꺼번에 효령동에 설치하자고 고향 주민들을 설득했다. 그 결과 광주시는 1,000억 원 이상의 많은 예산을 절감하게 되었고, 시민들은 향후 50년 동안 걱정 없이 묘지를 쓸 수 있게 되었다.
이와 함께 쓰레기매립장 신축도 주민들의 큰 저항 없이 해결했다. 전국 최초로 주민 공모를 통해 남구 양과동 향등마을에 매립장을 설치한 것이다.

기발한 아이디어로 정부로부터 국비 300억 원을 지원받아 건립한 '기아챔피언스필드'도 기억에 남을 만한 사업이었다. 장애인국민체육센터는 전국 최초로 전액 국비로 설립됐다. 모두 나의 아이디어로 구현된 사업들이다. 이외에도 광주FC 창단, 공원묘지의 꽃단지화, 장애인치유예술센터 건립 등 크고 작은 복잡한 일들을 처리했고, 현재 진행 중인 것도 있다.
가끔 사람들이 어떻게 적기에 기발한 생각을 짜내고, 그 복잡한 일들을 손쉽게 해결할 수 있느냐고 물어본다. 내 대답은 늘 하나다.
"어려운 일이 닥쳤을 때 열정을 가지고 대하면 기적이 일어나고 일도 잘 풀립니다. 그것이 바로 성공 비결입니다."

직장생활을 하는 이들에게 나의 성공 비결을 공유하고자 한다.

01

화장장과 공원묘지, 쓰레기매립장을 손쉽게 만들다

화장장과 공원묘지를 한곳에 조성하여 막대한 예산 절감

아이디어 1 화장장과 공원묘지는 불황을 타지 않는 수익시설이다.

1990년 광주시 도시계획에 따르면 일곡동 화장장은 망월동묘지 제8묘역, 공원묘지는 광산구 본량면 명도동에 확대 조성하기로 돼 있었다. 특히 공원묘지는 더 이상 어떻게 할 수 없을 정도로 포화상태에 이르러 새로운 부지 확보가 시급했다. 그러나 6년이 지나도록 도시계획을 실현하기는커녕 첫 발조차 내딛지 못하고 있었다. 해당 지역 주민들이 도시계획의 무효화를 주장하며 들고 일어섰기 때문이다. 거의 매일 항의 시위를 벌일 만큼 주민들의 반발은 거셌다.

본량면 주민들은 시청사 입구에 진을 치고 '공원묘지 반대' 시위를 벌였다. 물리적 힘을 동원한 운정동 주민들의 데모는 심각한 양상을 띠고 있었다. 쓰레기매립장 진입로에 바리케이드를 치고 아예 쓰레기가 들어오는 것을 차단해버린 것이다.

쓰레기매립장 진입로는 1996년 12월 2일부터 45일간이나 막혔고, 그 결과 광주시민들이 겪어야 했던 불편은 이만저만이 아니었다. 엄동설한에 쓰레기를 처리할 수 없었기 때문에 광주시내는 쓰레기로 난장판이 되어버렸다. 아파트는 물론 주택가 골목마다 쓰레기가 산더미처럼 쌓여 악취가 진동했다. 광주시내는 그야말로 '쓰레기 지옥'을 방불케 했다.

쓰레기차가 쓰레기매립장에 들어가지 못하고 있다.

언뜻 보면 운정동 주민들이 너무한 것 아니냐는 소리가 나올 만하다. 그러나 운정동 주민들도 그럴 만한 속사정이 있었다. 광주시에서 운정동에 화장장을 설치하지 않겠다고 약속했지만 지키지 않았기 때문이다. 광주시는 본래 운정동에 쓰레기매립장이 아닌 화장장을 설치하기로 계획을 세웠고, 그 내용을 주민들과 합의했다. 그러나 시는 약속을 어기고 화장장 대신 쓰레기매립장을 설치했고, 위생적으로 완벽한 최신 시설을 갖춘 현대적인 매립장을 만들겠다고 한 약속도 저버렸다.

운정동 매립장 일대는 쓰레기 악취로 5년 넘게 몸살을 앓았다. 그런 상황을 애써 감수하고 있던 운정동 주민들은 화장장 시설이 다시 그곳에 설치된다는 사실에 분노를 금치 못했다. 그동안 너무나 많은 손해와 희생을 감수하고 있던 주민들이 최후의 방어적 수단으로 쓰레기매립장 진입로 봉쇄라는 집단 행동을 하고 나선 것이다.

화장장 예정 부지는 지도로 보면 행정구역은 운정동이지만 사실은 내 고향 마을인 효령동 거주지가 더 가까웠다. 특히 마을 끄트머리에 있는 우리 집은 더욱 가까웠다.

어느 토요일, 고향마을에 갔다가 과격한 시위 현장을 목격하게 되었다. 동료 직원들과 시골집에서 점심을 먹고 운정동 쓰레기매립장 쪽으로 돌아가려던 중이었다. 시위대에 의해 길이 차단되어 이러지도 저러지도 못하는 상황에서 광주시 쓰레기 처리 업무를 담당하는 위생과장이 시위대들에게 맞아 팔뚝에 피를 흘리고 있는 모습을 보았다.

그때 문득 광주비엔날레재단에서 근무할 때의 경험이 떠올랐다.

대만의 원로작가 관집중 화백이 비엔날레 기간 중에 사망했다. 당시 나는 비엔날레 의전부장으로서 관집중 화백의 장례를 맡아 일곡동 화장장에서 치렀는데, 화장장이 혐오스럽기는커녕 정말 깨끗하다는 사실에 놀랐다. 그리고 그 정갈함에서 숙연함을 느꼈다. 화장장은 단순히 사체를 처리하는 시설에 그치지 않고 산 자와 죽은 자가 교감하는 성스러운 공간이라는 생각까지 들었다.

관집중 화백은 장개석 총통의 최측근으로, 대만의 부총통까지 지낸 인사였다. 훗날 관집중 화백의 부인이 인터넷을 통해 내게 감사의 표시를 해왔다. 나는 그때 처음으로 인터넷의 존재를 실감했다.

그 후 비엔날레 홍보를 위해 동남아와 홍콩, 일본을 여행할 기회가 있었다. 그곳에서 나는 상당수의 화장장이 시내 한복판에 있고, 공원묘지는 노인들의 휴식장소나 젊은이들의 데이트 장소로도 활용되고 있는 모습을 보았다. 화장장과 공원묘지도 깨끗하게 관리된다면 좋은 수익시설이 되겠다는 생각을 했다.

화장장과 쓰레기매립장 문제로 광주시가 몸살을 앓고 있던 어느 날, 고향집을 찾았다. 그날 아버지는 오늘날 영락공원 부지인 집 앞의 정적골에 쓰레기재활용 처리장이 설치될 예정이라고 알려주었다. 당시 우치동의 일부 주민들이 앞장서서 북구청과 함께 쓰레기 자원화시설을 현재의 영락공원 부지에 설치하기 위해 마을 설명회를 가졌던 것이다.

말이 자원화시설이지 사실은 쓰레기재활용 처리시설인 셈이다. 자원화

반대 마을 주민들이 '뼛가루가 뒤덮인 농작물을 누가 사가겠는가' 하며 반대하고 있다.

되지 못하는 쓰레기는 주변에 매립을 하고, 일부는 자원화한다는 게 골자였다. 주민들은 그 시설이 얼마나 유해한가를 잘 알지 못했다. 나는 그런 시설이 우리 고장에 들어서는 데 반대했다. 그보다는 화장장과 공원묘지를 한꺼번에 유치하고, 그와 관련된 수익시설을 주민들이 운영하는 것이 훨씬 더 유익할 것이라고 생각했다.

그렇게만 되면 광주시 또한 행정·재정적으로 큰 이익을 얻게 된다. 두 번에 걸쳐서 진행해야 할 토지 보상을 한 번에 해결할 수 있고, 진입로와 주민숙원사업 등도 한 번만 들어주면 되므로 당시 무려 1,000억 원 이상의 막대한 이익을 얻을 수 있다는 계산이 나왔다. 주민들은 화장장과 공원묘지에서 벌어들이는 수익금으로 어렵지 않게 생활할 수 있어 누이 좋고 매부 좋은 일이라는 판단이 들었다.

그러나 나의 계획은 의도와는 달리 엄청난 반대에 부딪혔다. 용전마을을 중심으로 결성된 반대투쟁위원회는 날이 갈수록 더 거세졌다. 평생을 함께 오순도순 살던 고향 사람들이 찬성과 반대로 나뉘어 격렬하게 대립했다.

공무원이 유치추진위원장을 맡다

효령동 주민들과 반대 마을 주민들은 이웃이자 삶의 터전이 같은 친구들이었다. 대부분 초등학교·중학교 선후배 사이였다. 이 때문에 효령동 주민들은 반대 마을 주민들의 싫은 소리를 들으려 하지 않았다. 누구 하나 나서는 사람이 없었다. 하는 수 없이 내가 공무원 신분으로 '화장장·공원묘지 유치추진위원장'을 맡게 되었다.

나는 화장장과 공원묘지가 님비 시설이 아니라 불황을 타지 않는 수익시설이라는 확신을 가지고 주민들을 한 사람, 한 사람 직접 만나 설득해 나갔지만 쉽지 않았다. 마침내 80퍼센트 이상 주민의 찬성을 얻어 두 시설을 한곳에 설치하는, 동시 유치를 성사시키기에 이르렀다.

이제 남은 일은 화장장과 공원묘지가 혐오시설이 되지 않도록 하는 것이었다. 적당한 방안을 찾기 위해 현재의 영락공원 부지를 둘러보던 중 반대 주민들에게 붙잡히고 말았다. 마을 앞 저수지에서 농성 중이었던 반대 마을 주민들은 나를 보자마자 분노에 차서 우르르 달려들었다. 그리고 다짜고짜 두들겨 팼다. 심한 구타로 얼굴을 무려 열여섯 바늘이나 꿰맸고, 온몸을 두들겨 맞아 1주일 이상 입원치료를 해야 했다.

퇴원 후 오랜만에 시골집에 갔더니 어머니가 무슨 일로 이마에 붕대를

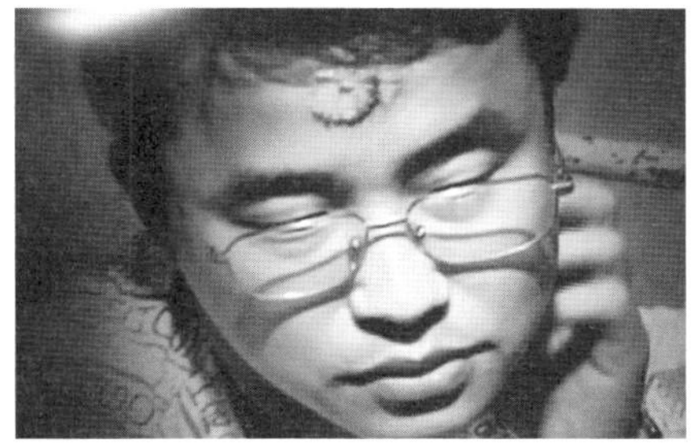

화장장·공원묘지 유치 기자회견 장면.(위)
반대 주민들에게 온몸을 폭행당한 모습.(아래)

붙였느냐고 물었다. 사실대로 말하지 못하고 등산하다 발을 헛디뎌 상처를 입었다고 둘러대었다.

"큰애야 이제 일이 잘 풀릴랑갑다. 얼마 전에는 저수지에서 지들끼리 막 싸우드라!"

우리 집은 저수지에서 불과 200~300미터밖에 떨어져 있지 않다. 저수지 둑에서 내가 맞는 모습을 보고 반대 주민들끼리 싸우는 것으로 오해했던 것이다. 한참이 지난 뒤 작은어머니로부터 그때 두들겨 맞은 사람이 자신의 아들이었다는 것을 뒤늦게 알게 된 어머니는 대성통곡을 하였다고 한다. "아들이 맞는 것도 모르고 좋아했다"라며 폭풍눈물을 쏟으셨다는 말을 전해 듣고 나 역시 가슴이 찢어졌다.

나는 얼굴에 상처를 입고 온몸을 구타당한 것은 물론, '고향 팔아 출세한 놈'이라는 등 말로 형용할 수 없는 비난과 수모를 겪었다. 그러나 무엇보다도 가슴이 아팠던 것은 어머니가 겪어야 했던 고통이었다. 마을에서 자식에 대한 비난을 고스란히 전해 들으며 힘든 시간을 보냈을 어머니의 심정을 헤아리면 지금도 마음이 아프다.

고향 마을에서의 아픔이 있었지만, 어쨌든 광주시는 북구 운정동과 광산구 본량면 주민들과의 갈등이라는 두 가지 난제를 일거에 해결하는 쾌거를 거뒀다. 나의 노력으로 커다란 행정력 낭비를 막을 수 있었으니 정말 뜻깊은 일이었다.

어떻게 그 같은 일을 해냈을까 돌이켜보면 결코 나 혼자의 힘이 아니었다. 주변의 적극적인 도움이 없었다면 불가능했다. 도저히 혼자서는 할 수 없었던 일을 해낼 수 있도록 해준 그들에게 뒤늦게나마 감사의 뜻을 전한다. 주민들과의 갈등 과정에서 많은 도움을 주었고, 나를 대신해 힘든 일을 도맡아준 전진현, 전준명, 범열호 선배를 비롯한 광주시청 선후배들과 고향 친구 노홍기에게 감사드린다. 또 계획 단계에서부터 마무리까지 줄곧 내 곁을 지켜주었던 박종문 선배에게도 진심으로 감사드린다.

사실, 쉽지 않았다. 때론 도망가고 싶은 적도 있었다. 그러면서도 어떻게 그런 용기를 냈을까, 지금도 가끔 나 자신이 대견하다. 당시 광주방송에서 추진과정을 한 시간짜리 다큐멘터리로 제작하여 창사특집극으로 방영했다. 공로를 인정받은 나는 1계급 특별승진과 함께 대통령 표창을 받았다.

효령동은 지방자치의 표본

수없이 많은 질문을 받았다. 대부분은 "어떻게 혐오시설을 유치할 수 있었는가" 하는 것이었다.

나의 답변은 세 가지로 요약된다.

첫째, '공원묘지와 화장장은 혐오시설이 아니다.'

우리 역사를 돌아보면 어떤 시대에도 묘지는 신성한 곳으로 여겨져 왔다. 통일신라시대와 고려시대에는 화장이 주류를 이뤘다. 우리나라뿐 아니다. 다른 여러 나라에서는 대부분의 묘지와 화장장이 도시나 마을 중앙에 위치해 있는 것은 물론 관광지와 휴식처로 사랑받는다. 5·18묘지와 국립묘지를 혐오시설로 여기지 않듯이 장묘시설은 어떻게 가꾸느냐에 따라 혐오시설이 아니라 오히려 주민들의 사랑을 받는 공간으로 거듭날 수 있다.

둘째, '조상 묘지를 잘 쓰면 복을 받는다는 미신 때문에 금수강산을 누더기로 만드는 장묘문화는 바뀌어야 한다.'

처칠과 간디 그리고 미테랑의 묘지는 겨우 1평 내외의 크기에 불과하다. 그리고 그들의 묘지는 고향마을이나 공원에 있다. 등소평과 주은래는 화장을 해서 중국 전역에 뿌려졌다. 매장이 아닌 화장을 주도한 제2, 제3의 효령동만이 국토의 묘지화를 막을 수 있다. 최근 10여 년 사이에 우리나라의 장례문화도 많이 바뀌었다. 매장문화에서 화장문화로 급속히 바뀌고 있는 현실이 매우 다행스럽다.

오스트리아 빈에 있는 음악가들의 무덤. 최고의 관광지로 각광받고 있다.

셋째, '비선호시설을 유치한 주민들에게는 많은 혜택이 주어져야 한다.'

LA 근교에 있는 공원묘지.(위) 납골당.(아래)

혐오시설로 분류되는 사업을 추진할 때는 계획 단계에서부터 주민이 직접 참여하도록 해야 한다. 그래서 유치로 인해 주민이 얻을 이익은 무엇이며 피해는 어느 정도일지 정확히 파악하고, 주체적 판단을 하도록 해야 한다. 또한 발 더 나아가 진행과 운영 또한 주민의 철저한 감시와 참여하에 이뤄져야 한다.

효령동 주민들은 나를 믿고 이런 주체적인 선택을 통해 향후 어떠한 혜택이 주어질 것인가를 잘 알고 있었다. 이 때문에 효령동 주민들은 두 시설을 한곳에 유치하는 것을 거리낌 없이 수용했고,

사업의 결정과 원활한 추진이 가능했다.

이익은 주민에게만 있는 것이 아니었다. 광주시 또한 막대한 이익을 얻었다. 전국 최초로 비선호시설을 자발적으로 유치한 효령동 주민의 현명한 선택은 지방자치의 표본이 되기에 충분했다.

나에게 등을 돌린 고향사람들

송언종 시장이 재선에서 패배하고 고재유 시장이 새로 광주시장으로 취임했다. 이에 따라 효령동과 연관된 모든 약속이 원점으로 돌아갔다. 당시 부시장과 기획관리실장, 환경국장 등 화장장·공원묘지와 관련하여 책임 있는 자리에 있던 이들이 모두 바뀌었다. 그들은 광주시와 효령동 주민 사이의 일을 잘 알지도 못했을 뿐 아니라 약속을 지켜주겠다는 확답도 없었다.

그 약속의 최전선에 있었던 나는 안절부절못했다. 동료 직원들은 걱정은커녕 여기저기서 비아냥거리기 일쑤였다. 가족을 제외하고는 이해하거나 응원해주는 이가 아무도 없었다. 아무리 설명을 해도 그 누구도 들어주려 하지 않았다.

효령동 주민들도 흔들리기 시작했다. 다들 나에게 손가락질을 했다. 의논할 대상조차 없이 답답하기 이를 데 없었다. 그렇다고 그냥 그대로 있을 수는 없는 노릇이었다. 공무원이기 이전에 지역주민 대표로서 광주시와 정면으로 부딪히기로 마음먹고 고충민원을 제기했다. 만일 받아들여지지 않으면 광주시를 상대로 소송도 불사하겠다는 각오를 다졌다.

그 무렵의 어느 날, KBC광주방송 오경환 차장, 정해봉 촬영감독과 저녁

1997년 10월23일 목요일 무등일보

"참을 수 없는 광주시의 무책임"

우치동 효령마을
화장장 유치 희망 때
시 "자치시대 표본"
전폭 지원 약속 불구
주민 요구사항마다
난색·불가능 되풀이

「뭔가 속은 기분을 떨쳐버릴 수 없습니다. 최대한 지원을 약속해놓고 언제 그랬냐는 식이 아닙니까.」

22일 오전 가을걷이가 한창인 북구 우치동 효령마을. 논일에 바쁜 주민들은 지난 1월 15일 화장장과 공원묘지를 마을 뒷산 20만평에 조성해도 좋다는 유치 희망서를 광주시에 내놓았던 때를 곱씹어보고 있다.

7년째 표류하고 있는 화장장 문제로 고심하고 있던 광주시는 당시 기자회견까지 자청, 자치시대의 표본이라는 칭송과 함께 전폭적인 지원을 약속했지만 어느 것 하나 제대로 해결된 것이 없기 때문이다.

마을 숙원으로 862번(구 7번) 시내버스를 마을 앞까지 연장해달라고 건의했지만 운행 차량의 절반만 들어오고 있다. 마을의 주요 교통편인 292번(구 26번) 버스를 증편해달라는 요구는 종무소식. 아직도 30~40분마다 한 대 꼴로 운행된다.

효령마을 주민들은 시가 지원해주겠다고 내놓은 20억원 중 3분의 2를 인근 다른 마을에 지원해달라고 양보하면서 마을 몫 6억6천만여원으로 공동 토지를 구입할 계획이었다. 그런데 시는 관련법상 곤란하다며 난색을 표했고 주택개량사업으로 쓰겠다는 방안을 제시하자 이번에는 개인 지원은 불가능하다는 입장으로 돌아섰다.

화장장 진입로 개설을 위한 편입토지 보상은 그린벨트 지역이라 땅값이 높지않다는 사실은 알지만 최대한 보상해주겠다는 약속을 떠올리면 못내 서운하다.

「화장장 유치를 희망해놓고 마치 지원이나 바라는 것처럼 느껴질까봐 조용히 참고 있습니다. 그렇지만 주민설명회 등을 통해 지금까지 경과를 소상히 알려주는 최소한의 성의는 보일 수 있는 것 아닙니까.」

익명을 요구한 한 40대 주민은 「반짝했던 관심이 냉대로 변했다」며 지난 10개월간 시의 협의 태도를 꼬집었다.

이에 대해 시 관계자는 「지원 문제는 마을 주민들의 이해가 엇갈려 민감하기 때문에 공개할 수 없다」며 언급을 회피했다. /김기성기자

을 함께했다. 화장장과 공원묘지 유치 기자회견부터 100일 간에 걸친 추진과정을 한 시간짜리 다큐로 제작하여 방송국 창사 특집으로 방영했던 이들이다. 그날 우리는 다큐멘터리 출연료로 받은 33만 원으로 밤늦게까지 술을 마셨다. 술김에 그동안 품고 있었던 광주시에 대한 섭섭함과 광주시의 부당성에 대해 신랄하게 비난했다. 그런데 다음 날 아침, 부시장실에서 빨리 들어오라는 호출이 왔다. 아침 뉴스에 전날 저녁 내가 했던 말들이 그대로 방영되었고, 시장과 부시장이 크게 노했다는 것이다.

나는 부시장실로 가지 않고 서울로 올라가 행자부 김완기 공보관을 찾아갔다. 유치 당시 기획관리실장이었던 김 공보관은 고재유 시장의 취임 이후 서울로 올라갔고, 노무현 정부에서 인사수석을 하신 분이다.

김 공보관에게 그동안의 일을 설명했고, 공보관은 곧바로 부시장에게 전화를 넣었다. 김 공보관 덕분에 화를 면했을 뿐만 아니라 전화위복의 계기도 되었다. 이후 간부들이 효령동 화장장과 공원묘지에 다시 관심을 갖게 되었고, 중단되었던 이전의 계획들도 원래대로 추진되었다. 결과적으로 보면 일이 잘 풀렸지

만, 나는 그 사건 뒤부터 기자들과 만날 때 말조심을 하는 버릇이 생겼다.

광주시 화장률이 2017년에 85퍼센트를 넘었다. 매년 3~4퍼센트씩 늘고 있어 서울이나 부산처럼 90퍼센트를 넘을 날도 머지않았다. 광주시민의 죽은 후 안식처를 내가 만들었다는 데 자부심을 갖고 있다.

님비인가 핌피인가

우리가 흔히 쓰는 님비(NIMBY)란 말은 'Not in My Backyard' 즉 '나의 뒤뜰에는 안 된다'는 말의 줄임말이다. 그 대상은 주로 화장장이나 공원묘지, 쓰레기매립장 등 비선호시설이다. 교도소, 마약중독자 또는 AIDS환자 수용시설도 '님비시설'로 꼽힌다. 국가나 지방자치단체는 이러한 시설을 어딘가에 반드시 세워야 한다. 때문에 이를 반대하는 주민들과는 갈등이 빚어질 수밖에 없다.

님비의 반대말인 핌피(PIMFY)는 'Please in My Front Yard'(좋은 시설은 내 앞뜰에)의 줄임말이다. 공원이나 체육시설, 병원 등 이익이 되는 시설이나 도로, 철도 등 지역발전이 기대되는 시설은 핌피시설이다. 반면에 고속도로나 병원이 들어서면서 소음이나 교통문제 등으로 이익보다는 손해를 보는 주민들의 입장에서 보면 핌피시설이 곧 님비시설이 된다.

1997년 1월 16일 전남일보에는 '님비시대에서 新 핌피시대로'라는 기사가 실렸다. 기사 요지는 이렇다.

"효령동 주민들이 님비시설인 화장장과 공원묘지를 자발적으로 유치함으로써 신 핌피(New PIMFY)시대가 열렸다. 의식을 전환하면 혐오시설도 핌피시설이 될 수 있다는 것을 보여준 것이 바로 효령동 사례의 의

미다."

당시 송언종 광주시장도 효령동 주민들을 치하하면서 이렇게 강조했다.

"혐오시설이라면 무조건 반대해온 주민의식을 바꾸게 하는 모범사례로서, 앞으로 이 지역의 지방자치 발전에 크게 기여하게 될 것이다."

전남일보 '97. 1. 16

光州효령동주민「화장장유치」희망

「님비」시대서「新핌피」시대로

지역 현안 주민 앞장…自治발전 "계기"

이제 세월이 흘러 실제로 님비시설과 핌피시설의 개념이 모호해졌다. 주요 도로와 철도 등의 사회기반 시설이나 행정기관 이전, 지역 내 고용효과가 큰 대규모 공장 유치 등을 놓고 지역 간 경쟁이 치열한 것은 물론 때로는 님비시설도 지역발전을 위해 유치 경쟁에 나서곤 한다. 핵폐기물처리장 유치를 위해 경주와 영덕, 포항, 군산이 신청을 했고, 주민 찬성율이 89.5퍼센트로 가장 높은 경주시에 설치되었다.

정부가 195억 원의 막대한 예산을 투입하고도 부안 군민들의 저항에 부딪혀 설치하지 못한 이유는 주민들의 의사를 묻지 않고 추진했기 때문이다. 주민은 계몽이나 가르침의 대상이 아니다. 주인이다. 주인이 모든 것을 결정하는 것은 당연하다.

핵폐기물 처리장 설치를 반대했던 많은 부안 주민들은 지금은 크게 후회하고 있다. 경주에 수천억 원이 지원되었고, 핵폐기물이 들어올 때마다 계속 지원을 받고 있기 때문이다.

‘묘지공원 꽃단지 조성방안’으로 대통령상을 받다

아이디어 2 공원묘지를 재활용하여 공원으로 만들고 산림과 농토를 복원한다.

나는 2010년 행정자치부 주관 ‘국정현안과제 공모전’에서 ‘묘지공원 꽃단지 조성방안’으로 대통령상을 받았다. 내 아이디어는 광주시에서 1등으로 뽑힌 다음 행정자치부에서 전문가의 검토와 프레젠테이션 등 어려운 선발 과정을 거쳤다. 공무원이 이 공모전에서 국무총리상 이상을 받으면 1계급 특진할 수 있는 기회가 주어진다. 따라서 이 대통령상은 공무원들에게 주어지는 최고의 상이다. 전국의 모든 공무원과 공사·공단 임직원 등 100만여 명을 대상으로 실시한 공모전에서 대통령상을 받는다는 것은 하늘의 별따기만큼이나 어려운 일이다.

이 아이디어는 사실 20년 전에 제안한 것이다. 그 당시엔 너무 황당한 아이디어 취급을 받아 주목을 전혀 받지 못했었다.

오래된 공원묘지는 대부분 볼록한 형태의 봉분들이 밀집되어 있고, 만장이 된 이후에는 후손들이 방치하기 일쑤라 혐오시설로 남는 경우가 많다. 당시 내가 제안했던 내용은 매장 봉분묘 1기를 봉분이 보이지 않는 10기 이상의 납골 자연장으로 바꾸는 것이다. 그러면 5분의 4 이상의 여유 공간이 나오는데, 그렇게 만들어진 공간에 철쭉과 국화, 장미 등을 심어 쓸쓸하고 우울한 공원묘지를 화려한 꽃단지로 바꾼다는 것이다.

이름이 '공원묘지'일 뿐 분묘는 전혀 보이지 않는다. 철쭉, 국화, 장미 등 수십만 평의 꽃단지가 사방팔방 펼쳐지면서 시각적인 아름다움을 선사한다. 뿐만 아니라 산과 들에 흩어져 있는 조상 묘지들이 공원묘지 안에 있는 가족묘지에 들어옴으로써 국토의 묘지화를 방지할 수 있다. 삼림과 밭이 복원될 뿐 아니라, 정부와 지방자치단체는 더 이상 공원묘지와 납골당을 추가로 만들 필요가 없어진다. 막대한 장묘시설 설치 예산을 절약할 수 있어 일석이조, 일석삼조의 효과를 거둘 수 있다.

자연장으로 바꾸었을 때의 묘지 형태다.
사과의 크기와 비교하면, 지금의 망월동 분묘 1개는 20개 이상의 자연장으로 바꿀 수 있다.

무등일보 2010년 12월 09일 (목) 18면 인물

광주시 이연 과장 대통령 표창 수상

'묘지공원 꽃단지 조성방안' 중앙 우수제안 선정

광주시 이연(50) 체육지원과장이 행정안전부가 주관한 2010년도 우수제안 심사에서 대통령표창을 수상한다.

이연 과장이 제안한 '묘지공원 꽃단지 조성방안'은 혐오시설로 인식되고 만장이 되어 방치되고 있는 공원묘지를 기존 공원묘지의 1/10 규모인 평장(平葬)의 가족 납골묘나 자연장으로 전환하자는 것이다.

특히 이때 생기는 여유 공간에 꽃과 나무를 심어 관광자원으로 활용하자는 내용이다.

이연 과장은 "10여년 전만해도 매장이 주류를 이뤘지만 지금은 전국의 화장률이 65%가 넘는 등 화장이 대세를 이루고 있다"며 "망월동 묘지의 경우 묘지 소유자에게 가족 자연장을 만들어 주고 여유면적에 철쭉을 심으면, 분묘는 전혀 보이지 않고 20만평의 넓은 꽃단지가 조성되어 매년 5·18 행사와 연계하여 철쭉축제를 개최할 수 있다"고 말했다. 박석호기자

광주시에 의해 채택된 내 아이디어는 2016년부터 망월동 공원묘지에서 시행에 들어갔다. 대통령상 수상 아이디어이므로 망월동 시범사업에 이어 전국 지방자치단체로 확대되고, 정부 차원에서도 새로운 제도로 장려하게 될 것이다. 나의 아이디어로 대한민국 장묘문화가 바뀌고 있다.

쓰레기매립장으로 부자마을 만들기

아이디어 3 쓰레기차가 매립장에 들어갈 때마다 주민들이 돈을 받는다.

광주시는 골치 아팠던 화장장과 공원묘지 조성 문제가 해결되자마자 나에게 쓰레기매립장 조성 업무를 맡겼다. 쓰레기매립장은 화장장이나 공원묘지와는 또 다른 문제를 안고 있다. 화장장과 공원묘지는 인체에 직접적인 피해를 주지 않는 '정신적인' 비선호시설이지만, 쓰레기매립장은 당장 주민들에게 손해를 입히기 때문에 문제를 풀어가는 데 적잖은 어려움이 따른다.

주민들이 자신의 거주지역에 혐오시설이 들어서는 것을 반대하는 것은 당연하다. 따라서 쓰레기를 버림으로써 혜택을 누리는 광주시민이 쓰레기매립장 설치로 피해를 당하는 주민들에게 충분한 보상을 해주는 것이 해결책이다.

내 아이디어는 간단하다. 쓰레기 차량이 매립장에 들어오면, 지역 주민들은 들어온 쓰레기 분량만큼 일정액의 보상을 받게 하자는 것이다. 그리고 쓰레기를 버릴 때마다 광주시민은 지금보다 조금 더 부담하면 된다. 예를 들어 지금까지 쓰레기 수수료를 500원을 냈다면 앞으로 510원이나 520원을 납부함으로써 해결이 가능하다.

언젠가 매립장이 쓰레기로 가득 차는 날이 올 것이다. (대략 50년 정도로 추산된다.) 그러면 그곳에 체육시설이나 공원 등의 선호시설을 조성한다. 쓰레기매립장이 공원으로 조성되면 이사를 갔던 옛 주민들이 다시 고향에 돌아와 살 수 있는 분위기가 만들어진다.

광주시보

"쓰레기 위생매립장 부지 구합니다"

광주시, 지역에 2백60억원 지원조건

광주시보에 실린 쓰레기매립장 공모 공고문.(위)
조성된 쓰레기매립장 모습.(아래)

당시 송언종 시장은 고개를 갸우뚱했다.

"효령동은 당신의 고향이니까 주민들이 당신을 믿고 화장장과 공원묘지 건설에 찬성했지만, 쓰레기매립장 시설은 그보다 더한 혐오시설이잖소. 이를 받아들이고 찬성하는 마을이 있겠소?"

누구도 나의 아이디어에 손을 들어주지 않았다. 그러나 막상 공모를 해본 결과 5개 마을이 신청했다. 그리고 광주시 양과동 향등마을이 쓰레기매립장 시설 입지지역으로 선정되었다. 향등마을은 송언종 시장에 이어 당선된 고재유 시장의 고향마을이기도 하다.

광주시는 나의 아이디어를 토대로 별다른 문제없이 50년 이상 사용할 수 있는 쓰레기매립장을 확보했다. 이는 전국 최초로 님비시설을 주민 공모로 해결한 사례이자, 혐오시설을 설치할 때마다 제기되는 크나큰 행정·재정적 손실을 막은 빛나는 사례였다.

이렇게 해서 당시 광주시의 가장 큰 골칫거리였던 화장장과 공원묘지, 쓰레기매립장 등 현안사업들이 나의 아이디어와 노력으로 불과 몇 년 사이에 모두 해결됐다.

소각장은 어디로 가야 했나?

광주시의 4개 현안사업 중 3개가 순조롭게 해결되었다. 이제 남은 문제는 소각장 신축이었다. 당시 나는 서울 KOTRA에 파견 근무를 하고 있었는데, 광주시는 소각장을 상무지구에 지었다. 그런데 포항공대가 소각장에서 다이옥신이 나온다고 발표하자 주민들이 강력하게 소각장 가동 중단을 주장하고 나서면서 광주시는 곤란한 처지에 놓였다. 잘못된 결정에 대해 주민들은 분노했고 시는 막대한 예산을 낭비하게 되었으며 행정은 심한 몸살을 앓았다.

공원묘지 안에 화장장이 들어갔듯이 소각장은 당연히 쓰레기매립장 안에 설치되었어야 했다. 소각장은 쓰레기를 불에 태우기 때문에 냄새가 나지 않고, 주민들은 더 많은 돈을 벌 수 있었다. 또 거기서 나오는 소각열을 난방 등에 이용하도록 했다면 주민들도 크게 환영했을 것이다. 시 입장에서도 소각장을 지을 토지 비용을 따로 부담하지 않아도 되므로 재정적으로 큰 이익이 될 수 있었다.

하지만 광주시는 소각장을 땅값이 가장 비싼 상무지구에 설립함으로써 많은 예산을 낭비했다. 주민들의 거센 저항 때문에 시는 소각장을 폐쇄해야 했고, 그에 따른 행정적·재정적 손실을 감수할 수밖에 없게 되었다.

南道日報 2011년 10월 07일 (금) 11면 사설/칼럼

社 說

광주시, 혈세 낭비 간부공무원 문책해야

광주광역시가 과거에 추진한 일부 사업의 경우 예산을 낭비한 경우가 많은데도 이에 대한 문책 등 사후관리를 전혀 하지 않고 있다. 또 주요사업을 추진하면서 민간사업자들에 대한 관리 감독을 철저히 실시하지 않아 거액의 적자보전금을 지원한 것으로 나타났다. 이에 따라 당시 책임 있는 자리에 근무했던 해당 공무원들에 대한 실명공개와 문책이 이뤄져야 한다는 지적이다.

광주시는 민선 4기인 지난 2007년부터 71억3천150만원의 사업비를 들여 시내 103곳에 꽃 잔디를 조성했으나 지금은 대부분 고사된 상태다. 시민의 혈세를 낭비한 대표적인 경우이나 이에 대한 문책이 이뤄지지 않고 있다. 시는 관련 공무원들이 정년을 앞두고 있거나 해당 부서를 떠나 책임을 묻기가 힘들다는 입장이다.

또 전임시장의 지시에 의한 것인 만큼 부하직원들이 전적으로 책임을 진다는 것은 곤란한 것 아니냐는 반응이다. 그러나 사후관리를 소홀히 해 막대한 사업비가 들어간 꽃 잔디가 불과 4년 만에 애물단지로 전락한 것에 대한 책임소재는 분명히 가려야 할 것으로 보인다. 예산이 낭비됐는데도 그 누구도 책임을 지지 않는 것은 크게 잘못된 일이다.

시가 제2순환도로 1구간 운영과 관련해 지난 2002년부터 민간 사업자에게 지원해준 1천8억원도 예산낭비 사례다. 시는 사업추진 당시 민간 사업자에게 이익을 보장해준다는 계약을 맺었다. 사업자 측은 이를 악용해 자본금 축소 등을 통해 적자규모를 크게 늘려 시로부터 적자보전금을 지원받아왔다.

민선 5기 들어 시는 면밀한 조사를 통해 이 같은 사실을 밝혀내고 사업자 측에 원상회복 명령을 내렸다. 제2순환도로 1구간을 건설한 사업자 측은 지난 2003년과 2004년 자본금 축소 등을 통해 주주이익을 극대화시킨 반면 적자폭을 늘렸다. 시가 적극적으로 이 같은 계약위반 내용을 찾아냈더라면 해마다 200억 원에 달한 적자보전액을 크게 줄일 수 있었을 것으로 보인다.

시는 책임행정을 실천하고 예산절감의 의지를 시민들 앞에 천명한다는 점에서 예산낭비의 원인과 향후 개선대책을 밝히고 책임자들을 문책하는 것이 마땅하다. 예산을 절약한 공무원들에게는 상을 주고, 예산을 낭비한 공무원들에게는 징계를 가하는 신상필벌의 원칙은 절대적으로 지켜져야 한다. 수십억, 수백억원의 혈세가 낭비됐음에도 그 누구도 책임지지 않는 무책임한 일이 벌어져서는 안된다.

14.0 X 19.0 cm

광주시는 하는 수 없이 남구 양과동에 쓰레기 고체연료화시설을 새로 지어야 했다.

공무원의 잘못된 판단으로 엄청난 행정적 낭비는 물론 1,000억 원 이상의 예산이 공중으로 사라져버렸다. 언론에서는 그 당시 정책결정을 했던 책임자들을 문책해야 한다고 했지만, 그들은 모두 퇴직하여 시청에 남아 있지 않다.

풍수지리로 본 효령동

이 연

예부터 우리 조상들은 그 지역과 마을이 가진 고유의 특성을 두루두루 살펴 이름을 짓곤 했다. 그 지역에 어떤 기능이 있는지를 이미 정확히 꿰뚫어보았던 것이다. 그래서 때때로 마을의 지명과 오늘날의 쓰임새가 상호 연결돼 있음을 보고 놀라곤 한다. 지명이 가진 뜻대로 그 지역이 특정 역할을 하거나 거기에 걸맞은 특정시설이 들어서 있기 때문이다. 광주에도 그런 곳이 많다.

내 고향 효령동(孝嶺洞)은 예전에 광산군 지산면 효령리였다가 광주시로 편입되면서 효령동이 되었다. 지산면은 현재의 첨단지역 일부와 양산동, 건국동이 포함된다. 첨단지역과 양산동, 건국동 일부는 이미 도시화가 되었고, 효령동과 용전동, 태령동, 생룡동은 그린벨트로 묶여 아직은 농촌 지역이다.

효령동은 '학(황새)이 알을 품는 형상(鶴抱卵形)'을 하고 있다. 그래서 풍수지리학적으로 마을 뒷산에는 묘비를 쓰지 않아야 한다고 알려져 있다. 학(鶴)의 머리에 돌이 얹어지면 날 수가 없기 때문이다. 언젠가 아버지로부터 들었던 이야기다.

영락공원의 입구에 위치한 학동(鶴洞)은 풍수지리에 따라 붙여진 이름

효령동 화장장 터는 '명당'

"학이 알 품는 지세" 주민 이구동성

좋은자리에 자발적 유치 '더욱 빛나'

'학이 알을 품는 형국이어서 명당자리'(학포란지·鶴胞卵地).

광주시가 이달중으로 설계에 들어갈 것으로 보이는 북구 효령동 공원묘지 20만평의 부지가 명당이라는 얘기가 나오고 있다. 묘지 입구 마을이 예로부터 학동으로 불려 학동제 뒤편의 새 공원묘지는 명당자리라는 것이 주민들의 설명이다. 마을 입구에선 묘지가 전혀 보이지 않는 점이 공원묘지로선 적격이라는 것이 관계자들의 부연이다. 이 마을 사람들은 지난 1월 스스로 화장장을 이곳에 유치하겠다고 나서 신선한 충격을 준 바 있다.

시는 이 터를 공원묘지로 조성하는 사업을 곧 본격화한다. 시는 우선 지난주 학동 마을에서 공원 묘지에 이르는 진입로 도로개설 공사에 착수했다. 이어 공원묘지 설계를 마치고 오는 10월 화장장 실시설계를 완료하고 도시계획 시설 결정도 마칠 예정이다. 화장장 공사가 착공되는 것은 올 11월 말께로 보고 있다. 시민들은 내년 12월께면 화장한 시신을 1만5천기까지 봉안가능한 납골당에 안치할 수 있을 것 같다.

안병룡 시보건환경국장은 "꼭 풍수지리학적인 근거가 아니더라도 주민들이 스스로 유치해 확보한 터이므로 명당 아니겠느냐"며 "시민을 위한 공익시설을 짓는 만큼 쾌적한 환경 확보에 최선을 다하겠다"고 밝혔다. 북구 망월동 시립공원묘지가 황토 일색인 것과 달리 묘지 예정지 곳곳의 녹지를 살려 공원기능까지 겸하게 하겠다는 구상이다. 또 장례관습이 많이 바뀌고 있는 것을 감안, 서울 등지처럼 평장을 하고 비석을 세우는 방안도 시민들과 논의하겠다고 말했다. 이 공원묘지를 조성하는 데는 총 268억원이 소요된다.

/ 정대하 기자

으로 내가 나고 자란 고향마을이다. 납골당 뒷산이 황새봉(鶴峰)이고 골짜기는 '정적골'이다. 정적(靜寂) 또는 적정(寂靜)은 '몹시 고요하다'라는 뜻을 지니고 있다. 정적이 감도는 전쟁터! 적과 대치하고 있는 일촉즉발의 전쟁터는 너무 고요한 나머지 사람의 숨소리, 풀벌레 소리마저 크게 들린다. 또 다른 의미로는 '번뇌를 떠난 해탈열반의 경지, 영혼이 편히 쉼, 석가모니가 열반한 곳'이라는 뜻을 갖고 있다. 어쩌면 영락공원은 풍수지리학적인 지명과도 딱 들어맞는지 모르겠다.

우리 마을 바로 뒤쪽 골짜기에는 효령노인복지타운이 들어섰다. 그 골짜기의 이름은 '내실골'이다. 내실(來室)은 청년이 고향을 떠나 살다가 노인이 되어 집으로 돌아온다는 뜻이다. 이곳에 바로 노인복지타운이 들어섰으니, 이곳 또한 옛 지명대로 현재의 쓰임이 이뤄지고 있는 셈이다.

'효(孝)의 고갯마을'이란 뜻을 가진 효령동(孝嶺洞)의 지명 또한 묘지와 밀접하게 연관되어 있다. 사실 전국적으로도 효(孝)라는 글자가 들어간 지명에 묘지가 많이 있다. 서울 효창원(孝昌園)의 원(園)은 왕의 가족 무덤을 일컫는다. 능(陵)은 왕의 무덤이고 묘(墓)는 귀족들의 무덤을 가리키는 말이다. 효창원은 일제강점기 민족말살정책에 따라 효창운동장으로 만들어졌다가 해방 이후 김구 선생과 안중근 의사, 이봉창 의사 등 우리의 애국지사들을 모시는 효창공원으로 바뀌었다. 전주에는 15만 평에 이르는 큰 공원묘지가 효자동(孝子洞)에 있고, 경북 군위군 효령면(孝令面)에서는 신라시대 공원묘지가 발견되었다.

풍수지리로 볼 때 효령동은 묘지와 관련이 있다.

02

기발한 아이디어로 탄생한 ‘기아챔피언스필드’

돔구장이냐 개방형 구장이냐

아이디어 4 종합운동장 일부를 남기고 야구장을 지으면 신축이 아니라 개보수다.

2009년 겨울, 당시 광주시는 야구장 신축 논란에 휩싸여 있었다. 쟁점은 신축 야구장을 돔으로 짓느냐, 개방형으로 짓느냐였다. 논란이 정점에 달할 무렵, 체육과장으로 발령을 받았다. 무등경기장은 1965년에 지어져 매우 낡았다. 지역사회로부터 새 야구장의 필요성이 줄기차게 제기되었고, 날이갈수록 건립을 요구하는 목소리는 자연히 거세졌다. 선수들의 잦은 부상도 문제였지만, 2015광주유니버시아드대회 경기 종목이기 때문에 반드시 야구장을 신축해야 했다.

광주시가 돔구장을 추진하자 광주 전체가 시끌시끌했다. 포스코건설이 남구 그린벨트 지역에 수만채의 택지를 개발하는 대신, 그 수익금으로 6,000억 원 규모의 돔구장을 지어주겠다고 약속한 것을 두고 '특혜'라며 시민단체의 반발이 거셌다.

나 역시 그 계획에 처음부터 부정적이었다. 돔구장은 광주에 적합하지 않다고 판단했기 때문이다. 돔구장을 건설하면 주변에 새로운 시가지가 조성되기 마련이다. 그러면 주택 보급률이 106퍼센트였던 광주의 도심 공동화는 더욱 심화될 수밖에 없고 단독주택과 낡은 아파트 가격은 폭락할 것이다.

우리는 '야구장건립시민추진위원회'를 구성하여 돔과 개방형 중 어느

구 야구장의 내부 모습.(위)
2010년에 찍은 무등경기장의 모습.(아래)

것이 더 적합한가를 놓고 여러 차례 검토작업을 거쳤고, TV 토론회도 가졌다. 그리고 최종 판단에 앞서 시민추진위원회 위원들과 함께 일본의 삿포로 돔구장과 히로시마 개방형 구장을 찾았다.

삿포로의 경우 겨울이 매우 길기 때문에 야구경기를 할 수 있는 날이 많지 않다. 따라서 돔구장도 야구 전용이 아니라 축구와 스키 등 다양한 스포츠를 함께 즐길 수 있도록 설계되어 있었다. 여기에 야구경기 1게임당 1억 5,000만 원 이상이 소요되는 등 운영비도 만만찮게 들어갔다. 역시, 돔구장은 우리 지역에 맞지 않다고 판단했다. 그리고 새로운 지역에 야구장을 지을 경우 토지보상과 진입로 개설 등 막대한 비용과 시간이 소요되어 U대회를 코앞에 둔 우리로서는 감당하기가 어려웠다.

일본 히로시마 개방형 구장.(위)
삿포로 돔구장.(아래)

우리는 곧바로 '개방형 야구장' 신축으로 방향을 잡고 건립을 서둘렀다.

300억 원짜리 기발한 아이디어

문제는 돈이었다. 야구장 신축에는 4,000억 원 이상의 막대한 예산이 들어간다. 광역시 중 재정자립도가 가장 낮은 광주시로서는 엄두가 나지 않는 규모였다. 그런데 뜻밖의 기회가 찾아왔다. 2010년 초, 국민체육진흥법과 스포츠산업진흥법이 개정되면서 새 야구장 건립을 위한 예산 확보에 물꼬가 트인 것이다.

개정된 법에 따르면 당시 6,000억 원이던 토토복권 수익금(2016년에는 1조 원이 넘었다)의 5퍼센트를 2010년부터 2014년까지 5년 동안 한시적으로 20년 이상 된 체육시설의 개보수에 쓸 수 있었다. 우리는 무등경기장 안에 있는 종합운동장을 헐고 새 야구장을 짓기로 했다. 그렇게 하면 부지 매입과 진입로 개설 등을 따로 하지 않아도 되는 이점이 있었다.

그해 여름, 김기홍 문화체육관광부(문체부) 체육국장 주재로 광주, 대구, 대전의 체육과장이 모였다. 모두 야구장을 새로 지어야 할 지자체들이었다. 신축을 검토하던 대구시와 대전시 체육과장은 신축에도 사용할 수 있도록 토토복권 수익금 사용에 관한 규정을 다시 개정하자고 주장했다. 그에 반해 나는 현재의 무등경기장 내 종합운동장의 일부인 성화대를 남겨놓고 짓겠다는 건립안을 냈다. 사실상 신축이지만 개보수의 형식을 갖춤으

야구장 왼쪽 끝에 성화대가 보인다.

기아챔피언스필드 외야석 뒤에 있는 옛날 성화대.

로써 여러 가지 난제를 한번에 해결하자는 제안인 셈이었다.

문체부는 규정을 다시 개정하자는 안에 대해 매우 난감해했다. 개정된 법을 한 번도 시행해보지 않은 채 다시 개정을 하자는 것이었기 때문이다. 그 대신 일부 시설을 남겨놓고 짓겠다는 나의 제안이 받아들여졌다. 덕분에 '개보수'로 인정받은 광주시만 300억 원의 국비를 받을 수 있었다.

광주의 제안에 손을 들어준 김기홍 문체부 체육국장에게 감사드린다. 그리고 그 아이디어를 내도록 도움을 준 장상근 선배와 박경우 후배에게도 함께 고마운 마음을 전한다. 장상근 선배는 당시 이렇게 말해주었다.

"꼭 조선시대, 고려시대 건축물만이 유물이 아니네. 오래된 야구장도 유물 아니겠나. 보존방법을 잘 연구해보게."

나는 그 말에서 '성화대 보존'의 아이디어를 이끌어냈다. 뒤이어 박경우 후배가 또 다른 제안을 했다.

"종합운동장을 쪼개서 지으면 개보수가 아닐까요?"

멋진 생각이다. 결국 성화대를 남겨두고 새로 지은 야구장은 신축이 아닌 개보수로 인정받아 국비 지원을 받을 수 있었다. 어떤 상황에서건 아이디어만 잘 내면, 예산을 확보하고 절감할 수 있다는 것을 보여준 사례였다.

KTX 안에서의 기적

문체부가 지원을 약속한 금액은 매년 100억 원씩 모두 300억 원이었다. 그러나 어느 순간 계획이 틀어졌다. 체육시설의 예산부담 원칙은 국가 3, 지방 7이다. 즉 국비 300억 원을 지원받기 위해서는 지방비 700억 원이 들어가는지 확인이 되어야 한다. 그리고 그 돈을 지자체가 먼저 확보해야 한다는 조건도 붙어 있었다. 게다가 야구장 건립비가 1,000억 원 이상이 되어야 300억 원 지원이 가능했다.

국비 지원이 확정되는 '토토복권 수익금 배분 심사위원회'가 열리기 전날 밤, 광주시에서는 설계비로 일부 자금만 지원할 것이라는 정보가 입수되었다. 설계도나 공사비 등과 관련한 근거가 없는 상태에서 예산이 얼마나 투입될지 불분명하기에 취한 조처였다.

그 소식을 접하자마자 지역 정치권과 U대회 관계자 등을 비롯해 광주시의 예산지원계획을 뒤집을 수 있는 인사들에게 연락을 취했다. 그러나 모두들 고개를 가로저으며 불가능하다는 말만 되풀이했다. 문체부에서 어느 정도 분배 기준을 정했기 때문에 이미 시간적으로 늦었다는 게 이유였다. 그렇지만 지푸라기라도 잡고 싶었다. 그 절박한 심정으로 위원회가 열리는 당일 아침 KTX 첫 열차를 탔다.

거기서 기적이 일어났다. KTX가 익산을 지날 무렵 새누리당 전 대표인 이정현 의원을 만난 것이다. 내가 탄 7호차 객실로 그가 걸어오고 있었다. 특실에 있다가 익산역에서 탑승한 아버지를 뵈러 이동하던 참이었다고 했다. 이 의원의 고향인 곡성 사람들은 서울을 가려면 KTX를 광주 송정역에서 타지 않고 전북 익산역에서 탄다. 마치 구세주를 만난 것 같았다. 나는 급한 사정을 이 의원에게 알렸고, 그는 곧바로 나를 데리고 객차 연결통로로 나가 문체부 체육과장, 체육국장, 차관과 차례로 통화를 했다. 그리고 열차가 용산역에 도착할 무렵 이 의원으로부터 기쁜 소식을 전해들을 수 있었다. 문체부가 최종적으로 300억 원의 지원을 검토하겠다는 내용이었다.

오후 3시경 위원회에서 자금 지원이 확정되자마자 나는 곧바로 시장 비서실에 예산확보 소식을 전했다. 공교롭게도 그날은 2010년 12월 31일이었다. 오후 4시에 열린 시청 종무식에서 강운태 시장은 전 직원에게 그 기쁜 소식을 알렸다. 서울에 있었던 나는 종무식에 참석한 직원들로부터 격려 박수를 받았다.

막막했던 예산지원을 해결해준 이정현 의원에게 감사드린다. 사실 이 에피소드는 그냥 묻힐 뻔했는데, 당시 중앙일보 이해석 기자의 칼럼과 이정현 의원의 자서전을 통해 세간에 널리 알려지게 됐다.

국회의원 일하게 만들기

지난해 12월 31일 오전 광주발 용산행 KTX, 광주광역시 체육지원과장은 문화체육관광부로 출장을 가고 있었다. 야구장 건설 때 지원받기로 한 복권사업 수익금이 깎이는 것을 막기 위해서다. 그러나 수익금 배분 심사위원회의장에 들어갈 수 없다고 막막해 했다. 마침 같은 열차에 탄 국회의

원을 발견한 그는 사정을 털어놓았다. 그 의원은 휴대전화를 들고 객차 연결통로로 나갔다. 그리고 문화부 체육국장과 차관 등에게 전화해 "원래대로 100억 원을 간청드린다"고 매달렸다. 열차가 용산에 닿기 전에 차관한테서 전화가 왔다. "의원님, 깎이지 않도록 조처했습니다." 열차 안에서 우연히 만난 공무원의 지원요청을 국회의원이 즉석에서 전화기를 붙들고 해결해준 것이다.(하략)

- 중앙일보, 2011년 2월 24일 '데스크를 열며' 이해석

'창조'는 일에 대한 '열정'에서 나온다

무등경기장에서 야구장 기공식이 열렸다. 11월 하순, 늦가을치곤 온화하던 날씨가 갑자기 추워졌다. 때맞춰 아침부터 진눈깨비가 내렸다. 3,000명이나 되는 사람이 기공식을 위해 모였던 터라 많은 사람들이 걱정을 했다. 하지만 기공식 행사인 만큼 실내에서 진행할 수는 없었다. 예산을 절약하기 위해 식전행사를 포함하여 모든 행사를 광주시가 직접 기획했다. 그중의 하나가 광주시 밸리댄스 연합회의 공연이었다. 진눈깨비가 내리는 그 춥고 험한 날씨에 얇디얇은 의상을 입은 댄서들이 펼치는 밸리댄스라니, 걱정이 태산이었다. 행사가 어떻게 진행될지 머릿속에 그림이 그려졌다.

어느 정도 행사 준비를 마친 뒤 경기장 옆에서 점심을 먹었다. 그때까지도 진눈깨비는 계속 내렸다. 직원들이 몹시 걱정을 하기에 "우리가 점심을 먹고 나오면 해가 뜰 것"이라고 말했더니 다들 키득키득 웃었다. 너무 추워서 식사를 마치고도 한동안 식당에서 나오지 않고 더 머물렀다. 오후 1시가 다 되어갈 무렵 막 식당문을 나서려고 하는데 창문 사이로 햇살이 들어왔다. 험한 날씨가 걷히고 해가 뜬 것이다. 바람도 잠잠해졌다. 멋진 밸리댄스 공연이 펼쳐졌다. 식전 축하행사가 끝나자 나는 연단에 올라 그동안의 야구장 신축 추진 경과 보고를 했다.

기공식이 끝나자마자 당시 체육지원팀장인 허기석 씨가 말했다.

"과장님은 하는 일마다 기막힌 아이디어를 짜내고 날씨까지 도와줄 정도로 일이 잘 풀리는데, 도대체 그 비결이 무엇입니까?"

이와 비슷한 질문을 자주 받는다. 답은 언제나 똑같다.

"창조는 일에 대한 열정에서 나옵니다."

일을 해결하려고 열심히 노력하면 길이 열린다. '지성이면 감천'이란 말이 있다. 정성을 들이면 하느님도 도와주신다.

나는 주로 잠들기 직전이나 새벽 운동을 하면서 그날 무슨 일을 할 것인가를 곰곰이 생각하고 아이디어를 정리하곤 한다. 그리고 잊어버리지 않도록 즉시 휴대폰에 입력해 둔다.

K팝스타 오디션에서 박진영이 어느 출연자를 평가하면서 이렇게 말한 적이 있다.

"자네가 이 자리까지 올라올 수 있었던 바탕은 재능도 물론 있겠지만, 에너지, 즉 열정이야."

그 말에 나는 전적으로 공감한다. 발명왕 에디슨도, 현시대를 바꾼 스티브 잡스도 모두 일에 대한 열정에서 시작하여 위대한 업적을 남겼다. 생각을 바꾸면 세상이 활짝 열린다.

공무원들은 열정을 갖고 일하기가 쉽지 않다. 일을 많이 한다고 해서 월급을 더 받는 것도 아니다. 오히려 일한 만큼 감사를 더 받기에 일을 하면 할수록 더 힘든 구조다. 하지만 상사의 지시를 받아서 업무를 처리하면 10시간이 걸릴 것을, 스스로 찾아서 해결하면 상사의 의중을 미리 알고 하기 때문에 실수가 줄어들고 소요시간도 절반 이내로 줄어든다. 그것이 내가 동기들보다 빨리 승진한 비결이다.

광주시가 이익인가 기아자동차가 이익인가

국비 300억 원을 지원받기로 했지만, 나머지 700억 원을 마련하는 것도 큰일이었다. 당시 광주시는 U대회 준비에 막대한 비용을 썼기 때문에 나머지 자금을 확보하는 일이 만만치 않았다. 그렇다고 포기할 수는 없었다. 나는 아홉 차례에 걸쳐 기아자동차 본사를 방문했다. 당초 기아차는 미동도 하지 않았다. 야구가 광주U대회 경기종목이므로 가만히 있어도 경기장은 신축되기 때문이었다. 설득에 설득을 반복한 끝에 어렵사리 25년 동안 경기장을 사용한다는 조건으로 300억 원의 지원을 이끌어냈다. 나머지 400억 원은 지방채로 충당하기로 했다.

자금이 확보되자 곧바로 야구장 건립에 들어갔다. 나는 공무원이 열심히 일하다 발생한 잘못은 징계 받지 않는다는 확신을 가지고 있다. U대회 전에 야구장 개장을 위해 법적 절차를 무시하고 환경영향평가, 종합운동장 철거공사와 야구장 설계를 동시에 추진했다.

2009년 기준으로 전국 프로야구 총 입장객수는 360만 명이었다. 무등야구장은 경기당 평균 4,000명을 밑돌았다. 게다가 은행 이자율은 5퍼센트대 이상으로 매우 높았다. 그런 조건에서 기아와 협력방안을 찾아내고 계약을 한 것은 광주시로선 대단한 성과로 꼽힐 만했다. 여러모로 광주시에 유리한 계약이었기 때문이다. 시가 야구장을 직접 운영할 경우, 천연잔디 유지비만도 매년 5억 원 이상이 소요되는 등 유지관리비와 운영비가 적잖게 잡힌다.

연간 야구경기는 70여일에 불과하다. 나머지 기간 동안은 그 큰 건축물을 놀려야 한다. 인건비는 그대로 나가면서.

그런데 상황이 급변했다.

2010년부터 프로야구의 인기가 치솟았다. 급기야 2016년에는 관중이 무려 835만 명을 넘었고 광고료도 크게 올랐다. 거기다가 은행 이자율은 2퍼센트 이내로 떨어졌다. 그 전까지만 해도 시에 유리했던 계약조건이 결과적으로 불리한 상황이 되어버렸다. 그때부터 시민단체가 들고 일어섰다. 기아차에 대한 특혜 의혹을 제기한 것이다. 어렵게 일을 성사시킨 공로는 어디론가 가버리고, 오히려 날선 비판에 직면해야 했다. 매스컴에선 연신 비판 보도를 쏟아냈고, 나는 감사원 등으로부터 수차례에 걸쳐 강도 높은 감사를 받았다.

무등일보 2017년 04월 03일 (월) 01면 종합

"챔피언스필드 사용료 25년간 300억원 적절"

손익평가위 19개월만 결론
2039년까지 40억 적자 '합의'
수익금 환수는 추진 않기로
일정한 사회공헌 출연 제안

신축 당시부터 특정 기업에 특혜 논란이 제기됐던 기아자동차와 광주-기아챔피언스필드 25년 사용료로 300억 원이 적절하다는 최종 결론이 도출됐다.

광주시와 기아차, 한국야구위원회(KBO)가 19개월여 간 손익평가위원회를 통해 분석한 것으로 기아차가 2039년까지 야구장을 운영하더라도 총 40억 원의 손해가 예상되는 만큼 '특혜 없음' 결론에 내려진 셈이다.

2일 광주시와 기아차 측에 따르면 지난달 31일 광주시와 기아차, KBO 등으로 구성된 광주기아챔피언스필드 손익평가위원회는 마지막 회의를 개최하고 "광주시가 기아차에게 야구장 건립비 300억 원을 선(先) 부담하는 조건으로 합의했던 야구장 25년 운영권은 적절한 수준이다"고 결론 냈다.

손익평가위는 "2014년 야구장 개장 후 2년간 야구장 및 기아타이거즈 야구단 운영 손익을 바탕으로 향후 25년간 운영비용을 산정해보니 총 40억 원의 기아차 손실이 예상된다"고도 전망했다.

광주시는 챔피언스필드 신축 당시 건설비 994억 원 중 300억 원을 투자한 대가로 기아차에 25년간 야구장 운영권, 광고권, 명칭 사용권을 허가했다.

하지만 해당 협약을 두고 2013년 감사원이 한국감정원 자문결과를 토대로 부적정을 지적했고 지역 시민사회단체 역시 특혜 의혹을 제기하면서 논란에 휩싸였다. 구장에 대한 정당한 가치 평가가 이뤄지지 않은 채 계약이 체결됐다는 주장이었다.

논란 등을 의식한 광주시는 2년 간(2014~2015년) 운영 후 결산 수지를 바탕으로 재협약을 하도록 계약을 변경했다. 2015년 10월에는 기아차, KBO 등과 재협약을 위한 손익평가위를 구성했고 지난해 3월부터 본격적으로 실제 손익 여부를 따져왔다.

그간 양측은 25년 간 수입 및 지출 기준을 두고 시는 수입, 기아차는 지출 측에 무게를 둔 용역 결과를 바탕으로 팽팽히 맞섰다.

기아차는 2014년 야구장에서 27억9천만 원의 손실을, 야구단에서는 26억5천500만 원의 수익을 내 1억3천500만원 손실이 발생했다고 주장했다.

이듬해에는 야구장 손실 49억500만 원, 야구단 수익 40억2천100만 원으로 8억8천400만 원의 손실을 기록했다고 보고하며 '181억 원의 누적 적자 예상'을 주장했다.

제출된 자료를 바탕으로 운영수익과 지출의 적정성을 검토한 광주시는 '23억 원의 누적 흑자 예상'으로 맞섰다.

손익평가위, 관련TF 등 십 수차례 회의를 가진 양측은 지난해 말 야구장의 1년 평균 수익을 45억 원으로 결론 내는데 합의했다. 기아차 측의 시설투자비 등 일부 지출 범위와 규모에서 이견했던 입장차는 최근 손익평가위 최종 회의에서 의견 일치를 이끌어 냈다.

야구장 연 평균 수익이 45억 원에 달하지만 관리비, 인건비 부담 등을 고려해 25년 간 누적 적자가 40억 원에 이를 것이라는 결론에 도달한 것이다. 25년 야구장 사용료로 책정된 300억 원이 적절하다는 결과다.

광주시는 손익평가위 최종 결과가 나온 만큼 당초 계획했던 수익금 환수는 추진하지 않기로 했다. 다만 일정 정도의 사회공헌기금 출연을 기아차 측에 공식 제안했다. 그러나 구속력을 지닌 협약은 아니어서 실제 기아차 측의 출연 여부는 미지수다.

오는 4일 광주기아챔피언스필드에서 기아타이거즈 홈 개막전 참석을 위해 기아차 대표가 광주를 찾는 만큼 윤장현 시장과의 면담 과정에서 출연금 규모 등이 구체화 될 수 있다는 전망도 나온다.

염방열 광주시 문화관광체육실장은 "야구장 재협약을 위한 손익평가위 구성 19개월 동안 세밀한 분석을 거쳐 도출한 결과다"며 "평가위에서 '25년 운영료 300억 원 적절'과 '일정한 사회 공헌' 결론이 내려진 만큼 기아차 측의 입장을 기다리고 있다"고 답했다.

한편 광주-기아 챔피언스필드는 국비 298억 원과 시비 396억 원, 기아차 300억 원 등 모두 994억 원을 투입해 2014년 3월 지하 2층, 지상 5층, 연면적 5만7천646㎡ 규모로 2014년 3월 개장했다.

주현정기자

12.7 X 31.0 cm

전남매일

2017년 04월 06일 (목)
02면 종합

광주-기아 '챔스필드' 재협상 일단락

[illegible]

야구장이 준공되고 4년이 된 지금까지 야구장을 가본 적이 없다. 내 혼신의 힘과 정성을 다해 만든 나의 분신과도 같은 야구장을 가보지 않은 이유는 다른 데 있지 않다. 도시마케팅은 고려하지 않고 무작정 잘못했다고 지적하는 시민단체와 동양 최고의 멋진 야구장을 건립해주었음에도 내가 어려움에 처해 있을때 고생한다는 전화 한 통 없는 KBO와 기아자동차 관계자들이 미워서다. 힘든 상황에도 굴하지 않고 오로지 야구장을 신축해야 한다는 목표를 향해 달려갔던 열정과 의지가 무참하게 땅바닥에 내동댕이쳐졌다. 정말 처참했다.

만일 내게 열정이 없었다면, 광주시 재정 여건상 새 야구장 건립은 성사되지 못했을 것이다. 그것은 명약관화한 일이다. 낡은 야구장에서 뛰는 선수들은 늘 부상을 염려해야 했을 것이고, 시민들은 열악한 환경에서 경기를 관람할 수밖에 없었을 것이다. 당시 야구장 신축에 대해 모든 책임을 지고 있었던 나는 할 말이 많다. 무엇보다도 "행정은 절차 못지않게 타이밍도 중요하다"라는 것을 강조하고 싶다.

절차를 따져서 광주유니버시아드대회가 끝난 다음에 야구장을 완공하면 광주에 돌아오는 혜택은 무엇일까?

아시아 최고의 야구장

광주 기아챔피언스필드는 여느 야구장과는 다른 특성을 갖고 있다. 아시아 최고의 야구장을 건립하기 위해 국내외 유수한 야구장을 다니면서 참고한 덕분이다. 미국의 LA 다저스와 뉴욕 양키즈, 뉴욕 메츠, 콜로라도 로키스와 일본 삿포로 돔구장, 히로시마 개방형 구장을 두루 살폈고, 국내에서는 잠실과 부산, 인천구장을 둘러봤다. '야구장건립시민추진위원회' 위원들과 함께 각 구장을 둘러보면서 보고 느낀 것 가운데 장점만을 추려서 광주 야구장을 건립하는데 기초자료로 활용했다.

국내 야구장들은 대개 수비선수들이 햇빛을 등지는 구조를 취한다. 이에 반해 광주 야구장은 야구 선진국처럼 관중이 햇빛을 등지도록 설계되어 있다. 야구장의 주인은 다름 아닌 관중이라는 철학으로 관중에게 편한 방향과 구조를 취했다. 남녀 화장실 비율을 1 대 2로 구성해 여성 관중이 불편 없이 야구장을 이용할 수 있도록 했다. 과거와 달리 여성들이 많이 경기장을 찾는 현실을 반영한 것이다.

야구장의 편의시설은 모두 장애인 친화시설로 꾸몄다. 장애인만 별도로 이용하는 승강기를 마련했고, 어느 방향에서든 휠체어를 타고 경기를 관람할 수 있도록 배려를 아끼지 않았다. 여기에 특이사항을 붙이자면 의

무등일보

광주 새 야구장 이렇게 지어진다

접시형 관람석 지그재그 배치

'시민들이 문화 즐기고, 이용 편리한 야구장' 지향

장애인 전용석·주차장, 여성화장실·수유실 설치

자가 모두 투수석을 향하도록 되어 있다는 점이다. 또 지그재그로 객석을 배치해 키가 큰 사람이 앞자리에 앉더라도 뒷사람이 관람하는 데 방해가 되지 않게 한 점도 빼놓을 수 없다.

관람석의 하단 부분은 필드와 수평으로 만들어 가까이서 선수들의 숨소리까지 들을 수 있도록 했다. 또 3층에는 30개의 방을 만들어 회사원들이나 단체 관람객이 야구를 즐기면서 단합대회를 가질 수 있도록 공간을 제공했다. 직장 단합대회를 식당이나 술집이 아닌 야구장에서, 야구를 보면서, 바비큐에다 맥주도 한 잔 나누면서 한다. 생각만 해도 얼마나 멋진 일인가. 야구장 건립은 한편으로는 이처럼 경제적이고 건전한 저녁문화를 만들어가는 일이기도 했다.

야구장 건립 후에 광주에는 무슨 일이?

광주시와 기아는 2년간 야구장 운영 결과를 보고 재계약을 하기로 약속했다. 기아가 이익을 보면 광주시에 그만큼 돈을 더 주고, 광주시가 이익이면 반대로 하기로 했다.

당시 평가에 따르면 2016년을 기준으로 관객 수가 두 배 이상 늘어나는 등 프로야구의 인기가 높아져 광고수입이 크게 늘었고, 은행 이자율이 3분의 1 수준으로 떨어졌음에도 기아가 별다른 이득을 얻지 못한 것으로 나타났다. 당시 광주시와 기아가 함께 손익평가위원회(손익위)를 구성해서 검토한 결과, 광주시와 시민단체는 기아가 23억 원의 흑자를 냈다고 주장한다. 반면, 기아와 KBO는 181억 원의 적자를 냈다고 밝혔다. 이에 손익위는 양측의 주장을 모두 인정하고, 기아가 사회환원금으로 30억 원을 내놓는 것으로 결론을 내렸다.

처음 협상을 시작했던 2010년 당시의 관객 수와 은행 이자율 등을 고려해보면, 기아와의 협상이 얼마나 광주시에 유리했는지를 알 수 있는 대목이다. 이와 더불어 내가 야구장 건립에 별 관심이 없는 기아자동차 관계자를 만나 얼마나 치열하게 설득했는지를 알 수 있을 것이다. 기업은 절대로 손해나는 장사를 하지 않는다. 그럼에도 기아는 야구장 신축을 위한 나

무등일보

2015년 12월 15일 (화)
16면 스포츠

광주-KIA 챔피언스필드, 한국색채대상 수상

의 열정을 높이 산 까닭에 광주시와 계약을 맺었던 것이다.

하지만 나에게는 야구장 신축에 산파 역할을 했다는 자부심보다는 특혜 시비로 인한 마음의 상처가 더 크게 자리하고 있다. 열심히 일을 찾아서 추진하는 것에 대한 보상은커녕 오히려 비난과 혹독한 감사가 나를 뒤흔들었다. 광주시를 위해 죽어라 일했던 결과가 상처투성이로 끝맺음되었다.

아내의 불평이 이만저만이 아니었다.

"왜 보상도 없이 헛돈만 쓰고 다니세요. 기아자동차 상무에게 밥 한 끼 사줄 돈이면 딸애 옷을 몇 벌이나 살 수 있을 거예요."

할 말이 없었다. 묵묵부답으로 일관할 수밖에 없었다. 달리 할 수 있는 게 없었다. 사정하는 입장에 처한 우리에게 기아 쪽에서 밥을 사줄 리가 만무했다. 서울에 갔을 때 기아자동차 담당 실장으로부터 청계산 아래에서 1만 원짜리 밥 한 번 얻어먹은 것을 제외하고는 어떤 대접도 받은 게 없었다.

광주시의 새로운 랜드마크가 된 야구장의 건립 후 광주에서는 무슨 일이 일어났을까?

전국에서 많은 사람들이 광주를 찾는다. 야구경기를 관람하는 것은 물론 멋진 야구장 시설을 둘러보기 위해 찾아오기도 한다. 광주 야구장 그 자체가 팬들 사이에서 명물이 된 것이다. 그렇게 광주에 온 그들은 달랑 야구경기만 관람하고 그냥 돌아가지 않는다. 식사, 쇼핑에 이어 숙박도 한다. 돌아갈 때는 양손에 맛있는 광주김치를 비롯한 여러 가지 광주의 물품을 구매해서 들고 간다. 광주전남연구원 발표에 의하면 외지인 1인당 20~30만 원 이상을 쓰고 간다고 한다.

기아는 야구장을 통해 자연스레 광주 공장에서 생산되는 '스포티지'와 '소울'을 광고한다. 덕분에 두 차종의 판매고가 늘어나고, 생산라인이 증설됨에 따라 고용도 늘어난다. 광명시에 있던 자동차 부품업체는 운송비 절약을 위해 평동공단으로 이사를 온다. 첨단지구 식당과 옷가게들도 덩달아 돈을 벌고, 그 덕분에 자녀들에게 작년보다 학원을 한두 군데 더 보내고, 휴일이면 온 가족이 영화구경을 한다. 학원 강사와 영화관 주인은 불어난 수익금으로 외식을 하고, 옷을 한 벌 더 산다. 좋은 야구장이 생김으로써 광주 지역경제 전체가 활기를 띠는 선순환 구조를 갖는다. 또한 명물 야구장은 '친환경 자동차 선도도시 건설'에 음으로 양으로 기여한다.

내 나름으로 상상해보는 새 야구장의 경제적 효과다. 상상만으로도 즐겁다.

2017년처럼 기아가 매년 좋은 성적을 내도록 모두 합심하여 도와주어야 한다. 광주시민들은 그보다 훨씬 많은 돈을 벌어들이기 때문이다.

기아챔피언스필드가 기여하는 도시마케팅 효과는 돈으로 환산하기 어려울 정도로 크다. 우리 모두는 기아타이거스의 한국시리즈 우승을 마음 졸이며 지켜보았다. 그 우승 뒤에는 지방비 400억 원으로 새 야구장을 지은 광주시 체육진흥과 직원들의 힘든 사연들이 기억되기를 바란다.

03

‘장애인 인권’을 ‘관광자원’으로 만들다

열정으로 만들어낸 장애인국민체육센터

아이디어 5 장애인들이 운동하고 치료받고 즐기는 체육센터를 만들어, 체육을 통해 장애인들에게 삶의 희망을 준다.

'광주시 장애인국민체육센터' 설립은 내 생애에서 가장 잘한 일 중 하나이자 가장 열정적으로 한 일이기도 하다. 장애인국민체육센터는 전국 최초로 전액 국비를 지원받아 건립한 장애인 체육시설이다.

흔히 광주를 '인권도시'라 말한다. 하지만 2011년 9월에 개봉된 영화 '도가니'는 깜짝 놀랄 만한, 그리고 부끄러운 광주의 진실을 담고 있다. 이 영화의 개봉과 함께 광주 소재 청각장애 특수학교인 인화학교에서 일어난 성폭행 사건이 알려지면서 광주시는 더 이상 '인권도시'가 아닌 '파렴치한 도시'로 전락하고 말았다. 인권도시는 장애인, 노약자, 다문화가정 등 소외계층의 인권을 최우선적으로 보장해주고 그들에게 많은 혜택을 주는 도시가 아닌가. 광주에서 그런 일이 벌어져 시민으로서 너무 수치스러웠다.

'도가니 사건'을 계기로 나는 장애인을 위한 체육시설 건립에 관심을 가졌다. 장애인들이 음지에서 양지로 나와 마음껏 운동하고, 치유받으면서 더불어 모임을 가질 공간이 무엇보다 필요하다는 판단에서였다. 단순히 시설을 설치하는 데서 끝나는 것이 아니라 장애인과 비장애인이 함께 살아가도록 공동의 장을 마련하면 장애인에 대한 인식도 좋아질 것이라고 생

각했다. 사회 전반적으로 긍정적 인식이 확산되면 자연스레 장애인들의 사회 적응도 활발해진다.

인권 차원을 넘어 경제적인 효과도 적지 않을 것이라 판단했다. 장애인들이 일상 속에서 자연스럽게 체육활동을 즐기면 스포츠시장이 더욱 활성화된다. 장애인들이 체육을 통해 삶의 희망을 찾고, 직업을 갖게 되면 진정한 복지사회를 이루는 것은 물론 가족들이 더 이상 장애인을 돌보지 않아도 되기 때문에 유휴 노동력이 새로 생겨 지역경제에도 도움이 된다.

나는 먼저 이경배 광주시 장애인체육회 사무처장과 함께 대한장애인체육회장을 만났다. 그는 내게 장애인체육센터가 왜 광주시에 지어져야 하는지를 물었다. 대한장애인체육회로부터 지원을 기대하기 어려웠다.

다행히 문체부는 적극적으로 내 아이디어를 채택했다. 이제 공은 기획재정부로 넘어갔다. 하지만 기획재정부 역시 '왜 광주여야 하는가'를 물었다. 그리고 광주에 장애인체육센터를 설립하고 나면 전국의 모든 시도들이 너도나도 해달라고 요청할 것이기 때문에 곤란하다는 입장을 취했다.

하지만 거기서 멈출 수는 없었다. 나는 문화관광위원회 국회의원들을 차례로 방문하였고, 국회 예결위원이었던 이정현 의원의 도움을 받아 국가 차원의 시범사업으로 추진할 수 있게 되

全南日報

2015년 05월 07일 (목)
14면 스포츠

전국 최초 장애인국민체육센터 오늘 광주에 문 연다

지하1층·지상 3층 규모 염주체육단지 내 조성
체력측정실·웨이트트레이닝장·체육관 등 갖춰

전국 최초로 광주에 건립된 장애인 전용 국민체육센터가 7일 문을 연다.

지역 장애인체육 활성화와 장애인들의 복지증진을 위해 건립된 광주장애인국민체육센터는 이날 오후 2시 윤장현 광주시장애인체육회장(광주시장)과 손진호 대한장애인체육회 사무총장, 17개 시·도 장애인체육회 사무처장을 비롯한 장애인체육선수, 시민 등 500여명이 참석한 가운데 개관식을 갖고 본격적인 운영에 들어간다.

광주장애인체육센터는 광주염주체육단지 내 연면적 3732.75㎡에 총사업비 76억 원(기금 50억 원, 시비 26억 원)을 투자해 지하 1층, 지상 3층 규모로 조성됐으며, 2012년에 착공했다.

이 센터는 지난 2012년 문화체육관광부의 '생활체육시설 설치 지원 사업'의 일환으로 건립됐으며 체력측정실, 웨이트트레이닝장, 다목적체육관, 가맹단체 사무실 등이 마련됐다.

장애인체육센터에서는 각종 장애인 생활체육교실과 엘리트체육, 동호인활동 지원 및 대관 등 다양한 프로그램이 운영될 예정이다. 특히 장애인체육선수들의 훈련을 위한 전문운동처방사와 체력측정요원을 상시 배치해 체계적이고 과학적인 방법으로 기초체력측정과 개인 맞춤형 운동 처방 등 장애인과 비장애인을 위한 스포츠 프로그램도 운영한다. 오는 7월에 열리는 전세계 대학생들의 올림픽인 '2015 광주하계 유니버시아드대회'의 배구 연습경기장으로도 사용된다.

광주시장애인체육회는 센터 개관으로 지역 장애인체육 활성화는 물론 타 시·도 장애인국민체육센터의 롤모델이 될 것으로 기대하고 있다. 특히 비장애인들도 장애인전용 체육시설을 공동으로 이용할 수 있어 장애인과 비장애인이 상호 이해를 증진하는 어울림 공간 역할을 할 것으로 보인다.

이명자 광주시장애인체육회 상임부회장은 "장애인체육센터 개관으로 사회적 약자 배려 및 균형적인 체육발전 등 장애인체육의 요람이 될 것으로 기대한다"고 말했다.

최동환 기자

전국 최초로 광주에 건립된 장애인을 위한 전용 국민체육센터가 7일 개관식을 갖고 본격적인 운영에 들어간다. 사진은 광주장애인국민체육센터 전경.

광주시장애인체육회 제공

었다.

그리고 전액 국비로 현재의 장애인국민체육센터를 건립할 수 있었다. 그 후, 장애인체육회의 요청으로 26억 원을 더 투입하여 규모를 키웠다. 다른 지역의 장애인국민체육센터는 시범사업이 아니기 때문에 국비와 지방비 5대 5의 비율로 매년 두 개씩 전국 시도에 지어지고 있다. 작년에는 인천시와 제주도에 지어졌다.

이 사업의 성공을 이끌어준 이정현 의원에게 감사드린다. 이 의원은 2011년 12월 31일 밤 11시 45분에 이 예산을 2012년 예산에 넣었다고 내게 전화를 주었다. 내 아이디어 하나가 전국 17개 시도에 장애인국민체육센터를 만들게 했다.

장애인탁구팀을 아시나요?

아이디어 6 인권도시 광주에서 왜 비장애인 체육팀만 운영할까?

2010년 내가 체육과장을 맡게 되자 직원들이 나에 대해 걱정을 해주었다. 당시 시청 내에서는 체육과 발령을 그리 탐탁찮게 여기는 분위기가 있었다. 체육과로 부임하는 것을 왜 달갑지 않게 여기는가를 알게 되기까진 시간이 오래 걸리지 않았다. 장애인 체육에 대한 지원이 너무 적었다. 소홀한 지원에 불만을 품은 장애인들이 종종 그 불만을 행동으로 표출하면서 곤란한 상황이 발생하곤 했다.

이 때문에 체육과에서 가장 어려운 분야가 바로 '장애인체육'이었다. 심지어 장애인체육 쪽 업무만 잘 처리해도 체육과장을 무사히 마칠 수 있다는 말이 있을 정도였다. 그래서 그런지 문화관광체육실의 말석 부서인 체육과는 대부분 정년을 앞둔 이들이 과장을 맡곤 했다.

체육과의 업무는 크게 '전문체육' '생활체육' 그리고 '장애인체육' 등 세 부문으로 나뉜다. 그중 '장애인체육' 예산은 한 해에 고작 9억 원으로, 다른 두 부문에 비해 턱없이 적었다.

사실 장애인들은 적은 돈을 지원받아도 크게 고마워했다. 예를 들어 비장애인들은 1,000만 원을 지원해주어도 적게 준다고 불평을 하곤 하지만 장애인들은 100만 원만 지원해도 감사해 했다.

바로 그거였다. 광주가 진정한 인권도시로 나아가기 위해서는 장애인 인권을 우선하는 것부터 시작해야 한다고 생각했다. 나는 그런 결론에 따라 2년에 걸쳐 연간 9억 원이던 예산을 29억 원으로 대폭 올렸다. 예산을 확보한 뒤에는 차차

'세계 최강' 장애인탁구팀 떴다

장애인체육 분야의 활성화를 꾀했다. 전국 최초로 장애인탁구 시청팀을 만들었고, 광주시 게이트볼장의 일부 공간을 장애인 선수 탁구연습장으로 조성하는 등 장애인체육 붐을 일으키는 기반을 다졌다.

한번 물꼬가 터지자 장애인체육 지원책이 가속화되고 확대되었다. 그 결과는 엄청났다. 새로이 장애인 양궁팀과 사격팀이 생겼다. 이들은 세계대회에 나갈 때마다 우수한 성적을 거두었다. 특히 2016 리우 패럴림픽(장애인올림픽)에서 대한민국 선수들이 딴 메달 중 26퍼센트를 광주 출신들이 거머쥐었다. 장애인체육 지원 확대가 불러일으킨 눈부신 성과였다.

내가 체육과장·총무과장을 거쳐 광주시의회 의사담당관으로 재직하고 있을 때 아버지가 세상을 떠났다. 그때 생각지도 않

무등일보

리우 패럴림픽, 광주·전남 출신 '잇단 메달 쾌거'

게 많은 장애인들이 조문을 와주었다. 하지만 휠체어를 탄 장애인들이 앉기에는 장소가 마땅치 않았다. 나는 테이블 두 개를 포개어 배치함으로써 장애인들이 불편하지 않도록 했다.

"장애인들한테 어떤 도움을 주었기에 저렇게 많은 장애인 조문객이 찾아온다냐?"

많은 장애인들이 조문을 와서 진실로 위로를 건네는 모습을 지켜본 어머니의 말이었다.

이미 그때는 내가 체육과장직을 떠난 지 일 년이나 지난 뒤였다. 그럼에도 그들은, 장애인으로서의 고단한 삶을 잠시 내려놓고 아버지를 떠나보낸 나를 위로하기 위해 찾아왔던 것이다.

이보다 더 감사한 일이 세상에 또 어디 있을까.

무명의 장애인 화가를 유엔본부로

아이디어 7 장애인 화가를 앞세워 '인권'을 광주의 특산품화, 관광자원화하자.

발달 장애인만을 화폭에 담아온 작가가 있다. 그것도 20년이 훌쩍 넘는 기간 동안 줄곧. 김근태 화백. 장애인을 소재로 한 그림을 사가는 콜렉터는 없었다. 그래서 오랜 시간 생활고를 겪어야 했다. 그렇지만 아랑곳하지 않고 장애인만을 줄기차게 그려왔다. 마치 신의 계시를 받은 사도처럼.

한 번은 물었다. 왜 장애인만을 그리느냐고. 그는 "그들의 순수한 모습에 반해서"라며 배시시 웃었다. 그는 안락한 삶을 포기하고 그림 작업을 통해 발달장애인에 대한 편견을 없애는 데 주력해왔다.

발달장애인에 대한 그의 사랑은 깊고도 넓다. 1994년 목포 앞바다의 작은 섬 고하도의 공생재활원에서 처음 발달장애인들을 만난 이후 늘 그들과 함께하며 그들의 모습을 붓으로 담고 있다. 그는 발달장애인들을 '세상에서 가장 아름다운 사람들'이라 생각한다. 얼마나 아름다운 생각인가.

김근태 화백은 광주 사람이다. 농성동에서 태어나 조선대학교 미대를 졸업한 뒤 목포 문태고등학교에서 미술을 가르쳤다. 휴일이면 그림을 통해 발달장애인들을 치유하는 봉사활동을 했다. 그런데 불행히도 교통사고를

광남일보

20년간 지적장애인 그려온 김근태展 열려

유엔본부 초대전에 앞서 광주서 전시

17일부터 시립미술관 금남로분관서

당해 한쪽 눈과 한쪽 귀의 기능을 잃어버렸다. 미술교사가 외눈으로 장시간 학생들을 가르친다는 것은 불가능했다. 결국 교사직을 내려놓을 수밖에 없었다. 그 상황에서도 그의 봉사활동은 계속 이어졌다. 그의 미담 사례는 여러 방송국에서 소개되었고, 급기야 CNN 아시아방송에 나오면서 UN 직원으로부터 '세계 장애인의 날'에 유엔본부 1층에서 전시회를 갖는 게 어떻겠냐는 제안이 들어왔다. 한국의 무명 화가가 UN본부에서 전시회를 갖는다는 것은 상상하기 힘든, 정말 영예로운 일이다.

김근태 화백은 우선 목포시청을 방문했지만 지원을 거절당했다. 이어 전남도청을 찾아 같은 교회에 다니는 이낙연 도지사에게 지원을 요청했고, 사정을 들은 도지사는 의미 있는 행사라며 곧바로 담당부서에 지원을 지시했다. 그러나 순조롭지 않았다. 아무런 근거서류도 없이 지원을 해줄 수는 없다는 게 담당부서의 입장이었다.

광주시 문화관광정책실장직을 수행하면서 나는 장애인 인권은 그들이 요구하기 전에 앞서서 보장해줘야 한다고 늘 생각해왔다. 장애인을 우선 배려하는 풍경이 지역사회에 자연스럽게 뿌리 내리고 그 아름다운 광경이 외지 사람들에게 부러움의 대상이 된다면 그것은 또 하나의 관광자원으로 활용될 수 있을 것이라고 생각을 넓혔다.

어느 날 김근태 화백이 부인과 함께 찾아왔다. '인권도시'인 광주에서 장애인 화가를 도와달라는 것이었다. 광주가 장애인 인권도시로 뿌리내리도록 해야겠다는 아이디어의 실현 가능성이 눈앞에 보이는 순간이었다.

축령산 손님
나경원 의원

전시 비용을 절약하기 위해 시립미술관 금남로 분관에서 전시회를 갖기로 했다. 일단 전시를 한다는 그 자체에 의미가 있었다. 많은 사람들이 그림을 통해 장애인에 대한 인식을 바꾼다면 그보다 더 좋은 일이 어디 있겠는가. 부가적인 효과도 생각했다. 전시를 통해 후원금을 모으고, 그림도 팔 수 있지 않을까 하는 은근한 기대도 있었다. 어떻게 해서든 UN본부에서의 전시회를 성사시키고 싶었다.

그때부터 수많은 기적이 일어나기 시작했다.

광주시는 부서별로 해마다 봄가을에 단합대회를 한다. 문화관광정책실은 봄맞이 야유회를 장성 축령산에서 가졌다. 축령산은 편백나무 자연휴양림으로 유명한 산이다. 피톤치드가 전국에서 가장 많이 나온다고 알려져 있기도 하다.

축령산에 오르다 보면 7분의 6 능선 부근에 단체로 야유회를 할 수 있는 넓은 공간이 나타난다. 그곳에서 점심을 먹고 있을 때 갑자기 나경원 의원이 나타났다. 나경원 의원은 국제장애인올림픽위원회 집행위원을 맡는 등 우리나라 장애인계의 대모나 다름없는 사람으로서 김근태 화백 전시회에 꼭 초청하고 싶은 1순위 인사이기도 했다. 그런데 축령산에서 우연히도 딱 맞닥뜨린 것이다.

김근태 화백 내외, 나경원 의원과 함께.

나 의원이 김근태 화백 전시회의 축사를 한다면 홍보 효과가 배가될 것이었다. 축령산 아래 주차장까지 따라가면서 나 의원에게 전시회에 와줄 것을 부탁했다. 나 의원은 정중하게 고사했다. 전시회 오픈 당일에 중요한 약속이 있어서 어렵다는 것이었다. 그럼에도 꼭 와줄 것을 신신당부하고, 다시 직원들이 있는 산 정상으로 되돌아왔다. 축령산을 두 번 오르내린 셈이었다.

그 다음 날 나경원 의원으로부터 전시회에 참석하겠다는 반가운 소식이 왔다. 정성어린 부탁과 발달장애인 딸을 둔 나 의원의 장애인에 대한 평소 생각이 반영된 덕분이었다.

전시 개막일은 장애인들의 잔칫날이었다. 하지만 전시장이 2층이었던 터라 휠체어를 탄 장애인들이 접근하기가 힘들었다. 직원 6명이 힘을 합쳐 휠체어를 2층까지 들어올렸다. 다만 아쉽게도 전시회 날이 하필 세월호가 침몰한 날(2014. 4. 16)이어서 언론에 홍보가 되지 못했다.

그 후 나경원 의원은 국회의원 보궐선거에서 당선되었고, 외교통일위원회 위원장이 되면서 도움을 주었다.

위원장님! 장애인 화가를 도와주세요

2014년에 한국문화예술위원회(예술위원회)가 혁신도시 나주에 둥지를 틀었다. 예술위원회가 한 해 집행하는 예산은 무려 2,000억 원이 넘는다.

나는 김근태 화백의 UN본부 전시회에 예술위원회의 도움을 받고 싶었다. 드디어 기회가 왔다. 나주로 옮긴 예술위원회 개원식에 전국의 문화재단 대표이사들을 초청했는데, 당시 광주문화재단의 대표이사를 겸임하고 있던 나도 기념식에 참석할 수 있었다. 식장에서 예술위원회 권영빈 위원장에게 말했다.

"위원장님, 우리 고장에 오신 것을 진심으로 환영합니다. 위원장님이 제일 먼저 방문하셔야 할 곳이 있습니다. 송강 정철 선생이 사미인곡과 성산별곡을 썼던 가사문학권입니다."

권 위원장은 나의 제안을 흔쾌히 받아들였다. 원래 보름달이 뜨는 날 초청을 하고자 했지만 그때마다 권 위원장이 해외나 서울 출장 중이어서 한동안 약속을 이행하지 못하고 있던 10월 어느 날, 마침내 약속이 실현되었다. 오후 5시쯤에 만난 우리 일행은 소쇄원과 환벽당, 취가정에 들른 다음 '바람소리'라는 식당에서 저녁식사를 하며 막걸리 여러 잔을 들이켰다.

그 자리에는 당시 광주 MBC 최영준 사장과 정진홍 광주과학기술원 문화기술연구소장이 합석했다. 최영준 사장과 나는 30년 이상 선후배로 친하게 지낸 사이였고, 정진홍 소장은 중앙일보 논설위원을 역임한 언론인 출신이다. 두 인사를 초청한 것은 중앙일보 논설실장과 사장을 지낸 권영빈 위원장과의 자리를 자연스럽게 하려는 의도에서였다.

취가정에서 권영빈 위원장, 최영준 광주MBC 사장, 정진홍 소장과 함께 무등산을 바라보다.

저녁식사가 끝나고 식영정에 올랐다. 가을밤 식영정은 분위기가 제법 좋았다. 석청 임억령 선생이 건축한 식영정은 정철 선생의 '성산별곡'을 탄생시킨 장소다. '성산별곡'은 식영정에서 바라본 앞산(星山)의 계절별 아름다움을 노래한 가사다.

10월의 밤공기는 매우 차다. 그걸 감안해서 미리 장작불을 땠다. 오래된 한옥은 가끔 불을 지펴주어야 잘 보존할 수 있다. 불을 지피지 않으면 습기를 머금어 흙이 부식되고, 그로 인해 허물어져 내리기 쉽다. 또 습기가 차면 해충이 번식하기 쉽고, 해충은 나무기둥을 있는 대로 갉아먹곤 한다.

미리 불을 지핀 덕에 방구들이 제법 따뜻해지면서 취기가 돌아 온몸의 세포가 쭉 펴지는 듯했다. 촛불이 켜져 정감이 넘치는 방에 모두 편안하게 좌정했다. 다도전문가도 배석했다. 붉은 한

복을 곱게 차려 입은 차인은 정성스레 차를 따랐다.

'또로록, 똑' 소리를 내며 찻물이 찻잔에 따라졌다. 한 모금씩 차를 머금자 혀에 차가 깃들이며 몸과 마음이 차분하게 가라앉았다. 저절로 명상의 세계가 열렸다.

그날 밤의 이벤트는 거기서 그치지 않았다. 마음을 휘감고 돌기에 충분한 대금과 피리 연주가 이어졌다. 명인이 연주하는 대금과 피리 소리는 소나무 숲을 훑고 지나가는 가을바람과 한데 뒤섞여 잔잔한 감동을 가슴팍에 남겼다.

"위원장님, 500여 년 전 송강 정철 선생은 이 정자에 앉아 성산별곡을 짓고 4계절 풍류를 즐겼습니다. 위원장님이 우리 고장에 오셨으니, 정철 선생의 살아생전 풍류를 재현해보았습니다. 문화예술의 도시 광주에 아낌없는 지원을 부탁드립니다."

권 위원장은 이미 깊은 감동에 젖어 있는 것 같았다. 식영정 돌계단을 가만가만 내려오면서 약간 들뜬 목소리로 말했다.

"이 실장! 오늘 정말 즐거운 경험을 했네. 예술위원회에서 도울 일이 있으면 한 가지는 들어주겠네."

귀에서 휘파람 소리가 났다. 며칠 후 김근태 화백과 함께 예술위원회를 방문했다.

권 위원장은 김근태 화백의 사연을 잠자코 듣더니 주저 없이 지원을 약속했다. 예술위원회가 민간인을 직접 지원해주는 경우는 매우 드물었다. 그리고 권 위원장은 기업의 후원을 받을 수 있도록 가교 역할을 해주었다. 광양제철의 5,000만 원을 비롯해 대구시청이 물포럼과 관련해 5,000만 원을 지원했고 청주시와 현대자동차도 전시회 개최에 큰 도움을 주었다.

또 아시아나항공이 미국 왕복 항공료와 체제비 등을 지원했다. 권 위원장의 애정 어린 관심과 여러 기관 및 기업들의 후원을 받아 UN본부 전시회는 별 탈 없이 진행되었다.

전시는 2015년 12월 3일 '세계 장애인의 날'을 기념해 UN본부에서 2주 동안 개최되었다. 반기문 당시 유엔사무총장과 호세프 브라질 대통령 등 거물급 인사들이 대거 참여하여 성황리에 행사를 마칠 수 있었다.

전시는 거기서 끝나지 않았다. 외교부의 지원을 받아 유럽과 중국 등 해외 순회 전시를 했고, 리우 패럴림픽(장애인올림픽)에 맞춰 브라질에서도 전시회를 열었다. 전남 목포를 기반으로 활동하고 있는 무명의 장애인 작가가 광주시청 공무원을 만나 어느 날 갑자기 세계적인 작가로 거듭 태어나는 순간들이었다.

김근태 화백의 UN 전시회 및 해외 전시회를 추진, 진행하면서 장애인 문제를 더욱 깊이 들여다볼 수 있었다. 그 덕분에 또 다른 생각이 퍼뜩 떠올랐다. 광주시에 전국 최초로 장애인치유예술센터를 건립하겠다는 아이디어다. 타이틀은 '장애인치유김근태센터'로 해도 좋다고 생각된다. 물론 전액 국비로 건립하고 싶다.

인권은 광주의 무형자산이다. 국내 어느 도시도 인권도시란 말을 쓸 수 없다. 무형이지만, 얼마든지 유형의 관광 특산품으로 활용이 가능한 게 인권이란 테마다. 전혀 어려운 일이 아니다. 노대동과 효령동의 노인복지타운과 염주동의 장애인국민체육센터에 더하여 장애인치유예술센터를 건립하는 꿈을 세웠다. 그 꿈이 이뤄진다면 광주는 전국에서 장애인을 가장 우대하는 도시로 부상하게 될 것이다. 장애인을 우대하는 광주의 분위기와 현황이 인권도시 광주를 상징하는 관광자원이 될 수 있다. 이미 노대동 노인복지타운은 중국 유커(관광객)들이 가장 선호하는 방문지로 꼽히고 있지

유엔본부에서 반기문 총장, 브라질대통령과 함께.

않은가. 그다지 어려운 일이 아니다.

김근태 화백은 2017년 12월 스위스 제네바 UN본부에서 열리는 세계 장애인의 날 행사에 다시 초청을 받았고, 평창장애인올림픽 및 파리 루브르박물관 초대전을 가졌다.

내가 국비로 장애인국민체육센터를 만들어 체육을 통해 장애인들을 음지에서 양지로 안내했듯이, 국비로 장애인치유예술센터를 지어 문학, 음악, 미술, 무용 등 문화예술을 통해 장애인들에게 삶의 희망을 주고, 직업을 갖게 하고, 광주를 진정한 인권도시로 만들고 싶다. 장애 종류별로 문화예술을 통해 정서적, 정신적 치유 기회를 제공하여 장애인 인권을 신장하고, 비장애인들이 장애인을 잘 이해할 수 있는 교육의 장으로 활용하고 싶다.

예술적으로 뛰어난 능력을 가지고 있으나, 가정환경 등으로 꿈을 펼지지 못하는 장애인을 발굴, 육성하여 장애인의 굴레에서 벗어나 사회인으로 떳떳하게 살 수 있는 기회를 제공하고 싶다.

내가 광주시민으로서 늘 자부심을 갖고 살듯이 장애인 인권이 살아 움직이는 도시를 만들어 내 후손들도 인권도시 광주 사람임을 어디서나 자랑하게 하고 싶다.

04

광주FC의 탄생과 도시 마케팅

도시마케팅이 중요한 이유

아이디어 8 프로축구는 단순한 스포츠가 아니라 도시마케팅의 수단이요 산업이다.

'도시를 마케팅한다. 도시브랜드 가치를 높인다.'

도시마케팅과 도시브랜드란 개념은 더 이상 낯설지 않다. 도시마케팅은 1980년대 서구 공업도시들이 침체를 극복하기 위한 전략의 하나로 시작되었다. 우리나라의 경우에는 지방자치제도가 막 뿌리를 내리기 시작한 1990년대 중반에 도입되었다. 그로부터 도시마케팅 전략에 관한 실험이 20여 년 이상 지속되었다. 그 결과 도시마케팅이 도시의 흥망성쇠를 좌우할 수도 있다는 값진 교훈을 얻었다.

광주시의 기존 이미지는 소비도시, 교육도시, 저항의 도시, 음식이 맛있는 도시 정도였다. 여기에다 1995년부터 광주비엔날레가 개최되면서 '예술의 도시'라는 이미지가 더해졌다.

매년 봄, 함평에서는 나비축제가 개최된다. 나비축제는 함평에 어떤 이득을 얼마만큼 가져다주었을까. 쇼핑과 숙박 등 지역산업 활성화의 측면에서 큰 효과를 불러온 것은 아니지만 너른 들판을 자유롭게 날아다니는 나비를 테마로 축제를 개최함으로써 함평의 이미지는 확 바뀌었다. 즉 오염되지 않은 깨끗하고 청정한, 자연 친화적인 이미지를 구축한 것이다.

그 결과 함평에서 생산되는 한우와 농산물 등이 전국적으로 더 좋은

광주FC 창단식 장면.

가격에 판매되는 효과를 거둘 수 있었다. 축제로 인해 지역 이미지가 제고되면서 지역농산물 판매에 좋은 효과를 거둔 사례다.

담양의 대나무축제 역시 마찬가지다. 대나무 밭이 있는 담양의 물은 왠지 깨끗할 것 같다는 인식을 주게 되고, 이로써 담양산 쌀은 고가에 팔리게 된다. 즉 지역 이미지가 바로 돈이 되는 세상이다.

광주의 프로축구단 창단은 그렇게 시작됐다. 보고 즐기는 단순한 스포츠가 아니라 도시마케팅의 한 수단으로서 도시의 이미지와 분위기를 제고하기 위한 전략이었다.

아슬아슬했던 광주FC 탄생

광주FC 창단은 생각처럼 순조롭지 않았다. 광주FC 창단을 지시한 박광태 시장은 다음 민선5기 광주시장 선거에 불출마를 선언했고, 기업인들도 선뜻 발기인으로 나서주지 않았다. 주식회사를 만들려면 이사회를 구성해야 하는데. 이사로 나서는 사람이 없었다. 하는 수 없이 광주시 축구계와 나와 친분이 있는 중소기업 대표들을 이사로 초빙해 이사회를 꾸렸다. 지금은 대부분 바뀌었지만, 체육계 인사들을 제외하고는 모두 나의 지인들로 이사회가 구성되었다. 그들은 모두 500만 원씩 주식을 사주었다.

강운태 시장이 당선되자 인수위원회가 구성되었다. 국장들이 나서서 인수위원회에 업무보고를 했는데, 사뭇 긴장감이 감돌았다. 내가 소속되어 있는 문화관광체육실 업무보고 때 '광주FC를 왜 창단해야 하는가'에 대한 논란이 일었다. 인수위원들은 광주FC 창단에 대해 강경한 태도로 부정적인 입장을 보였다.

문봉주 실장의 설명과 답변은 인수위원들에게 전혀 먹혀들지 않았다. 보다 못한 나는 손을 번쩍 들고 강운태 당선자에게 발언 기회를 달라고 요청했다. 그리고 광주FC가 광주에 왜 필요한지에 대해 소상히 설명했다. 그럼에도 인수위원들이 계속 부정적인 이야기들을 쏟아내자 문 실장은 내게 그만두라고 말했다. 그러나 그에 굴하지 않고 다시 시장 당선자에게 시간을 더 요청한 뒤 설명을 마무리 지었다.

광주를 제외한 인구 100만 명 이상의 대도시는 모두 프로축구 구단이 있다. 포항, 광양, 전북, 강원, 부천, 안양, 청주에도 프로축구단이 있다. 그런데 인구 150만의 광주시에 프로축구단이 없다는 것은 말도 안 되는 일이었다.

프로축구단을 창단하면 매년 50억 원이 아무런 의미 없이 공중으로 날아간다고 생각한다. 인수위원들도 그렇게 생각하고 있었다. 그러나 잘못된 생각이다. 광주FC가 쓰는 돈은 공중으로 날아가는 것이 아니라 거의 대부분 광주시 전역에 뿌려진다. 이로 인해 많은 사람들이 보이지 않게 경제적 혜택을 입게 된다. 경기를 보기 위해 전국에서 몰려드는 사람들 덕분에 지역경제도 살아난다. 더욱 중요한 것은 나비축제와 대나무축제가 함평군과 담양군을 홍보하는 것처럼 광주FC가 도시를 사방팔방에 알리는 홍보전사가 된다는 것이다. 이와 같은 도시마케팅 효과만 생각해도 광주FC는 꼭 필요하다. 이는 내가 시장 당선자에게 설명했던 내용이다.

지금은 광주FC가 기아타이거스에 비해 인기가 많지 않다. 작년에 한국프로축구 2부 리그로 떨어졌다. 프로스포츠는 돈이 좌우한다. 전용구장과 전용숙소 없이 적은 돈으로 구단을 유지하고 있는 당연한 결과다. 광주FC는 시민구단이다. 광주시민 4만 5,000명의 주주가 만든 명실상부한 광주사람들의 구단이다. 지난 인도네시아 아시안 게임에서 뛰었던 금호고 출신 나상호 선수가 득점 1위를 달리고 있는데도 팬클럽 하나 없다. 퇴직하면 하고 싶은 일이 꼭 하나 있다. 광주FC 서포터즈가 되어서 전국을 여행하는 것이다. 마음껏 응원할 것이다. 내가 나서 자란 사랑하는 내 고향 광주의 축구팀 광주FC를!

앗싸 가오리!

이 연

'앗싸 가오리.' 체육진흥과장 재직 당시 부서에서 애용했던 건배 구호다. 광주시는 '광주FC'의 이름을 한 달간 전 국민을 대상으로 공모했다. 그 중에서 가장 많은 표를 얻은 이름이 '광주 레이어스(Rayers)'였다. Ray는 빛, 광선, 빛살, 미래, 창조 등을 뜻한다. 우리가 병원에서 신체 내부를 찍는 바로 그 엑스레이의 'Ray'이다. 이 단어에 흔히 '사람 명사'를 만들 때 붙이는 'er'을 더해 'Rayers' 즉 '빛의 사람들' '광주 사람들'이라는 의미를 담아 광주 축구단의 이름으로 내걸자는 의견에 힘이 실렸다.

우리 부서가 독단적으로 정했다는 논란에서 벗어나기 위해 전문가들로 '팀 명칭 심사위원회'를 구성해 논의를 거쳤다. 거기에 모인 전문가들 역시 레이어스가 광주에 적합한 이름이라고 이구동성으로 찬성했다. 그런데 전혀 생각하지 못했던 부분에서 문제가 터졌다. Ray가 빛, 광선이라는 뜻과 함께 '가오리'란 의미를 지니고 있다는 것이다.

호남 사람들을 폄하하는 말로 '홍어'란 표현이 자주 쓰인다. 특히 인터넷에서 호남 사람을 비하할 때 자주 오르내리는 말이다. 김대중 대통령이 홍어를 좋아한데서 유래했다고 한다. 나는 처음에 그런 논란이 일었을 땐 구단 홍보에 도움이 될 거라고 긍정적으로 받아들였다. 서울 등 수도권에

희망 쏜 광주FC

거주하는 호남 사람들의 애향심을 자극하여 축구 팬들이 크게 늘어날 것으로 생각했다. 그러나 홍어 논란이 좀처럼 수그러들지 않았다. 거기다가 'Rayer'라는 단어가 영어사전에도 없는 '콩글리시'라는 시비가 더해졌다.

우리는 할 수 없이 그 흔한 이름, '광주FC'로 지을 수밖에 없었다. 나는 지금도 'Rayers'에 미련이 남는다. 광주FC보다 훨씬 더 좋은 이름이라고 생각한다. 미국의 유명 야구팀인 뉴욕 양키즈(New York Yankees)의 Yankee는 미국인들을 얕잡아 이르는 말이다. 남북전쟁 당시에는 남부인들이 북군 병사에 대한 모멸적 칭호로 썼다. Rayers도 마찬가지다. 다른 지역 사람들이 호남 사람들을 얕보고 놀릴수록 호남 출신들은 더욱 고향 축구팀에 애착을 갖고 경기장을 많이 찾아오지 않을까 생각한다. 우리 부서는 그 일이 있은 후 회식 때마다 '앗싸 가오리' 구호로 건배를 했다. 그 업무를 맡았던 장혜란 씨는 지금도 '가오리 여사'로 불린다.

효를 광주의 특산품으로

이 연

풍수지리와 관계가 깊은 우리 지역의 지명을 몇 군데 살펴보자.

장성댐 아랫마을에 물로 성을 쌓은 마을이라는 뜻의 수성리(水城里)가 있다. 그곳엔 지명이 가진 뜻 그대로 장성댐이 건설됐다. 또 '눈이 하천처럼 흘러내리는 마을'이라는 뜻의 무주 설천면(雪川面)에는 스키장이 들어섰다. 지금은 화순 주암댐이 들어서면서 없어졌지만 '물이 떨어지는 마을'이라는 뜻의 낙수리(洛水里)에는 주암댐의 수문(水門)이 있다. 낙수리 위로 올라가면 신흥리(新興里)란 마을이 있다. 댐 건설로 마을을 잃은 낙수리 주민들이 이주해 새로 자리를 잡았고 식당 등을 하면서 새롭게 번창하고 있다고 한다. 함평 대동댐이 만들어지기 전에 동호리(東湖里)와 서호리(西湖里)라는 마을이 있었다. 그런데 대동댐이 들어서자 이 마을들은 이름 그대로 동쪽 호수마을과 서쪽 호수마을이 되었다. 광양 앞바다 쇠섬(金湖島)에는 광양제철이 들어섰으며, 화순탄맥의 최초 발견지는 흑토(黑土)재다. 고창읍 온수동(溫水洞)에는 석정온천이 들어섰다.

자연스럽게 내 고향 효령동 역시 '효'와 관련된 이름일 것이라는 추측이 들었다. 아마도 선조들이 '효를 가르치는 곳으로 점지해둔 땅'이라는 뜻에서 효령동이라는 이름을 짓지 않았을까 하는 생각을 떨칠 수 없었다.

이와 관련해서 21년 전 광주시 시정연구지(市政硏究紙)에 어떻게 영락공원을 개발해야하는가에 대한 수십 개의 아이디어를 제시한 바 있다. 지금 생각하면 황당한 아이디어라 웃음이 나오는 것도 있지만, 개중엔 제법 쓸 만한 아이디어도 몇 개 있었다. 실제로 묘지공원을 꽃단지로 만들어보자는 제안은 정부 차원에서 채택되기도 했다. 나는 그 아이디어로 대통령상을 받았고, 망월동 묘지가 공원으로 바뀌어 가고 있다. 효령동 영락공원은 아직은 매장을 받고 있지만, 향후엔 매장을 수용해선 안 된다. 매장 이후 다시 자연장으로 바꾸기는 어렵다.

효를 특산품화하기 위해 묘지 이름을 부모님의 자애로움을 느낄 수 있는 효자공원(孝慈公園), 부모님을 공경하는 효경공원(孝敬公園), 부모에게 효도하는 마음의 효심공원(孝心公園), 부모에게 효도하는 효친공원(孝親公園) 중에서 하나를 쓰자고 주장했다. 그러나 그 주장은 받아들여지지 않았고, 대신 '영락공원'이라는 이름을 가진 장묘시설이 되어버렸다.

나는 향후 선진국처럼 화장 수요가 대폭 늘어날 것에 대비해 화장로를 6기는 건설해야 한다고 주장했지만 3기만 세워졌다. 이후 내 추측대로 화장 수요가 급증하면서 3기로는 도저히 수용이 불가하게 되었다. 계속 증설을 거듭하여 현재는 11기가 가동되고 있다. 광주시의 연 화장률은 85퍼센트가 넘었다. 앞으로 더 높아질 것으로 보인다.

현재의 묘비 형태는 높이가 60센티미터다. 묘비를 겉으로 보이지 않게 하고, 그곳에 부모를 추모하는 글을 새겨, 누구나 그 묘비를 보면서 효(孝)를 배우고 조상 숭배를 하는 곳으로 만들자고 제안했다. 하지만 지금도 그 묘비를 쓰고 있다. 앞서 이야기했지만 영락공원의 지형은 학포란형이어서 묘비를 쓰면 안 되기 때문이다. 묘비만 보이지 않아도 공원 묘지의 모습이 확 달라질 텐데 안타깝다.

후백제왕 견훤의 고향은

이 연

광주 북촌에 사는 어떤 부자에게 예쁜 딸이 있었다. 하루는 딸이 아버지에게 괴이한 이야기를 털어놓았다. 매일 밤 자줏빛 옷을 입은 남자가 찾아와 자고 간다는 것이다. 아버지는 남자가 방을 나갈 때 긴 실을 바늘에 꿰어 옷에 꽂아두라고 딸에게 일렀다. 날이 밝아 실을 따라가 보니 바늘이 북쪽 담 밑에 있는 큰 지렁이의 허리에 꽂혀 있었다.

그 뒤 처녀가 낳은 아들에게 성을 '견' 이름을 '훤'이라 지어주었다. 젖먹이 아기를 수풀에 눕히고 밭일을 하고 돌아온 견훤의 어머니는 놀라운 광경을 목격했다. 아기 견훤이 호랑이 곁에 누워 아무렇지도 않게 젖을 빨고 있었던 것이다. 이 말을 들은 동네 사람들은 견훤이 장차 큰 인물이 될 것이라고 했다. 동네 사람들의 예언대로 견훤은 성장하면서 체모가 웅장하고 기운이 비범해졌다. 그리고 광주에서 군사를 일으켜 후백제를 건국했다.

고려시대 스님 일연의 《삼국유사》에 나오는 후백제 왕 견훤의 탄생 설화다. 이처럼 역사에서 확인할 수 있듯이 광주는 왕이 태어난 곳이다. 광주 사람인 것에 대해 자부심을 가질 만하다.

효령노인복지타운에서 바라본 병풍산.

15년여 전 드라마 '왕건'이 방영된 이후 견훤은 경상북도 상주 사람으로 알려졌다. 《삼국유사》보다 138년 앞서 쓰인 《삼국사기》에는 후백제왕 견훤이 오늘날 문경 땅인 상주 가은현 이아자개의 아들로 광주에서 군사를 일으켰다고 적혀 있는데, 드라마 '왕건'은 바로 이 책을 인용한 것이다.

우리 지역 향토사학자인 김정호 선생은 그의 저서 《전남의 옛터산책》을 통해 《삼국사기》의 잘못된 기록을 바로 잡고 있다. 김정호 선생에 따르면 《삼국사기》를 쓴 김부식은 경주 사람으로, 그의 고향인 신라가 고구려나 백제보다 먼저 건국했다고 하는 등 신라를 지나치게 미화하는 한편 다른 고장의 역사는 악의적으로 묘사한 흔적이 있다고 지적했다. 본디 견(甄)자는 성(姓)이나 지명으로 부를 때는 진이라 읽고, 지렁이를 칭할 때는 '견'으로 읽는데, 진훤을 견훤으로 칭한 것은 지렁이의 아들로 폄하하기 위한 것이라고도 꼬집었다. 오늘날 첨단단지 바로 옆에 있는 장성군 진훤면(甄萱面)은 내 고향 지산 바로 옆동네다.

김정호가 그린 《대동여지도》와 《대동지지》에 의하면 후백제왕 견훤이 군사를 훈련시켰던 진훤대는 지금의 우치공원 일대다. 주변에는 견훤이 태어났을 것으로 추측되는 생룡(生龍)과 용전(龍田), 용강(龍江), 용두(龍頭), 복룡(伏龍) 등 왕을 의미하는 용(龍)자가 들어가는 지명이 9개나 있다. 지렁이를 바로 '토룡(土龍)'이라 하지 않는가!

생룡마을 뒷산인 죽취봉에는 지금도 봉화대를 쌓았던 흔적이 있고, 토성 주변 산기슭에는 백제토기들이 널려 있다. 어릴 적 죽취봉에 나무를 하러 다니면서 높은 산 위에 깨어진 사기그릇들이 흩어져 있는지 의아해했던 기억이 있다.

자식을 잘못 둔 견훤은 통일 직전에 왕건에게 패했다. 황산벌 개태사에서 쓸쓸하게 생을 마감한 왕의 탄생 설화를 찾아 '견훤탐방로'를 개설한다면 지역민들의 애향심과 자긍심 고취에 큰 도움이 되지 않을까 싶다.

그 탐방로가 시작될 죽취봉 자락에 효령노인복지타운이 있다. 복지타운에서 등산로를 따라 죽취봉 쪽으로 10여 분 정도 오르면 추월산과 병풍산이 한눈에 들어온다. 굽이굽이 끝없이 펼쳐진 평야를 내려다보노라면 철따라 변화무쌍한 경치는 그 어떤 것에도 비할 수 없이 아름답다. 이 벌판은 송강 정철 선생의 '성산별곡'과 '사미인곡'에 영향을 미친 면앙정 송순 선생이 '면앙정가'를 통해 즐겨 노래했던 곳이다.

후백제왕의 탄생설화가 있고, 송순 선생이 그토록 찬탄해 마지않던 그림같은 산과 들이 펼쳐진 내 고향 지산이 정말 자랑스럽다. 남원시가 춘향과 이도령을 마케팅하고 있고, 장성군이 홍길동을 대표 인물로 내세우고 있는 마당에 소설이나 전설이 아닌 유명한 역사서에까지 나와 있는 내 고향의 스토리를 그대로 두는 게 너무 아깝다. 거기다 효의 테마가 가능한 노인들의 보금자리, 효령노인복지타운까지 아우르면 과거의 역사, 문화 그리고 현재의 이야기가 포함된 멋진 나들이 장소가 되고 관광지가 될 것이다. 역사적인 실제 공간에 문화가 버무려지고, 노인시설, 우치공원까지 한데 엮어 관광단지로 만들고 싶은 마음이 간절하다.

창의적인 아이디어는 많은 경험과 정성이 뒤따른다

지난 3월 초에 3일간 휴가를 냈다. 삼일절과 주말을 합해 6일간을 쉬면서 온통 글쓰기에 매달렸다. 나와 내 가족이 살아온 인생 이야기를 기록하는 일이었다. 동생들이 그동안 카톡과 페이스북에 올렸던 글도 모았다. 어머니와 관련된 글을 쓸 때는 많은 눈물을 흘려야 했다. 동생들도 울었단다.

동생들이 쓴 글은 책의 분량 때문에 많이 수록하지 못했다. 특히 정치와 관련되는 글은 논란의 소지가 있어 제외하거나 내용은 그대로 하되 일부를 수정하기도 했다. 동생들은 내가 글을 통째로 빼거나 정정하니까 처음에는 섭섭해 하다가 이내 공무원인 나를 이해해주었다.

1부는 1970~90년대에 시골 출신들이 일상적으로 겪어왔던 이야기들이다. 지금의 젊은 세대들은 공감이 가지 않는 이야기들도 많다. 내 자식들이 나의 어린 시절 이야기를 들을 때 고리타분한 이야기로 치부하듯이, 지금의 젊은이들에게는 그리 공감이 가지 않는 이야기들이다. 나는 이 책을 통해 시골을 고향으로 둔 50~60대 세대들에게는 공감을 얻고 싶다. 조금도 더하거나 빼지도 않은 사실 그대로를 적었기 때문이다.

2부는 내가 공직기간 동안 광주시에서 추진했던 일들을 기록했다. 어느 것 하나 쉽게 해결된 것이 없다. 나를 잘 알고 있는 몇몇은 내가 관직 운이 좋은 사람이라고 말한다. 그 말에 공감한다. 여러 가지 기적들은 행운에 기초한 것들이다. 화장장과 공원묘지를 해결한 것은 내 고향이 공원묘지가 있는 장운동과 인접한 곳이어서 그와 관련되어 일어나는 일들을 내가 잘 알고 있었기 때문에 가능했다. 쓰레기매립장, 야구장, 장애인체육센터, 광주FC 또한 내가 그 업무를 담당했을 때 일어난 일이어서 가능했다. 그 당시 내가 다른 업무를 맡고 있었다면 추진하지 못했을 것이다.

한편으로는 하나하나를 추진하면서 수많은 시련과 고통을 겪었다. 주민들에게 두들겨 맞아 병원에 입원하기도 했고, 혹독한 감사원 감사도 받았다. 글로 표현할 수 없는 수많은 모욕감과 시행착오도 거쳤다. 경제적인 손실도 컸다.

공적 업무는 모두 상대성이 있다. 이익을 보는 자가 있으면 반드시 손해를 보는 이가 있다. 이익을 보는 사람은 아무 말 하지 않지만 손해를 보는 이는 기를 쓰고 내게 불만을 털어놓았다. 내가 가족과 고향을 등지고 오랫동안 타향살이를 해야 했던 이유도 바로 이것이다.

내가 이 책을 내고자 하는 진짜 목적은 젊은 후배들에게 직장에서의 나의 성공 비결을 소개하고 싶어서였다. 창의적인 아이디어는 번개가 치듯이 예기치 않은 상황에서 갑자기 머리에 떠오르는 것이 아니다. 많은 경험과 정성이 뒤따른다. 말 그대로 자나깨나 일을 해결하고자 하는 고민에서 나온다. 일에 대한 열정이 아이디어를 만들어낸다. 나의 인생 이야기가 후배들에게 참고가 되기를 바란다.